DANIELLE STEEL

KILENC ÉLET

DANIELLE STEEL

KILENC ÉLET

MÆCENAS

A fordítás az alábbi kiadás alapján készült:
Danielle Steel: *Nine Lives*
Published in the United States by Delacorte Press,
an imprint of Random House,
a division of Penguin Random House LLC, in 2021

Cover design: *Derek Walls*
Cover photograph: © *peepo/Getty Images*
Author photograph © *Brigitte Lacombe*

Fordította *F. Nagy Piroska*

honlap: www.maecenaskiado.hu

Bátor és csodálatos gyermekeimnek,
Beatie-nek, Trevornak, Toddnak, Nicknek,
Samnek, Victoriának, Vanessának,
Maxxnak és Zarának.

Őrizzétek meg a bátorságotokat,
akár veszítetek, akár győztök.
Hozzatok bölcs döntéseket,
és álljon mellettetek mindig valaki,
aki oltalmaz benneteket
valahányszor kockázatot vállaltok.

Legyen boldog az életetek,
kísérje áldás minden lépéseteket,
szegődjék mellétek a szerencse mindörökre.

Annyira szeretlek benneteket!

Mami/d. s.

KILENC ÉLET

Első fejezet

Mary Margaret Kelly, becenevén Maggie, nyolcéves korára már négy katonai támaszponton is élt. Csak ezt az életet ismerte és szerette. Vietnámi küldetéseiért kitüntetett apja, Kevin, a légierő berepülőpilótája volt, apai nagyapja pedig a második világháborúban szolgált a haditengerészet pilótájaként.

Maggie imádta magas, jóképű apját, aki ráadásul vicces és szórakoztató volt. Szerette nézni, ahogy repül, pedig tudta, hogy anyját a rémületbe kergeti a dolog. Az apja semmitől sem félt, és Maggie-t is mindig bátorságra biztatta. Maggie igyekezett is bátor lenni, akárcsak az öccse, Tommy. A fiú szintén pilóta akart lenni, mint az apjuk.

Maggie öt évvel volt idősebb a testvérénél, így ő vigyázott az öccsére, amikor anyjuknak más elfoglaltsága akadt. Mielőtt Maggie megszületett, Emma ápolónőként dolgozott, de azután otthon maradt a gyerekekkel, és soha egy percig sem unatkozott mellettük. A keresete sem hiányzott, mivel a légierő jó életet biztosított a családnak, lévén az apa repülő őrnagy, aki kiképző gyakorlatokat vezetett.

Amikor Maggie kilencéves lett, új támaszpontra költöztek Nevadában. Anyja nem szerette ezt a helyet, ahol többnyire forróság volt még éjszaka is, és nem győzött panaszkodni a gyerekeinek, hogy szerinte apjuk küldetései mostantól veszélyesebbek lesznek. Azt azonban nem árulta el, hogy miért. Maggie párszor hallotta, hogy emiatt vitatkoznak. Csakhogy apja imádta, amit csinált. Ha a repülésről beszélt, felragyogott az arca, és csillogott a szeme. Mindent szeretett, ami a repülőgépekkel volt kapcsolatban.

Három hónapja laktak itt, amikor Maggie apja elment egy szokásos kiképző küldetésre. Aznap kora reggel, indulás előtt megpuszilta Maggie-t, aki még ágyban feküdt. Megpuszilta a mélyen alvó Tommyt is. Emma a konyhaablakból nézte, ahogy elhajt.

Tommy és Maggie épp reggelizett, amikor két egyenruhás férfi kopogott az ajtón. Bejöttek, és az anyjukkal együtt leültek a nappaliban. Emma egyetlen hangot sem szólt, csak ült ott, és halkan zokogott, hogy a gyerekek ne hallják. A férfiak egy idő múlva elmentek.

Emma ezek után elmondta Maggie-nek és Tommynak, hogy apjuk meghalt. A gépe meghibásodott, és irányíthatatlanná vált. A tisztek azt mondták Emmának, hogy ha Kevin Kelly nem tudta megakadályozni a szerencsétlenséget, akkor senki másnak sem sikerült volna.

Három nap múlva Maggie és Tommy részt vett apjuk temetésén. Maggie évekkel később is emlékezett rá, milyen rettenetesen érezte magát, és mennyire hihetetlennek tűnt, hogy apja soha többé nem jön haza. A repülőszázadában szolgáló férfiak összehajtogatták a koporsóját borító zászlót, és odaadták az anyjának, aki lehunyt szemmel a melléhez szorította. Maggie félt, hogy anyja el fog ájulni, de nem ájult el. Maggie szüntelenül azt mondogatta magának, hogy legyen bátor, ahogy apjától tanulta. És az volt, sőt bátrabb, mint azt valaha hitte volna magáról. Gondoskodott Tommyról, mialatt anyja az ágyban fekve csak sírt és sírt. Emma alig-alig kelt ki az ágyból, a vacsorát is Maggie főzte meg.

Egy időre Emma szüleihez költöztek Oklahomába, majd végleg elhagyták a támaszpontot, és Las Vegasban telepedtek le. Maggie életében először élt civilek között, és egy helyi iskolában kezdett tanulni. Emma pénztárosi állást kapott egy kaszinóban. Nem akart többé ápolónőként dolgozni, azt mondta, túl hosszúak a műszakok, ő pedig már eddig is a kelleténél tovább kitartott. Hat hónapig maradtak Las Vegasban; anyja fizetéséből és apja nyugdíjából éltek. Ezt követően három különböző államban laktak, míg végül Miamiban kötöttek ki, ahol Emmának jobb állást sikerült szereznie: manikűrösként dolgozott egy üdülőszálló szépségszalonjában. Nyugodt életet élt, soha nem járt randikra, amíg nem találkozott Harry Shermannel.

Maggie tizennégy éves volt, apja pedig öt éve halott, amikor Emma megismerte Harryt, akivel ugyanazon a nyaralóhelyen dolgoztak Miamiban. Ő volt a vendéglátós cég vezetője. Nem volt sem olyan jóképű, sem olyan vicces, mint az első férje. Nem volt hős, nem vezetett repülőket, de Maggie-nek az anyja azt mondta, hogy ez nem is fontos. Hogy olyan férfira van szükségük, aki nem teszi kockára naponta az életét, amikor dolgozni megy. Hogy ha Maggie apja nem imádta volna azt az izgalmat, amit a repülés jelentett számára, akkor ma is élne. Bármi lehetett volna. Asztalos, vízvezeték-szerelő, tanár, építési vállalkozó, de ő a veszélyt szerette.

Valahányszor Tommy arról beszélt, hogy amint felnő, ő is repülőgépeket akar vezetni, Emma nyers hangon rászólt, hogy inkább találjon ki valami mást, ha nem akarja megöletni magát. Megtanulták, hogy ne beszéljenek sem az apjukról, sem a repülésről.

Harry rendes ember volt. Csendes és komoly, nem nevetett annyit, mint az apjuk, és nem mesélt vicces történeteket. Nem sokat beszélt Maggie-vel vagy Tommyval. De anyjuk azt mondta, hogy jó állása van. A megismerkedésük után egy évvel összeköltöztek vele. Anyjuk elmondta, hogy eljegyezték egymást. Egy hónappal később összeházasodtak. Maggie tizenöt éves volt ekkor.

A városházáról négyesben elmentek egy étterembe. Harry este szokás szerint dolgozni ment, valami nagyszabású konferenciát tartottak a városban. A férfi elég kedves volt mindhármukhoz, Maggie-nek nem volt ellene semmi kifogása. Harrynak nem születtek saját gyerekei, így próbált apjukként viszonyulni Emma gyerekeihez, de mindig késő estig dolgozott, vendéglátói oldalról ő volt a szállodában rendezett összejövetelek felelőse. Emma boldognak tűnt mellette, de a szeme sohasem csillant fel úgy, mint amikor Kevin autója megérkezett a ház elé, vagy a férfi belépett a szobába.

Harryval más volt az élete. Mindketten sokat dolgoztak, Maggie és Tommy gyakran maradtak egyedül, amíg anyjuk haza nem ért a munkából. Nemegyszer Maggie készített vacsorát Tommynak és magának. Már nem olyan család voltak, mint amikor még élt az apjuk. Nem csináltak közös programokat, nem nevettek nagyokat, mindössze az tette őket családdá, hogy ugyanabban a házban éltek mind a négyen. Tudták, hogy Harry minden este haza fog jönni. Abban a szakmában, amiben ő dolgozott, nem volt semmi veszélyes, és egy idő után anyjuk szeméből eltűnt a rettegés. Harry nem volt elbűvölő, sem izgalmas, viszont megbízható volt.

Esténként, amikor hazaért, leült a tévé elé, és megivott pár sört. Későig fenn maradt, és reggel még aludt, amikor a két gyerek elindult az iskolába. De egyébként sem volt számukra semmi mondanivalója. Emmának meg is mondta, hogy nincs szokva gyerekekhez. Hetente egyszer Maggie kezébe nyomott egy ropogós húszdollárost, azzal, hogy menjen moziba a barátaival, vagy vegyen rajta magának valamit. Tommynak vett egyszer egy futball-labdát, de arra nem volt ideje, hogy focizni menjen vele. A heti húszdolláros volt az egyetlen valódi kapocs közte és Maggie között. Anyja más ember lett; mintha az apjuk halálával valami benne is meghalt volna.

Egy évvel azután, hogy Emma és Harry összeházasodtak, Maggie tizenhat, Tommy pedig tizenegy éves lett, Harryt áthelyezték Chicagóba, egy nagyobb szállodába, amelyik ugyanahhoz a szállodalánchoz tartozott. Ez több pénzzel és nagyobb felelősséggel járó, jobb állásnak számított. Emma nem örült neki. Azt mondogatta, hogy Harry folyton dolgozni fog, sohasem fogják őt látni. De azért elköltöztek, méghozzá egy szebb lakásba, mint amilyenben Miamiban laktak. Maggie-nek mindennap hiányzott Florida és a barátai. Az itteni iskola sokkal nagyobb volt, mint a régi középiskolája. Tommy egy másik, a Maggie-étől néhány saroknyira lévő iskolába került, és ő sem kedvelte az új helyét.

Emma szeretett volna kijjebb költözni, de Harry kijelentette, hogy neki közel kell laknia a munkahelyéhez. Emmának a hotel ajándékboltjában ajánlottak fel állást, ahonnan néha titokban leszaladt Harryhoz. Már két éve voltak együtt, de Maggie úgy érezte, hogy olyanok, mintha idegenek lennének egymás számára. Néha megpróbált rákérdezni az anyjánál, de Emma azt felelte, hogy szereti ezt az életet, mert biztonságos, és most csak ennyit akar. Elpakolta az összes képet, amin Kevin is rajta volt, de Maggie kettőt az íróasztalfiókjában őrzött, ahol bármikor megnézhette, és Tommynak is adott egyet, amelyen apjuk a repülős egyenruhájában feszített.

Apjukhoz képest Harry kövér kis öregembernek látszott. Kevin magas volt és karcsú, és mindig mosolygott. Emma harminckét évesen maradt özvegyen, és harminchét évesen ismerte meg Harryt. Azóta harminckilenc éves lett. Maggie barátainak hasonló korú vagy még idősebb anyjuk volt, de azok valahogy fiatalnak és élettelinek tűntek. Emma úgy nézett ki, mint egy öregasszony. Harry most töltötte be az ötvenet, de annál is öregebbnek látszott. Maggie sokszor gondolt arra, hogy elbűvölő apja mellett anyja is csinos volt, nem úgy, mint most. De ő mintha nem bánta volna, és Harry sem törődött az ilyesmivel. Hűséges és megbízható férjként elfogadta Emmát olyannak, amilyen. Emma néha szóba hozta, hogy visszamenne ápolónőnek, de már túl sok év telt el azóta, és a műszakok is túl hosszúak voltak, ezért inkább alantasabb munkákat vállalt.

Maggie arról álmodozott, hogy a középiskola után visszamegy Floridába. Hiányzott neki a meleg idő, és hiányoztak az ottani barátai. Civilként más városba költözni nem ugyanolyan volt, mint átmenni a légierő egyik támaszpontjáról egy másikra. A hadseregben mindig voltak, akik barátságosan fogadták az érkezőt, és az ember ettől otthon érezte magát. A civil életben senki sem könnyítette meg a dolgukat, maguknak kellett kialakítaniuk az új életüket, és új barátokat találniuk az új iskolában. És a legtöbb lány undok volt.

Miután Chicagóba költöztek, és Maggie elkezdte az utolsó középiskolás évét, mindennap egyedül ebédelt az étkezdében. Nem került be a népszerű lányok klikkjébe, és nem is akart. A fiúk észre sem vették, de ezt sem bánta. Bár a jegyei rendben voltak, mégsem szerette az új iskoláját. A tanárait alig ismerte, és ők sem próbáltak megismerkedni vele. Azt tervezte, hogy érettségi után egy állami főiskolára megy, de még nem tudta, mit akar tanulni. Anyja felszolgálónői állást szerzett neki a nyárra a szállodában. Utálta ezt a munkát, de nem volt ötlete, mi mást csinálhatna. Még abban sem volt biztos, hogy egyáltalán főiskolára akar-e menni, de anyja emlékeztette rá, hogy apja elvárná tőle, ezért úgy érezte, nincs más választása.

Egyik nap az iskolából kijőve valaki elszáguldott mellette. Érezte, ahogy a szele megsuhintja az arcát. Ha kicsit közelebb jött volna, ledönti a lábáról, de erre azért vigyázott. Maggie nem tudta, kicsoda-micsoda a száguldozó. Amikor megfordult és körülnézett, egy gördeszkázó srácot látott szélsebesen távolodni. A fiú visszanézett, és intett neki. Ilyen káprázatos mosolyt utoljára az apja arcán látott. Ráadásul magas volt, mint Kevin, vörösesszőke hajú, és amikor feléje nézett, Maggie-nek úgy rémlett, hogy a szeme kék. A hideg őszi szélben mélyen a homlokába húzott kötött sapkát viselt. Maggie oda akart kiáltani neki, hogy máskor vigyázzon, de nem volt rá ideje. A fiú még akkor is mosolygott, amikor a sarokra érve befordult, és eltűnt.

Egy pillanatra megijesztette Maggie-t, de aztán ment tovább, hogy találkozzék Tommyval a buszmegállóban, ahonnan együtt mentek haza, és megfeledkezett a gördeszkás srácról. Pár nap múlva iskolába menet újra látta őt. A fiú leszállt a deszkáról, és csatlakozott Maggie-hez.

– Nem volna szabad a járdán gördeszkáznod – rótta meg Maggie.

– Nem gördeszkázom. Csak köszönni akarok neked – felelte a fiú azzal a mosollyal, ami a szemében kezdődött el, és átformálta az egész arcát. Ragyogó kék szeméből kisfiús ártatlanság sugárzott.

– Majdnem elütöttél – nézett rá Maggie szemrehányón, összevont szemöldökkel. Nem tudta, mi mást mondhatna neki. Még sohasem járt fiúval. A lányok az osztályában sokkal menőbbek voltak nála. Hozzájuk képest naiv és ártatlan kislány volt. Tizenhét éves létére csak egyszer csókolta meg fiú. Egy iskolai táncos rendezvényen történt, a srác részeg volt, és ő ijedtében elfutott tőle.

– Nem ütöttelek el majdnem – világosította fel a fiú. – Nem tennék ilyet. Figyeltelek. Új vagy a suliban? – Maggie felkeltette a kíváncsiságát, és jóval magabiztosabbnak látszott, mint a lány, akinek izzadt a tenyere, mialatt a fiúhoz beszélt, pedig nagyon igyekezett közömbösnek tűnni.

– Az voltam tavaly. Áprilisban költöztünk ide Miamiból.

– Hűha! – füttyentett a fiú. – Jó nagy változás. Ha más nem is, az időjárás biztosan.

– Az iskola is – sóhajtotta Maggie. A fiú észrevette, hogy Maggie egyedül van, a többi lánytól elkülönülve. Ebben a nagy iskolában nem volt könnyű barátokra találni.

– Miért épp Chicago? – kérdezte a fiú.

– A mostohaapám itt kapott állást, úgyhogy jönnünk kellett.

– Az én szüleim is elváltak – vigasztalta a fiú. – Néha elég gáz, igaz?

– Az apám nyolc éve meghalt. Tizenöt voltam, amikor anyám újra férjhez ment – felelte Maggie halkan.

– Részvétem. Ez kemény. Rák? – kérdezte óvatosan a fiú.

– Berepülőpilóta volt a légierőnél – válaszolta Maggie büszkén. – És vadászbombázó a vietnámi háborúban. Meghibásodott a gépe, és lezuhant. Jó volt, amikor még élt. Sűrűn költöztünk. A civil élet nem olyan szórakoztató.

A fiú kinyitotta előtte az ajtót. Együtt mentek be az iskolába, s közben elmondta Maggie-nek, hogy ő is végzős. Ezren tanultak az évfolyamukon, amitől még nehezebb volt megismerni embereket, és Maggie egyébként is visszahúzódó volt. Sok különböző iskolában járt addig is, amíg Miamiba költöztek, de nem tudta megszokni; új lánynak lenni sosem volt könnyű. A civil gyerekeket, de különösen a lányokat sokkal felvágósabbnak tartotta, mint a hadseregbelieket. A hadseregben a gyerekek helyzete az apjuk rangjától függött. Itt sok más dolog számított: hogy hol laksz, mit viselsz, milyen kocsija van az apádnak, mit dolgoznak a szüleid. Maggie egyik nyilvánvaló státuszszimbólumot sem tudta felmutatni, amivel imponálhatott volna a többi lánynak, úgyhogy meg sem próbálta.

– Apád menő fej lehetett. Ha befejeztem a sulit, meg akarok tanulni siklóernyőzni – árulta el a fiú széles mosollyal.

– Pilóta akarsz lenni? – csillant fel Maggie szeme. Ez ismerős terep volt számára. Végre!

– Sok minden akarok lenni. Motorversenyző például. Van egy barátom, aki hétvégeken megengedi, hogy menjek az ő motorjával.

– Az veszélyes – jegyezte meg Maggie.

– Minden az, amit érdemes csinálni. Ki akarok ugrani egy repülőből, hogy lássam, milyen érzés. – A fiú előbb mosolyogva, aztán sajnálkozva nézett Maggie-re. – Öt perc múlva kezdődik az órám. Közgazd. Rendszerint szívok vele.

– Én is – ismerte be nevetve Maggie. – A történelmet szeretem, meg a spanyolt.

– Gyűlölöm az iskolát – jelentette ki a fiú, és újabban Maggie is érzett valami ilyesmit. Miamiban kisebb volt az iskola, könnyebben elboldogult benne, és spanyolul a spanyol ajkú osztálytársaitól tanult. Itt senki sem beszélt spanyolul. – Hát, akkor viszlát – köszönt el a fiú, és megállt a szekrénye előtt, hogy berakja a gördeszkáját. Maggie továbbment a saját szekrényéhez, egy másik folyosó legvégére. Jó volt ezzel a sráccal beszélgetni pár percet.

Ezután napokig nem is látta, mígnem pénteken utolérte, amikor kijöttek az iskolából. Maggie sietett, nehogy lekésse Tommyt a buszmegállóban.

– Akarod megnézni a holnapi versenyemet? – kérdezte a fiú. – A barátom megengedi, hogy benevezzek a motorjával egy versenybe.

Most töltöttem be a tizennyolcat, és megvan a jogosítványom.

Maggie gondolkozott, aztán úgy döntött, hogy meg akarja nézni. Izgalmasan hangzott. Nem tudta, anyja mit szólna hozzá. Valószínűleg nem tetszene neki, úgyhogy nem fog engedélyt kérni rá. Nem szükséges mindenről tudnia, amit ő csinál. Csak kell találnia valakit, akire Tommyt rá lehet hagyni. Szombatonként ő vigyázott a gyerekre, mialatt anyja a szálloda ajándékboltjában dolgozott. Előléptették üzletvezetővé.

– Vigyáznom kell az öcsémre. Ha találok valakit magam helyett, akkor eljövök. Hol lesz?

A fiú megmondta. Egy régi pályán rendezték, messzire kellett elbuszozni onnan, ahol laktak, de most már érdekelte a fiú. Rájött, hogy még nem is tudja a nevét.

– Hozd magaddal az öcsédet is. Hány éves?

– Tizenkettő. De lehet, hogy elmondaná anyámnak. Igaz, hogy biztosan ő is szeretné látni a versenyt.

– Hát… hozd el őt is, ha akarod.

– Neked vannak fiú- vagy lánytestvéreid?

– Nincsenek – rázta meg a fejét a fiú. – Kétéves voltam, amikor a szüleim elváltak. Akárhányszor találkoznak, mindig veszekednek. Anyámmal élek együtt. Apám hajókon dolgozik, jár mindenfelé. Nem sűrűn látom őt.

Maggie bólintott. Mindkettőjüknek megvolt a maga szívfájdalma.

– Hogy hívnak? – kérdezte váratlanul a fiú.

– Maggie Kellynek.

– Én Paul Gilmore vagyok – felelte a fiú, és egymásra mosolyogtak.

– Megpróbálok elmenni a versenyedre – ígérte Maggie, de nem volt biztos benne, hogy meg tudja oldani. Most viszont már futnia kellett, nehogy későn érjen az öccséért.

Szerencséje volt. Mihelyt a buszmegállóhoz ért, Tommy elújságolta, hogy másnapra meghívták egy barátjához kerti sütögetésre, és utána ott is alszik. Öccse könnyebben barátkozott, mint ő. De persze ő még csak tizenkét éves volt, és a fiúk egyébként is kevésbé bonyolultak, mint az ilyen korú lányok. A legtöbb lánynak volt barátja, vagy csoportokba verődve jártak. Maggie-ben nem volt meg a bandaszellem, feltűnési vágy sem hajtotta, és nem értett azokhoz a játszmákhoz, amik a korban hozzáillő fiúkat vonzották. Paulnak épp ez tetszett benne. Rendes lánynak látszott, és könnyen lehetett beszélgetni vele. Ráadásul fényes fekete hajával és zöld szemével kifejezetten csinos volt, méghozzá teljesen természetes módon – nem festette magát. Paul sejtette, hogy a magas, vékony, jó alakú lány nem is tudja, hogy milyen gyönyörű.

Másnap, miután elvitte Tommyt a barátjához, Maggie felszállt a buszra, ami kivitte a pályához. Metsző hideg volt. Az utolsó pár sarkot gyalog kellett megtennie, és mire megérkezett, jéggé fagyott az arca és a keze. A túlnyomórészt férfiakból álló, kisebbfajta tömeg a fedetlen lelátón ülve figyelte a pályát. Maggie épp időben érkezett, hogy lássa Paul futamát. Tucatnyi nála idősebb fiú és férfi között harmadikként ért a célba. Leginkább felújított motorokkal versenyeztek.

A célvonalon áthaladva a motor kicsúszott, amitől Paul egyik karján csúnya vágás keletkezett, és lehorzsolta a fél arcát. Vérzett, amikor Maggie odaért hozzá. A lány segített megtisztítani a karját, de úgy tűnt, a fiú nem bánja, hogy megsérült. Teljesen fel volt dobva attól, hogy harmadik lett. A verseny többi résztvevője hátba veregette, és egyikük adott neki egy doboz sört.

A felfokozott öröm pillanatában Paul nem is érezte a horzsolást az arcán. Felajánlotta Maggie-nek, hogy felülhet mögé a motorra, elviszi odáig, ahol lakik, amiről azt mondta, hogy nincs messze. Odaérve Maggie megdöbbent, látva a lepusztult környéket és a rozoga házat, vagy inkább házikót, amelyben Paul lakott. A fiú bevitte a garázsba a barátja motorját, aztán bementek a házba. Odabent savanyú ételszag, sivárság és kétes tisztaság fogadta.

A fiú figyelte, mit árul el a lány arca, de Maggie láthatóan nem ütközött meg a látványtól. Őt jobban érdekelte Paul, mint az, hogy hol lakik. Ő volt az első lány, akit Paul elhozott ide.

– Nem fáj az arcod? Hogy érzed magad? – kérdezte Maggie.

– Szuperül! – Paul rémesen nézett ki, tiszta kosz volt a dzsekije, és el is szakadt ott, ahol elvágta a karját. – Ez volt eddig a legjobb időm!

– Komolyan folytatni akarod a motorversenyzést, amikor befejezted az iskolát?

A fiú lelkesen bólogatott, és a csillogás a szemében arra emlékeztette Maggie-t, hogyan nézett ki az apja, amikor repülőkről beszélt.

– Igen. Ha idősebb leszek, a legjobb akarok lenni valamiben. Valamilyen versenyszámban. Imádom a motorokat. – Ezt Maggie is látta rajta. Paul töltött neki egy pohár üdítőt a majdnem üres hűtőből, azután leültek egy megereszkedett, ócska díványra, és beszélgettek. Egy idő után Maggie szólt, hogy most már haza kell mennie. Hosszú út állt előtte, és otthon akart lenni, mire anyja hazaér a munkából. Nem szerette volna, hogy el kelljen mondania, hol volt.

– Eljössz holnap moziba? – kérdezte Paul, mire ő lassú, szégyenlős mosollyal bólintott.

– Igen. Szeretnék.

Paul kikísérte a buszmegállóba, Maggie pedig egész úton hazafelé, majd azon az éjszakán is, rá gondolt. Anyjának nem szólt egy szót sem.

Másnap egy belvárosi mozikomplexumban találkoztak. Maggie meglepődött, látva, hogy a fiú motorral érkezik. A mozi után ő is felült a motorra, és megengedte, hogy Paul elvigye majdnem a házukig. Anyja meg is ölte volna, ha látja őt a motoron. Minden efféle veszélyes tevékenység szigorúan tilos volt. Emma félt, nehogy valamelyik gyerekéről egyszer kiderüljön, hogy az apjuk természetét örökölte. Még azt sem akarta, hogy Tommy sportoljon. Pedig a srác csak futballozni akart, ha majd két év múlva elkezdi a középiskolát. Az alkata alkalmassá tette rá, és megvolt hozzá az apja ereje és mozgékonysága.

Maggie élvezte, hogy ott ülhet Paul motorjának hátsó ülésén. Izgalmas volt. Megmondta neki, hogy anyja idegrohamot kapna, ha megtudná.

– Azt akarja, hogy biztonságban legyünk, és ne csináljunk semmi olyat, ami veszélyes. Amióta apám meghalt, nem bír szabadulni ettől a témától.

– Akkor én nem leszek jó nála, igaz?

– Csak ne gyere motorral, ha eljössz hozzánk.

Egészen karácsony utánig nem beszélt anyjának Paulról, és akkor is csak futólag említette, mint egy barátját az iskolából. Aztán meghívta hozzájuk vacsorára, amire Paul farmerban, egy régi bőrdzsekiben és sportcipőben jött el. Csinos fiú volt, szőke, kék szemű, nagyon udvarias, Emma mégis gyanakodva figyelte. Az a fajta önbizalom, ami Paulból áradt, túlságosan ismerős volt számára, soha többé nem akart találkozni vele, főleg nem a gyerekei körül. Megijesztette a fiú érett, kiforrott személyisége, és az a magabiztosság, ami Paul nehéz életéből fakadt. A lakás, ahol Maggie élt, sokkal szebb volt, mint az az ócska kis ház, amelyben ő lakott, ahol az ablak nem zárt rendesen, és befütyült rajta a szél.

– Egyszer majd sok pénzem lesz – mondta egy napon Maggie-nek, miközben körülsétálták a tavat.

– Hogyan? Miből? – mosolygott Maggie. – Kirabolsz egy bankot?

– Még nem tudom. De lesz, az biztos. És akkor veszek a mamámnak egy rendes házat – felelte álmodozva Paul. Maggie ettől meghatódott.

– Én nem tudom, mit akarok csinálni felnőtt koromban – válaszolta a fiúnak. – Anyám szerint csak az számít, hogy nyugodt életünk legyen, és biztonságban éljünk. Ezt nem győzi hangoztatni. – Azt már nem tette hozzá, hogy az idegeire megy vele.

– Az ilyesmivel én nem törődöm – mondta erre Paul. – Én valami izgalmassal akarok foglalkozni. Hegymászással, motorversenyzéssel, ejtőernyőzéssel. – Úgy csillogott a szeme, mintha máris látná magát valamelyik vakmerő foglalatosság közepette.

– Én a hullámvasúttól is félek. Inkább meghalnék, mint hogy kiugorjak egy repülőgépből – fintorgott Maggie.

– Én viszont bármit megadnék azért, hogy ejtőernyőzhessek – nézett rá mosolyogva Paul.

Tavaszig tartott ez az idill. Paul volt Maggie első komoly kapcsolata. Amíg anyja bele nem avatkozott. A fiú egyszer, amikor náluk volt, mondott valamit arról, hogy érettségi után motorversenyző akar lenni, mire Emma később olyan arccal ment be Maggie-hez a szobájába, mintha eljött volna a végítélet napja.

– A tűzzel játszol – kezdte, és a tekintete olyan hideg volt, mint a jég. – Nem tudod, mit csinálsz. Ez a fiú imádja a veszélyt, Maggie. Élhal érte. Rá van írva. Az olyanoknak, mint ő, a veszély egyfajta kábítószer. Pontosan olyan, mint az apád. Össze fogja törni a szívedet. Az ilyenek előbb-utóbb meghalnak, és te ott maradsz özvegyen. Arra kérlek, hogy szakíts vele.

Maggie számára ez úgy hangzott, mint a halálos ítélet. Paul volt az egyetlen barátja.

– Nem megyek hozzá feleségül, anya. Gyerekek vagyunk.

– Ő nem gyerek. Fiatalember, méghozzá veszélyes. Meghalhatsz vele együtt, ha olyan bolond vagy, hogy felülsz a motorbiciklijére. Nem vagyok hajlandó még egyszer átélni ezt. Apádat elvesztettük. Nem akarlak elveszíteni téged is, vagy Tommyt. Paul maga a megtestesült halálvágy, szinte várja, hogy megtörténjen. Felragyog a szeme, valahányszor a versenyzésről beszél.

– De hát fiú! Majd kinövi. – Maggie harcolt, hogy legyen joga találkozni Paullal. Nem akart lemondani róla.

– Az ilyen fiúk örökké fiúk maradnak. Nem növik ki. Fontosabb nekik az életük kockáztatása, mint amennyire valaha is törődne veled. Amikor legutóbb itt volt, elmondta, hogy egyszer szeretné megmászni az Everestet. Maggie, tartsd távol magad tőle! – kérte Emma könnyes szemmel. Tommy a másik szobából hallotta őt, és később megkérdezte Maggie-től.

– Szakítani fogsz vele?

– Nem tartozik rád – felelte Maggie, és attól kezdve nem beszélt Paulról. Titokban találkozgattak. Maggie többször is majdnem lefeküdt Paullal, de egyelőre nem érezte késznek magát, félt, hogy teherbe esik. A fiú próbálta őt rávenni a dologra, de Maggie-nek sikerült az érettségiig megőriznie a szüzességét. Sok gondolkodni valója volt. Mindegyik főiskolára bejutott, ahová jelentkezett, s végül úgy döntött, az Ohio Államira megy. Paul kihagyott egy félévet, csak utána akart a továbbtanuláson gondolkodni. Dél-Kaliforniába ment versenyezni, és reménykedett, hátha az apja ezalatt kiköt, és akkor találkozhat vele. De a fő cél a versenyzés volt.

Paul az érettségi után két héttel tervezte az indulást. Maggie addigra már kapott egy másik nyári munkát a szállodában augusztusig, amikor majd elutazik Ohióba. Paul végleg Kaliforniában akart maradni, és végül, majd egyszer, egy városi főiskolán szándékozott továbbtanulni, ott, ahol éppen akkor él. Szükségszerű volt hát, hogy az útjuk innentől más irányt vesz. Tudták, hogy ez előbb-utóbb bekövetkezik. Maggie szerelmes volt Paulba, ráadásul a fiú volt a legjobb barátja. Neki bármit elmondhatott. Paul mindent tudott róla, ismerte a reményeit és a félelmeit, és azt, hogy mennyire hiányzik neki az apja. A hiánya néha, mint egy szökőár, valósággal elborította a lányt.

Maggie nem értette, anyja hogyan tudta megszeretni Harryt egy olyan férfi után, mint az apja. De Emma ma már félt, sőt rettegett mindentől. Harry késő esténként kimerülten ért haza, és Emma amúgy sem akart eljárni otthonról. Nehéz volt elhinni, hogy még csak negyvenéves. Maggie inkább nyolcvanévesnek látta, őt is és Harryt is. Semmi mást nem csináltak, mint esténként ültek a tévé előtt, és sört ittak. Nem voltak részegek soha, de Maggie látta, hogy anyja évek óta kedvetlen, lehangolt. Még abban sem volt biztos, hogy egyáltalán szereti Harryt, aki a világ legunalmasabb embere volt. De biztonságot nyújtott, és az anyjának csak ez kellett.

– Mikor láthatlak újra? – kérdezte Maggie Paultól a gyorsan múló napok egyikén. A fiú már készen állt az indulásra. Maggie most örült, hogy nem feküdt le vele. Belátta, hogy nem lehet megzabolázni, valószínűleg egész életében kiszámíthatatlan marad. Anyjának ebben igaza lehetett.

– Nem tudom, Mag – felelte Paul szomorúan. – Hiányozni fogsz.

Maggie elhitte, hogy a fiú igazat mond, de még valami világos volt számára: annyira nem fog hiányozni neki, hogy itt maradjon vagy viszszajöjjön. Arra vágyik, hogy kilépjen a világba, kipróbáljon mindent, átélje azokat a csodákat, amik várnak rá. Maggie-t ezek a dolgok nem vonzották. Ő nem vágyott úgy a veszélyre, mint Paul.

– Vigyázz magadra – mondta, és aznap este majdnem hagyta magát rávenni a szexre. De nem akarta olyan fiúnak odaadni a szüzességét, akit talán soha többé nem lát. Ennél józanabbul gondolkodott.

Az utolsó együtt töltött éjszakájuk mindkettőjük számára keserédes volt. Anyjának Maggie azt mondta, hogy egy barátnőjénél alszik, valójában azonban egy motelbe mentek, amit közösen fizettek. Napkeltekor Paul felült a kölcsönmotorjára, és elindult. Hátrafordult, hogy utoljára Maggie-re mosolyogjon; a nap aranyfénybe vonta szőke haját. Integetett, azután befordult a sarkon, és eltűnt. Maggie fájó szívvel bandukolt haza, s közben azon tűnődött, vajon hová megy most Paul, milyen kihívásokkal kell megküzdenie, milyen hegyeket fog megmászni.

Paul aznap vásárolt egy motort a félretett pénzéből, és elindult Kaliforniába. Mindketten tudták, hogy valószínűleg nem találkoznak többé. Maggie azt is tudta, hogy soha nem felejti el Pault. Mindig is ő lesz az első szerelme.

Második fejezet

Az Ohio Állami Egyetem jó választásnak bizonyult. Az utolsó középiskolás év, amit Paullal töltött, magabiztosságot és önmagába vetett hitet adott Maggie-nek. Paul elmondta neki, hogy okosnak tartja, és hogy egészen más, mint a többi lány. A fiú elérte, hogy különlegesnek érezze magát. Az Ohio Államin a művészettörténetet választotta főszaknak, emellett képző- és tervezőművészetből vett órákat, és üzleti tanulmányokat is folytatott abból a megfontolásból, hogy egyszer még jól jöhet. Nagyon szép, sötét hajú, jó alakú lány volt. Sokat sportolt, és szeretett futballmeccsekre járni a fiúkkal, akikkel randizott.

Az a fiú, akivel másodévben járt, a haditengerészet tengeri, légi és szárazföldi csapatainál akarta folytatni. Maggie anyja kikelt magából, amikor a lánya beszélt neki a fiúról. Állította, hogy ez a fiú is veszélyfüggő, aki csak arra jó, hogy összetörje Maggie szívét. Ő viszont ennek a fiúnak adta a szüzességét. De végül megunták egymást.

Akkor már egy éve nem kapott hírt Paulról. Eleinte küldött neki pár lapot, amiből Maggie megtudta, hogy Dél-Kaliforniában megnyert egy sor versenyt, aztán Mexikóba ment, hogy ott versenyezzen tovább. Utána megírta, azon gondolkozik, hogy a San Diego Városi Főiskolán tanul tovább, de még nem döntötte el. Annak a sok mindennek, amit még csinálni akart, nagyobb volt a vonzereje, mint az iskolának. Ezután arról írt, hogy Argentínába készül megmászni egy hegyet, majd küldött egy lapot, amin megírta, hogy Nepálban túrázik. Írt arról, hogy bármilyen munkát elvállal, ami adódik, és a megspórolt pénzéből megy tovább az útja következő állomásáig.

Nyilvánvaló volt, hogy nem ment el San Diegóba. Maggie eltöprengett azon, hogy vajon megállapodik-e valaha. Nem tartotta valószínűnek. A világ túl nagy volt, és túlságosan sok olyasmit tartogatott, ami izgatta Paul fantáziáját. Olthatatlan kalandszomj űzte-hajtotta tovább, ami Maggie-ben nem volt meg. Nem a félelem miatt, mint az anyja esetében – csak nem akarta megmászni való hegyeket és legyőzendő kihívásokat keresve bebarangolni a világot.

Amikor lediplomázott, visszament Chicagóba. Tommy addigra végzős lett, és az érettségi után, mihelyt betöltötte a tizennyolcat, anyja nagy bánatára csatlakozott a haditengerészethez. Azt mondta, ott jobb oktatáshoz juthat. Repülőmérnök és pilóta akart lenni a haditengerészet kötelékében. A diploma megszerzése utáni nyáron elvégezte a tisztképzőt, és a főiskola után három-öt évre elkötelezte magát a haditengerészetnek. Speciális kiképzésben részesítették, vadászgépeket vezetett, és valahányszor Maggie-vel találkozott, boldognak mondta magát. Pont úgy nézett ki, mint az apjuk, és ugyanúgy imádott repülni, mint ő. Úgy tervezte, hogy amikor a diploma megszerzése után leszerel, olyan cégnél fog dolgozni, mint a Boeing, mert nem lesz neki nehéz remek álláshoz jutnia.

Ekkor már Maggie-nek is jó állása volt egy tévéhálózat pénzügyi irodájában. Rendes fizetést kapott, és volt egy kis lakása Chicagóban. Anyja és Harry végre kiköltöztek a kertvárosba. Harry hatvanegy éves volt, és úgy tervezte, hogy négy év múlva nyugdíjba megy, golfozni, tévézni és sörözni fog a feleségével, és ez elég is volt mindkettőjüknek.

Maggie rájött, hogy jó érzéke van a pénzügyekhez, és félretette a képző- és tervezőművészettel kapcsolatos álmait. Megbízható állást akart, olyat, amire számíthat, és ahol nem kell vállalnia azt a kockázatot, hogy megpróbál kifejleszteni egy talán soha ki nem bontakozó tehetséget. Megtanulta anyjától értékelni a biztosat, és fontosnak tartani a saját biztonságát. Magasabbra tekintett ugyan, mint az anyja, de Emma meggyőzte arról, hogy a biztonság kulcsfontosságú a boldog élethez.

Tommy huszonhárom éves volt, a haditengerészet pilótája, amikor Irakba vezényelték. Anyja ettől kezdve állandó szorongásban élt. Kilépett a szállodabeli állásából, naphosszat a CNN-t nézte a tévében, és rettegett, hogy mit fog ott látni. Tommy négy hónapja volt Irakban, amikor anyja rémálma valósággá vált. Egy konvoj bombázásakor lelőtték a gépét, ami felrobbant. Nem volt holttest, amit hazaküldjenek, és a temetésen Emma olyan volt, mint egy zombi. Soha nem heverte ki ezt a csapást. Úgy kapaszkodott Harryba, mint egy fuldokló. Ő és Maggie kísérte a zászlóval letakart üres koporsót. Az összehajtogatott zászlót ugyanúgy odaadták neki, mint tizenkilenc évvel ezelőtt azt, amelyik Kevin koporsóját takarta.

Maggie annyira aggódott anyjáért, hogy otthagyta az állását, és három hónapig anyja mellett maradt. Emma azonban ezután már soha többé nem volt ugyanaz. Kábultnak és zavartnak tűnt, és félt mindentől. Sírt, amikor Harry dolgozni ment, és csak ritkán lépett ki a házból. Remegett a keze, és hat hónap múlva megállapították, hogy Parkinson-kóros és demens. Maggie tudta, hogy anyját az összetört szíve viszi el. A fia elvesztésébe bele fog halni. Két férfit veszített el a repülés iránti szerelmük és a hazaszeretetük miatt. Maggie pedig az apját és az öccsét gyászolta.

Huszonnyolc éves volt, amikor Tommy meghalt, és ettől fogva ő is más embernek érezte magát. Immár jobban értette, amit anyja próbált megtanítani neki: a kiszámítható, biztonságos élet fontosságát. Soha többé nem akarta átélni ezt a veszteséget. Éjszakánként rémálmok gyötörték; álmában végignézte, ahogy az apja vagy az öccse gépe lezuhan.

Amikor Harry felvett egy asszonyt, hogy napközben vigyázzon Emmára, Maggie rászánta magát, hogy másik állást keressen. Arra gondolt, hogy egy múzeumban vagy galériában vállal munkát, de végül egy könyvelőirodában kezdett dolgozni recepciósként. Nem volt valami izgalmas munka, de akkor ez tűnt a legjobb ajánlatnak, és a cégnek is jó híre volt. Tisztességes fizetést adtak, és megengedték, hogy egy kicsit könyveljen. Azzal nyugtatta magát, hogy később majd talál jobb állást is. Nem akart végleg kikötni itt, csak amíg visszatalál a munkaerőpiacra.

Az átélt trauma után az újrakezdés szelíd módja volt ez. Tetszettek az emberek, akik az állásinterjún elbeszélgettek vele. Őszintének, barátságosnak és tisztességesnek látszottak. A tulajdonos egy idősebb férfi volt, a cégvezető és majdani örököse pedig a fia, a harminchárom éves Brad Mackenzie. Mindketten előzékenyen és kedvesen fogadták Maggie-t. Tudták, hogy elvesztette az öccsét és sokáig ápolta az anyját, amiért őszintén együttéreztek vele.

Két hónapja dolgozott a cégnél, amikor Brad randira hívta. Maggie habozott, nem tartotta jó ötletnek, hogy együtt járjon a főnök fiával. Ha rosszul sülne el a dolog, kirúghatják, vagy önszántából kellene elmennie. Túl kockázatosnak tűnt, de a férfi olyan kedves volt hozzá, és annyira erősködött, hogy végül beadta a derekát, és onnantól randevúzni kezdtek. Anyja még ebben a csökkent értékű állapotában is kijelentette, hogy Brad tökéletes választás.

Mackenzie-ék biztos hátterű családnak számítottak, és Brad volt az egyetlen gyerekük. A Northwesternre járt, tagja volt az egyetemi futballcsapatnak, szeretett baseballozni, a mester fokozatot a Stanford Business Schoolban szerezte meg, ahonnan hazajött, hogy vezesse a családi céget, és élvezte a munkáját. Apjával jól megértették egymást, Brad többször is elmondta Maggie-nek, hogy mennyit tanult az apjától. Minden szempontból egészséges és rendes fickó volt.

Egy évvel azután, hogy randizni kezdtek, Brad megkérte a kezét, és eljegyezték egymást. Maggie egyetlen okot sem tudott, ami miatt vissza kellett volna utasítania Bradet. Az a fajta férfi volt, akinek minden lányos szülő örült volna.

Azt nem lehetett ráfogni, hogy izgalmas pasi lenne, de egy biztos: minden körülmények között számítani lehetett rá. És Maggie amolyan nyugodt, szelíd módon szerette őt. Nem volt ez egy vad és szenvedélyes szerelem, de el tudta képzelni, hogy együtt öregszik meg Braddel. Izgalmak helyett kiszámíthatóság és nyugalom jellemezte az életüket, és Maggie számára, aki elveszítette az apját és az öccsét, anyja pedig kezdett kicsúszni az életből, Brad volt a kőszikla, amelyben meg tudott kapaszkodni, és ezt fontosnak tartotta. A családjából a demens anyján kívül nem maradt senki.

Huszonkilenc éves volt, amikor összeházasodtak. Lake Forestben vettek házat, és Maggie szinte azonnal teherbe esett. Harmincéves volt, Brad pedig harmincöt, amikor a fiuk, Aden megszületett – ezáltal megvalósult a tökéletes kertvároslakó amerikai család, az, amelyik a plakátokról mosolyog ránk boldogan. Maggie anyja nem sokkal Aden születése után meghalt, ami nem volt váratlan, inkább felszabadító az őt régóta sújtó bánat alól. Maggie örült, hogy legalább még látta a kisbabát, noha Tommynak vélte, és akkor már jószerivel nem értett semmit. Nem sok maradt abból a nőből, aki Kevin halála előtt, Maggie gyerekkorában volt. A súlyos csapások és veszteségek megtörték.

A baba születése után Maggie nem dolgozott tovább teljes állásban, és amikor Aden óvodába került, hetente két napon bejárt, hogy segítsen Bradnek. Szeretett együtt dolgozni vele az irodában. Brad addigra megörökölte a céget, ami jobban ment, mint bármikor. Brad büszke volt, hogy az övé, és ő működteti.

Boldogok voltak, sokkal boldogabbak, mint ahogy Maggie számított rá. Mindig úgy képzelte, hogy az apjához hasonló férfi lesz a férje: jóképű, laza, bátor, sőt merész. Brad vonzó férfi volt, de tökéletesen hiányoztak belőle a Maggie apját és öccsét jellemző vad ösztönök. Az az ember volt, aki sohasem fogja őt vakmerő lépésekkel meglepni vagy megijeszteni. Ezt Maggie sem akarta. Jó volt tudnia, hogy az életük mindvégig ugyanazon a biztos vágányon halad. Most erre volt szüksége. Brad és Aden jelentett neki mindent.

Egyedül az okozott neki fejfájást, hogy Adenben a Kellyk vére csörgedezett. Hiába prédikálta neki ugyanazokat az intelmeket a stabilitás és a biztonságos élet értékes voltáról, amiket annak idején az anyja prédikált neki, a fia ösztönösen kereste a veszélyt. Ötéves korában anyjának a tűzoltókat kellett kihívnia, hogy lehozzák a fáról, amelyre felmászott. Az iskolában túl magasra kapaszkodott a mászókán, ahonnan leesett, és eltörte a karját. Tizenhárom-tizennégy évesen síversenyeken indult, tizenöt éves korában agyrázkódást kapott, amikor leesett egy lóról, de rögtön vissza is akart ülni rá.

Maggie szüntelenül szelídítgette, de Aden ki akart próbálni minden veszélyes sportot, ami csak az eszébe jutott. Imádott például gördeszkaparkokba járni, ahol rémítő mutatványokat tanult a profiktól. Nehéz volt féken tartani. A középiskolában rövid ideig lacrosse-ozott, ami nagyon durva sport, erről villámgyorsan átnyergelt a hokira, ami még durvább. Megvolt hozzá valamennyi adottsága, hogy jó sportoló legyen. Maggie mindent elkövetett, hogy kicsit visszafogja. Brad kevésbé aggódott érte, mondván, *„hiszen fiú!"*, de Maggie látta, hová vezethet a vakmerőség, és amennyire tudta, rövid pórázon tartotta a fiát. Nem akarta, hogy megsérüljön.

A középiskola harmadik évében Aden belépett a jéghokicsapatba, és hamarosan ő lett a csapat legjobb játékosa. Negyedikes korában megpályázott egy hokis ösztöndíjat, ami azt jelentette, hogy a továbbtanulásnál csak az északkeleti és a közép-nyugati egyetemek jöhettek szóba.

– Nem űzhetne valami békésebb sportot? Például a teniszt? – kérdezte Maggie gondterhelten Bradtől. Amikor látta, hogy Aden miket csinál a gördeszkával, eszébe jutott Paul Gilmore a középiskolás éveiből. Harminc éve nem hallott róla, de pár éve úgy értesült, hogy legendás Forma–1-es autóversenyző lett, ami nem lepte meg. Örült, hogy Aden nem akart autóversenyző vagy pilóta lenni, csak éppen minden más. Maggie élete örökös aggodalom volt a fia miatt.

A házasságuk kezdeti éveiben szóba került, hogy legyen egy másik gyerekük is, de végül úgy döntöttek: elég ez az egy. Aden tökéletesnek látszott. Maggie nem akarta megkockáztatni, hogy valami baj legyen egy másodikkal, Brad pedig azt szerette volna, ha a fiuknak meglenne mindene: jó iskolák és biztos indulás az életbe.

Ha nem is fényűzően, de kényelmesen éltek. Maggie mindig is józanul és értelmesen gondolkozott, és mivel nem volt saját jövedelme, sohasem pazarolt. Mindenük megvolt, amit akartak, és ennél többre nem is volt szükségük. Megengedhettek volna maguknak egy nagyobb házat, de szerették a mostani egyszerű kis otthonukat. Úgy érezték, hogy elég az, amijük van, nem vágytak többre. Brad mindig is konzervatív és pénzügyileg megbízható ember volt.

Aden a karácsonyi szünet alatt akarta kitölteni a jelentkezési lapját, Brad pedig két héttel karácsony előtt egy New York-i kirándulás tervével lepte meg Maggie-t. Ugyan nem szeretett utazni, de gyakran kellett kongresszusokon részt vennie. Nehéz volt ellenállni egy kilátásba helyezett kis karácsonyi bevásárlásnak New Yorkban, és Maggie amúgy is szeretett kisebb utakat tenni Braddel. Nem sűrűn, mert nem szívesen hagyta egyedül Adent. Most azonban felhívta az egyik ismerős anyát, aki boldogan befogadta magukhoz a fiút. A tizenhét éves Aden jó gyerek volt, de nem szent, és az, hogy a szülei nincsenek a városban, túl nagy kísértést jelenthetett, hogy elkövessenek valami csínyt a barátaival.

Az utazás előtti napon Maggie elmondta Bradnek, hogy mindent megszervezett, és előre örül, hogy szállodában lakhat vele. Az életük régóta Brad könyvelőcége és Aden köré szerveződött, és ritkán jutott idejük egymásra. Megígérték maguknak, hogy amikor ősszel Aden kollégiumba költözik, elutaznak egy közös, romantikus vakációra. Mondjuk Hawaiira. Az életük pontosan úgy alakult, amilyennek Maggie akarta.

Az öccse halála annak idején mély sebet ütött rajta. Ma már egyáltalán nem volt biztos abban, hogy a sors mindig, minden körülmények között megkíméli őket. Mindenben, de főleg a fiával kapcsolatban biztosra akart menni, és soha nem vállalt kockázatot. Látta, mit tett az anyjával, hogy elveszítette a fiát. Még rosszabb volt, mint a férje elvesztése, pedig az is nagyon megviselte Emmát.

Harry nyolcvanéves volt, élt, sőt újraházasodott; egy rendes nőt vett el, akivel egyazon munkahelyen dolgozott. Időnként meglátogatta Maggie-t, de amikor nyugdíjba ment, Floridába költözött az új feleségével. Már ő is kezdett lelassulni, ritkán jött Chicagóba, és Maggie-vel amúgy sem álltak közel egymáshoz soha. Harry életében szomorú fejezet volt az Emmával való házassága, és Maggie kétségtelenül erre a korszakára emlékeztette őt.

Amikor Brad és Maggie elindult a repülőtérre, az olyan volt, mintha egy mini nászútra utaznának. Aden reggel szokás szerint beszállt a többiekhez az aznap soros autóba, Brad és Maggie pedig útban a reptérre arról beszélgetett, hogy mit szeretnének csinálni New Yorkban. Olyan szállodában foglaltak szobát, amelyet mindketten kedveltek, és Brad hallott egy új étteremről, amit ki akart próbálni.

Kis késéssel indultak az O'Hare-ről, és az út a szokottnál viharosabb időben telt. New Yorktól félórányi távolságra sűrű havazásba kerültek. Brad kinézett a repülő ablakán, és hangosan gondolkodva megjegyezte, csak ne legyen gond a leszállással. Remélte, hogy nem irányítják el őket másik reptérre. Mihelyt a gondolat átfutott az agyán, megjelent a kapitány, és elmondta, hogy az irányítótorony kérésének megfelelően rövid ideig várakozni fognak a LaGuardia felett. Húsz perccel később azt közölték, hogy a Newark reptéren fognak leszállni.

Az elmúlt fél órában erősödött a hóvihar, és amikor kiléptek a várakozási körből és elindultak New Jersey-be, még nagyobb légörvénybe kerültek. Veszítettek a magasságukból, és az utasok hallották, hogy kiengedik a futóművet. Amikor ez megtörtént, a gép megdőlt, és ide-oda billegett. Maggie megfogta Brad kezét, és szorosan tartotta. Látták, hogy közben a Hudson folyó fölé értek, egyik oldalon New York felhőkarcolóival, a másikon New Jersey-vel. Ekkor a gépük zuhanórepülésbe fordult. Maggie az ablakból látta a feléjük rohanó folyót. Bradre nézett, miközben a stewardess felszólította őket, hogy vegyék fel a zuhanó pozíciót, és elmondta, hogy mit tegyenek. Kavargott körülöttük a hó, és a gépen kitört a pánik.

– Brad... – mondta Maggie, de nem akarta kimondani, amire gondol.

– Minden rendben lesz... ez csak egy hóvihar. – Brad megszorította a kezét, rámosolygott, és felvették a zuhanó pozíciót. Maggie távolról hallotta, hogy az emberek sikoltoznak. Mielőtt bármit mondhatott volna Bradnek, egy csattanással leértek a folyóra, és a víz magasra csapott fel körülöttük. Közben az utaskísérők egyfolytában kiabálták, hogy a padlóvilágítást követve menjenek a kijáratokhoz. Brad Maggie fején át ráadott egy mentőmellényt, és kézen fogva húzta magával. Maggie-nek megijedni sem volt ideje, miközben az utasok sírva, némelyek sikoltozva leugrottak a csúszdára.

A gépből folyamatosan menekülő emberek alatt a felfújódott csúszdák leváltak a repülőgép oldaláról, és tutajokká alakultak át a folyón, amelynek jeges hullámai átcsaptak rajtuk, eláztatva az embereket. Voltak, akik a csúszdáról egyenesen egy tutajra estek. Csónakok tartottak feléjük, közben a repülőgép süllyedni kezdett, és az emberek lecsúsztak róla a vízen táncoló tutajokra. Maggie látott egy nőt, aki lesiklott az egyik tutaj oldalán, és a rajta lévő nehéz télikabát lehúzta a víz alá.

Maggie már elengedte Brad kezét, de most odafordult hozzá, csakhogy Brad nem volt ott. A vízben volt, kétségbeesett arccal kapaszkodott a tutaj síkos szélébe, és Maggie látta, amint alámerül. Kinyúlt érte, de nem tudta elkapni a kezét, mert közben a tutaj messzebb sodródott tőle. Sikoltozva kérte, hogy valaki segítsen, de Bradet elragadták a hullámok meg az áramlatok, és Maggie látta, amint lassan eltűnik a folyóban. Újra sikoltott, és mutogatott rá, mire egy másik tutajról valaki megpróbálta elkapni őt. De nem sikerült, és Brad végleg eltűnt Maggie látóköréből. Az emberek mindkét tutajról döbbenten meredtek a sötét, jeges vízre. Bradnek addigra nyoma sem volt.

Már minden utas elhagyta a repülőgépet. Néhányan még a vízben voltak. A személyzet két tagja épphogy ki tudott ugrani a gépből, mielőtt az elsüllyedt volna, és most csónakok próbálták elérni őket. Maggie látta, hogy egy egyenruhás nő a repülőgéppel együtt a víz alá merül, akárcsak a mellette álló férfi. A férfi a kapitány volt, aki megvárta, amíg mindenki kimenekült. A következő pillanatban eltűntek Maggie szeme elől. Ők ketten hősi halált haltak, miközben a folyó felett lebegő helikopterekből mentőöveket dobáltak ki, köteleket eresztettek le, és azt kiáltozták a hullámok között vergődő embereknek, hogy kapják el ezeket. Amíg megfeszített erővel folyt a mentés, nagy teljesítményű reflektorok pásztázták a területet. Maggie szüntelenül a vizet kémlelte, abban reménykedve, hogy Bradet felhúzták az egyik tutajra, de sehol sem látta őt. Dideregve, sokkos állapotban ült a mentőtutajon, és a világ lassan elmosódott körülötte.

Érezte, hogy erős karok felemelik, és hevedert rögzítenek rá. Jeges vízbe mártották, aztán hirtelen felrepült a folyó fölé, és behúzták egy helikopterbe. Mentősök azonnal hőpaplanba csavarták, és ekkor végre meg tudott szólalni.

– A férjem… még odalent van… ki kell mentenünk őt…

Meg akarta mutatni, hol látta őt utoljára, de odalent egymásba értek a csónakok és a tutajok. Addigra már a parti őrség is megérkezett, és a búvárok beugráltak a vízbe. Maggie biztos volt benne, hogy megtalálják Bradet. A mentőszemélyzettől körülvéve, útban egy New Jersey-i kórházba, más utasokkal együtt ő is a helikopter padlóján feküdt. Egyikük, egy idősebb férfi, halott volt, mire leszálltak. Maggie addigra már elvesztette az eszméletét.

Órákig tartott a kutatás. Hetvenkét embert mentettek ki élve, negyvenkilencen meghaltak, köztük a kapitány és a személyzet két tagja, akik az utasok mentése közben vesztették életüket.

Aden a barátjáék lakásán, a tévében nézte végig az egészet. Fogalma sem volt, élnek-e a szülei, csak nézte a hóviharban a hullámokon táncoló mentőcsónakokat, az egész szörnyű jelenetet, és zokogott.

Maggie három óra múlva, amikor már öntudatánál volt annyira, hogy képes legyen rá, felhívta, és elmondta a rettenetes hírt: az apja meghalt. Megtalálták a holttestét. Ő maga is vészesen lehűlt, de sikerült felmelegíteniük és megmenteniük. Aden még akkor is sírt, amikor anyjának le kellett tennie a telefont, mert nem tudott tovább beszélni az egész testét rázó remegéstől. Haza akart menni a fiához, de három napig bent kellett tartaniuk a kórházban, hogy azután légi mentővel visszaküldjék Chicagóba, és ott újra megvizsgálják, mielőtt hazaengednék. Aden szerette volna a chicagói kórházban meglátogatni, de Maggie tudta, hogy borzasztóan megviselné a fiút, ezért ragaszkodott hozzá, hogy a barátjáéknál várja meg, amíg kiengedik.

Amikor végül elment érte, úgy nézett ki, mint önmaga kísértete. Felidéződtek benne gyerekkorának legrosszabb emlékei, amikor apja meghalt, és később, amikor az öccsét lelőtték Irakban. És most újra megtörtént. Egy egyszerű kis kiruccanás New Yorkba váratlanul rémálommá változott. Aztán Adennel hazamentek a néma lakásba. Már megvették, de még nem állították fel a fenyőfát; otthagyták összekötözve a garázsban a színes karácsonyfaégőkkel együtt, amelyeket az idén nem fognak használni. Karácsony napján Maggie kivonszolta a csupasz fát a kukához.

Brad temetése karácsony előtt egy héttel volt. A családi sírhelyre temették, ahol a szülei is nyugodtak. Maggie anyja is itt volt eltemetve, így most már csak ketten maradtak egymásnak. Aden vigasztalhatatlan volt. Az egész közösség köréjük gyűlt, ennivalót hoztak nekik, és felajánlották a segítségüket, ha bármiben szükségük lenne rá. Aden és Maggie nem ünnepelték meg a karácsonyt, magukban gyászolták Bradet. Maggie szerette volna, ha anyja még él, ha beszélhetne vele, ha megtanítaná, hogyan kell özvegynek lenni. Fogalma sem volt, mihez kezdjen most.

Emésztette a bűntudat, amiért életben maradt, Brad pedig nem. Szüntelenül gyötörték az olyan kérdések, hogy a férje miért esett a vízbe. Miért nem húzta ki valaki? Ő miért élte túl? Nem volt kivel megbeszélnie ezeket a kérdéseket, és éjszakánként órákig feküdt ébren az ágyában, utána meg a házban barangolt. Azt sem látta, amikor Brad kicsúszott a csónakból, csak hirtelen már a vízben volt. Nem tudta elképzelni az életét, sem Adenét nélküle. Rommá lett minden, ami eddig tökéletesnek látszott. A légitársaság jogi és lelki segítséget ajánlott fel, de még nem érezte késznek magát erre.

Mindezek ellenére a karácsonyi vakáció alatt segített Adennek a főiskolai jelentkezések elkészítésében. Hosszú sétákat tettek együtt, és eljöttek hozzájuk Aden legjobb barátai. Csendben beültek a fiú szobájába, mígnem egyik este Aden végül elment velük vacsorázni. Maggie egyedül üldögélt a házban, aztán gondolt egyet, és benézett Brad szekrényeibe. Mintha még reménykedne, hogy a férje mindjárt hazajön, és közli vele, hogy az egész csak félreértés volt, őt egy másik kórházba szállították. Egyszerűen lehetetlennek tűnt, hogy itt hagyta, ugyanúgy, mint az apja és az öccse. Pedig annyira józanul és óvatosan éltek, nem mentek bele kockázatos dolgokba, nem keresték a veszélyt. Húsz éven át szerette Bradet, és most meghalt.

Amikor Aden visszament az iskolába, a ház végképp olyanná vált, mint egy kripta. Brad irodavezetője beszélni akart Maggie-vel, de ő azt mondta, egyelőre képtelen rá. Senki számára nem voltak szavai. Az emberek továbbra is ennivalóval megrakott kosarakat tettek a küszöbükre, de féltek becsengetni. Ő azonban nem tudott enni. Elképzelni sem tudta, hogyan lesz egyszer újra normális az életük. Aden miatt megpróbált normálisan működni, amennyire tudott, de úgy érezte magát, mint aki egy cérnaszálon lóg a levegőben.

Adennek sikerült idejében beadnia a jelentkezéseit, noha anyjának azt mondta, most nem érdekli a főiskola. Maggie kilencévesen vesztette el az apját, és bár Aden már tizenhét volt, sok szempontból még gyerek. Hogy tud majd egyszerre anyja és apja lenni? A létezés, sőt a légzés is szinte lehetetlennek tűnt számára. Csinálta, de maga sem tudta, hogyan.

A nappaliban ült, még hálóingben, és csak bámult maga elé a levegőbe, amikor Aden hokicsapatából az egyik gyerek anyja SMS-t küldött, hogy beugrik hozzá, és nagy bátran be is csengetett. Maggie először nem reagált, de végül ajtót nyitott, aztán csak állt, és némán meredt a nőre. Nem akart beszélni senkivel a világon. Nem voltak közeli viszonyban Helen Watsonnal, de mindig kedvelte őt.

Egy kicsit még nézték egymást, aztán Helen halkan megkérdezte:

– Miben tudnék segíteni neked?

– Semmiben – válaszolta Maggie üres tekintettel. Már jobban megértette, milyen elidegenedett állapotban volt anyja évekig az apja halála után. – Senki nem tehet semmit.

– Beágyazzak? Elmosogassak? Főzzek vacsorát? – ajánlgatta Helen, mire Maggie elmosolyodott, hátralépett egyet, és behívta. Helen kedves nő volt, nem akart udvariatlan lenni hozzá.

– Óriási a rendetlenség. Nem mostam, és nem vetettem be az ágyat, amióta... ez történt. – Még most sem tudta kimondani a szót.

– A főiskolás éveim alatt szobalányként dolgoztam a Four Seasonsben – felelte mosolyogva Helen. – És neked még borravalót sem kell adnod.

Maggie hetek óta először nevetett fel, és a hang még számára is ismeretlen volt. Úgy érezte magát, mintha eltévedt volna egy idegen, új világban, mint Alice Csodaországban, lent a nyúl üregében. Hirtelen megkönnyebbült attól, hogy volt ott valaki. Elveszetten ment körbe a lakásban Helen mögött. Ő készített neki egy csésze teát, és a kezébe adta. Azután a csap alatt leöblítette Aden reggeli edényeit, és bepakolt a mosogatógépbe. Rendet rakott a konyhában, Maggie pedig nézte. A hűtőszekrényt kinyitva meglátta az érintetlen tálakat és a rothadó gyümölcsöket. A legtöbbjét kidobálta, azután fahéjas pirítóst készített Maggie-nek, és fölment, hogy bevesse az ágyakat. Maggie zavart tükröző arccal ment utána.

– Restellem... minden olyan szörnyen néz ki... de főleg én.

– Fura lenne, ha nem így néznél ki – válaszolta Helen szelíden. – Főiskolások voltunk, amikor az ikernővérem agyhártyagyulladásban meghalt. Hónapokig nem tértem magamhoz. Túl fogsz jutni ezen, Maggie, hidd el nekem. Egyszerre csak egy napot kell kibírni, csak egy órát, vagy öt percet. Fogadd őszinte részvétemet.

Maggie könnyes szemmel bólintott.

– Csak erre tudok gondolni. Ha én túléltem, ő miért nem? Nagyobb volt és erősebb, mint én, és olyan jó ember!

– Az élet nagy rejtélyei – mondta csendesen Helen. – Miért kapott agyhártyagyulladást a testvérem, és én miért nem? A dolgok csak megtörténnek. És Aden is rendbe fog jönni. Itt vagytok egymásnak.

Maggie bólintott. Hinni akart ebben, ha másért nem, Adenért.

– Kilencéves voltam, amikor apám meghalt, és anyám sohasem heverte ki igazán. Aztán tizenkilenc évvel később meghalt az öcsém. Azt hiszem, számára ez a kegyelemdöfés volt.

Helen ekkorra bevetette az ágyakat, összeszedte a törülközőket meg a szennyest, és elindult lefelé. Maggie végre talán kicsit élénkebben követte őt. A lakás máris jobban festett.

– Mi lenne, ha felkapnál valami ruhát, és elmennénk sétálni? Csak ide, ki az utcára, és közben veszek valami ennivalót. Nem ehettek egyhetes pulykaragut és töppedt citromot – mosolygott Helen Maggie-re, aki visszamosolygott rá.

– Azt hiszem, Aden eddig pattogatott kukoricán és fagyasztott pizzán élt. Nem főztem.

Felment az emeletre, hogy felöltözzék, és tíz perc múlva farmernadrágban és pulóverben jött le. A temetés óta most először kefélte ki rendesen a haját. Hirtelen ráeszmélt, milyen nyomorultnak láthatta őt Aden, és emiatt is bűntudata támadt. Nem akart olyanná válni, mint az anyja, akit egy életre tönkretett az, ami történt. Meg kell mutatnia a fiának, hogy túl fogják élni ezt a tragédiát.

Helen javaslatára tettek egy rövid sétát, aztán autóval elmentek vásárolni. Maggie senkivel sem akart találkozni, de Adent sem szerette volna éheztetni. Ő maga alig evett a repülőszerencsétlenség óta, és rettentően lefogyott. Most megtöltötték a bevásárlókosarat egyszerű, könynyen elkészíthető ételekkel, aztán hazamentek.

– Köszönöm, Helen. Egyszerűen nem tudtam összeszedni magamat.

– Tudom. Ezért jöttem át. – Helen apró termetű, csinos szőke nő volt, három fiú anyja. A legidősebb Aden csapattársa volt, a legkisebb hatéves, a férje pedig egy chicagói reklámügynökséget vezetett. Ott voltak a fiuk minden hokimeccsén, ahogy Maggie és Brad is. – Elintézzek pár telefont helyetted? – ajánlotta.

– Hetek óta nem néztem meg az üzeneteimet – rázta a fejét Maggie. – Nincs senki, akivel beszélni szeretnék.

– Azért nem ártana megnézned őket – javasolta szelíden Helen.

Maggie megnézte a telefonját, és látta, hogy harminckilenc hangüzenete jött. Már a gondolatától is elfáradt, hogy ezeket most sorban meghallgassa.

– Majd később meghallgatom őket – mondta. Helen röviddel ezután elment, ő pedig leült a konyhában, hogy meghallgassa az üzeneteket. Kilenc jött Phil Abramstól, Brad irodavezetőjétől, legalább egy tucat Aden barátainak szüleitől, négy a biztosítójuktól, és hat a légitársaságtól. A többi Brad barátaitól, és pár olyan embertől, akikre nem is emlékezett, vagy akikkel nem akart beszélni. Senkivel sem akart beszélni, de elsőként mégis Brad irodavezetőjét hívta vissza, és bocsánatot kért, amiért nem jelentkezett hamarabb. Phil húsz éve dolgozott a cégnél, és Maggie tudta, mennyire tisztelte őt Brad.

– Meglátogathatlak, Maggie?

– Még nem fogadok senkit – válaszolta Maggie halk, törődött hangon.

– Nem akarok a terhedre lenni, de a cégről van szó – mondta Phil, és Maggie megértette: bármilyen nehezére esik is, tartozik Bradnek azzal, hogy leül Phillel. Nem temetkezhet el élve, ahogy anyja tette. De még ő is eljárt dolgozni, nem bújt el a négy fal között, és a gyerekeit is el kellett látnia. Neki is ott volt Aden, és nem fordíthatott hátat Brad cégének sem. Beleegyezett hát, hogy másnap bemegy az irodába, és találkozik Phillel. Rögtön meg is kérte őt, hívja fel helyette a biztosítótársaságot.

– Nem velem akarnak beszélni, hanem veled – válaszolta Phil. – Körülbelül tizenötször telefonáltak ide. Mindenáron kapcsolatba akarnak lépni veled. – Maggie sóhajtott, és megígérte, hogy telefonál nekik. – A légitársaság is többször hívott minket. Azt hiszem, velük is beszélned kell. Akármilyen fájdalmas is.

– Jól van. – Maggie a gondolattól is kimerültnek érezte magát. De most, hogy Adent visszaküldte az iskolába, ideje, hogy ő is erőt vegyen magán, és szembenézzen a kötelezettségeivel. – Mit akarnak?

– Nekem nem árulták el. Valószínűleg a biztosítóik beszélni akarnak veled és a jogi osztályukkal. Sokan vesztették életüket a szerencsétlenségben. Sok perük lesz a közeljövőben. Te akarsz pert indítani ellenük, Maggie? Elképzelhető, hogy meg fogják kérdezni.

– Miért indítanék? Attól nem kapom vissza Bradet – felelte Maggie szomorúan.

– Hívd fel őket, és majd kiderül, mit akarnak – biztatta Phil, majd a másnapi találkozót megerősítve elköszöntek egymástól. Maggie előre rettegett attól, hogy be kell mennie az irodába, és Brad nem lesz ott. Ez megint csak rá fogja ébreszteni a valóságra. De ezzel szembe kellett néznie.

Aznap este nem konzervvel vagy fagyasztott pizzával, hanem friss vacsorával várta haza Adent. Fasírtot készített krumplipürével és zöldbabbal, Aden kedvencét. A fiú meglepődött, amikor meglátta.

– Te csináltad? – kérdezte csodálkozva.

– Ma átjött Jimmy Watson édesanyja, és benyomta nálam az indítógombot. – A fiú mosolyogva magához ölelte, majd elmondta anyjának azt, amit Maggie akart elmondani neki.

– Rendbe fogunk jönni, anya. Rettenetesen fog hiányozni apa, de ő is azt akarná, hogy túljussunk ezen. Meg kell tennünk a kedvéért – mondta könnyes szemmel.

– Tudom – felelte Maggie, és szorosan átölelte a fiát. Aztán leültek a szépen megterített asztalhoz vacsorázni. Mindketten tudták, hogy ettől fogva minden más lesz. Maggie-nek gondoskodnia kell Adenről, akinek mostantól még nagyobb szüksége lesz az anyjára. Brad nincs többé. Maggie negyvenhét évesen özvegy lett. Fogalma sem volt, hogyan fogják túlélni ezt, de el volt szánva rá, hogy túlélik. Helen Watson talpra állította, és elindította. Maggie tudta, hogy soha nem fogja elfelejteni, amit Helen tett érte. Örök hálával tartozik neki.

A vacsorát csokiöntetes fagylalttal fejezték be, ami ugyancsak Aden kedvence volt. Egyébként Bradé is, de Maggie most nem engedte meg magának, hogy erre gondoljon. Itt van a fia, akinek el kell végeznie a középiskola utolsó évét, és utána főiskolára kell mennie. Neki pedig, akár tetszik, akár nem, fel kell hívnia a biztosítót és a légitársaságot. A többi várhat.

Harmadik fejezet

A Helen Watson látogatásának napját követő reggelen Aden még aludt, amikor Maggie felkelt. Miután felébresztette a fiút, Aden először csak a fél szemét nyitotta ki, és meglepetten látta, hogy anyja keltegeti.

– Mi van? – kérdezte álmosan. Brad halála óta anyja hetekig ébren töltötte az éjszakákat, kísértetként bolyongott a házban, és nem sokkal azelőtt aludt el, hogy Adennek fel kellett kelnie. Maga készítette el a reggelijét, és csendben ment ki a házból. Valamelyik barátjának az édesanyja vitte el, mivel diákok nem vezethették és nem hagyhatták az iskolánál az autójukat.

– Úgy gondoltam, hogy ideje visszatérni a reggeli szolgálatba. – Normális körülmények között Maggie kiadós reggelit készített Adennek, aki a nap nagy részét az iskolában töltötte, és utána még hokiedzésre ment. Magas, izmos felépítésű fiú volt, akárcsak Brad, szüksége volt üzemanyagra, hogy működni tudjon. Mosolyogva kelt fel az ágyból, és indult zuhanyozni. Maggie lement, hogy elkészítse a sült szalonnás tükörtojásból és frissen facsart narancsléből álló reggelijét. Tudta, hogy egyszerre fogja lehajtani, mielőtt kivágtatna az ajtón. A fiú húsz perc múlva, a zuhanyozástól még nedves hajjal jött le, és boldog volt, hogy a konyhában találja anyját. Látta rajta, hogy fáradt, de végre, csaknem négy héttel apja megdöbbentő halála után, visszatért a földre.

Aden is soványabbnak és hirtelen idősebbnek látszott, mint nem sokkal korábban. Nehéz útja volt ez a felnőtté válásnak; Buck Williams, a hokiedzője aggódott is érte, ezért a szárnyai alá vette. Adentől megtudta, hogy anyja a szerencsétlenség óta bénult állapotban volt, és cseppet sem meglepő módon poszttraumásstressz-betegségben szenvedett. Buck szerette volna, ha Aden az életében bekövetkezett változás ellenére továbbra is eljárna az edzésekre, és amennyire csak képes rá, az iskolára összpontosítaná az energiáját. Nem kérdezett rá, de kíváncsi volt, vajon most, miután nélkülözniük kell Brad keresetét, el kell-e adniuk a házukat, és máshová kell-e költözniük. Brad volt a kenyérkereső a családban, és most, hogy meghalt, bármi megtörténhet, ami még a jelenleginél is bizonytalanabbá teheti Aden életét.

Buck reménykedett, hogy Aden a jégkorong révén kaphat ösztöndíjat, és el tudja végezni az egyetemet. Levelet írt az összes olyan iskola sportvezetőjének, ahová Aden elküldte a jelentkezését, arra kérve őket, hogy még kedvezőbben bírálják el a fiú által hozzájuk eljuttatott anyagot. Aden kiváló játékos volt, Buck esélyesnek tartotta arra, hogy az egyetem elvégzése után akár az NHL-be is bekerülhet, és profi hokisként folytathatja, ha akarja. A szülei ugyan nem ezt az utat szánták neki, de ez most akár meg is változhat. Buck tudta, hogy Brad tervei ellenére Aden a legkevésbé sem szeretne könyvelő lenni. A szíve szerint tengerbiológus, vagy Alaszkában kereskedelmi halász, vagy berepülőpilóta lenne, mint a nagyapja, de mindenképpen kint, a szabadban akart valami izgalmas munkát végezni. Az is megfordult a fejében, hogy hegyi vezető vagy síoktató lesz, de ezek közül egyik sem tetszett a szüleinek.

A jövője a születése percétől kezdve ki volt jelölve számára. Apjával együtt fog dolgozni könyvelőként a családi cégben, amelyet apai nagyapja épített fel negyven évvel ezelőtt, és amelyet Brad segített felvirágoztatni. Nem voltak gazdagok, mindössze jómódúak, és mindenüket, amijük csak volt és amit félretettek, Adennek szánták, aki nem örült ennek a batyunak.

Miután Aden elment, Maggie felöltözött. Sima fekete nadrágkosztümöt vett fel, hogy valamennyire üzletasszonynak nézzen ki. Már ismerte Brad végrendeletét, így tudta, hogy a férje rá hagyta a céget. Fogalma sem volt, mit kezdjen vele, vagy hogyan kellene működtetnie. Annak idején szeretett itt heti két napot dolgozni mint kisegítő, aki irattároz és elrak dolgokat, de tudta, hogy nincs meg a szakismerete és a tudása, hogy elfoglalja Brad helyét. Addig akarta működtetni a céget, amíg Aden felnő, és az egyetem után átveszi tőle. De még évek telnek el, mire a fiú az apja örökébe léphet.

Maggie abban is reménykedett, hogy Phil Abrams elvezeti a céget, amíg Aden készen nem áll rá, és az üzleti tanulmányai végeztével ő lesz apja utódja a könyvelésben. Bízott benne, hogy Aden a Stanfordon végez, mint az apja, vagy a Harvardon, de Aden nem volt olyan jó diák, mint annak idején Brad, legalábbis egyelőre még nem. Sportolónak viszont sokkal jobb volt, mint ő.

Rövid volt az út az irodához, Maggie szinte gondolkodás nélkül vezetett odáig. Hogy ne érje sokként Brad hűlt helyének látványa, útközben folyamatosan emlékeztette magát, hogy Brad nem lesz ott. Ám amikor belépett az ajtón, mégis azt várta, hogy ott ül az irodájában. Sápadtan és feszülten, a csalódásra felkészülve érkezett meg. Sötét haját simán hátrafésülte és a tarkóján kontyba csavarta, falfehér arcához egy hónapja nem ért festék. Nem látta értelmét, mivel a gyakori sírás úgyis lemosta volna. De most, amikor Phil üdvözölte, és kis tétovázás után bevezette az irodájába, száraz volt a szeme. Brad szobájának ajtaja egy hónapja, New Yorkba indulása óta zárva volt.

Phil idősebb volt a férjénél, már Brad apjánál is dolgozott. Akkor került a céghez, amikor letette a mérlegképes könyvelői vizsgát. Immár az ötvenes éveiben járt, és amióta itt dolgozott, négy gyerekét küldte egyetemre. Az idősebbik fia orvos lett, mindkét lánya ügyvéd, a fiatalabbik fia pedig okleveles könyvvizsgáló. Brad szinte a bátyjának tekintette Philt, gyakorlati dolgokban, sőt apja halála után a cégvezetésben is, gyakran kikérte a tanácsát. Némi korszerűsítést követően is megmaradtak az apja által kialakított modellnél. Mint feddhetetlen céget igen nagyra becsülték a közösségben. Kezdetben Phil úgy tervezte, hogy majd saját céget alapít, de amikor családja lett, rájött, hogy szüksége van a Mackenzie és Fia nyújtotta stabilitásra.

– Kérsz egy csésze kávét? – kérdezte, miután leültek.

– Nem, köszönöm, jól vagyok – felelte Maggie, de nem úgy nézett ki. Phil észrevette, hogy remeg a keze, és sűrűn pillantgat Brad szobájának bezárt ajtajára, mintha azt várná, hogy egyszer csak kinyílik, és megjelenik Brad megtermett, mackós alakja. Eleinte Phil is így volt vele. A magas, vékony, ősz hajú férfi idősebbnek látszott a koránál. Amikor Brad meghalt, úgy érezte, mintha a testvérét veszítette volna el. Még ő sem tért magához teljesen a sokkból, de tudta, hogy meg kell hozniuk bizonyos döntéseket.

– Jól vagy, Maggie? – kérdezte aggódva. A temetés óta most látta először, és tudta, hogy ő is szörnyű dolgokat élt át, hiszen ott volt a lezuhant gépen.

– Jól vagyok – bólintott Maggie. Nem akart a fejfájásairól, a rémálmairól, az álmatlan éjszakáiról beszélni. Kapott az orvosától altatót, de ha bevette, másnap kába, kótyagos és még nyomottabb volt, úgy döntött hát, hogy inkább nem szedi.

– Sokat gondolkodtam, és lehet, hogy neked még túl korai erről beszélni, de előbb-utóbb foglalkoznunk kell a cég dolgával. Egyelőre minden simán megy, és ez így is maradhat sokáig, de alighanem még évekbe telik, míg Aden felkészül arra, hogy belépjen. Ámbár Brad abban sem volt biztos, hogy egyáltalán be akar-e majd lépni a cégbe. Fiatal, egyelőre nem tudja, mit akar csinálni. Annak idején Brad például profi baseballozó akart lenni, de azután kinőtte. – Maggie tudta, hogy a dobókarján egy könyöktörés hozott változást az életébe, és döntötte el, hogy beáll apja mellé a cégbe. – Akárhogy döntsön is, Aden még legalább tíz-tizenkét évig nem lesz felkészülve egy ilyen lépésre. Ami hosszú idő. Az ügyfeleknek szükségük van valakire, akivel kapcsolatot tarthatnak, én azonban mindig is inkább háttérember voltam, afféle szürke eminenciás. A varázslatokat Brad mutatta be.

– Mit akarsz ezzel mondani, Phil? – nézett rá aggodalmasan Maggie; megijedt, hogy talán ki akar lépni. Nélküle nem tudná elvezetni a céget, ő nem volt könyvelő, sem képzettséggel, sem gyakorlattal nem rendelkezett. Inkább amolyan hűséges és megbízható titkárnőként dolgozott Brad mellett. Az ügyfelekkel nem kellett foglalkoznia.

– Sokat gondolkoztam a dolgon, és nem tudom, mit szólnál hozzá, de szeretném megvenni a céget, vagy akár partneri viszonyra lépni veled. Bill fiam már okleveles könyvvizsgáló, és szívesen betársulna mellém az üzletbe. Bradnek már beszéltem a dologról, és neki tetszett az ötlet. Szükségünk van a friss vérre, amíg Aden kész nem lesz. Az ügyfeleknek is tetszene. De most nincs Brad, aki levezényelné a változásokat. Nekem kell vállalnom a felelősséget, és meg is teszem. De szeretnék létrehozni valamit a saját családomnak, és olyan örökséget hagyni rájuk, amire építhetnek.

Ha benne vagy, felbecsültetném a céget, hogy kialakíthassunk egy tisztességes árat, és elkezdeném fizetni neked. A leginkább teljes tulajdonjogot szeretnék, amennyiben megengedhetem magamnak. Hajlandó lennék eladni a házamat, és az érte kapott pénzt is beletenni a vételárba. Nekem még így is megérné, Maggie. És természetesen megtartanám a nevet. Lehetne például Mackenzie, Abrams és Fiai. Azt hiszem, össze tudnék szedni annyi pénzt, hogy tisztességes árat ajánljak érte, ha belemennél, hogy részletekben fizessek, és ki tudnád várni azt az egy-két évet.

Maggie arcára kiült a döbbenet. Nem tudta, mit gondolna Brad arról, ha eladná az üzletet, és Aden nem számolhatna többé azzal, hogy idővel itt kezdheti a pályáját. De abban sem volt biztos, hogy Aden valaha is itt akarna dolgozni. Philnek igaza volt, hogy még el kell telnie tíz-tizenkét évnek, mire Aden az apja helyébe léphet, ha egyáltalán ezt akarná. Ezalatt mindvégig működtetni kell a vállalkozást, márpedig Phil addigra nyugdíjas lesz, és nem állna Aden mellett segítőként. Phil becsületes ember volt, szerette Bradet, és őszintén törődött a céggel.

– Nem tudom – felelte zavartan Maggie. – Soha nem gondolkoztam ezen. Mit mondott Brad, amikor erről beszéltél neki? – Brad sohasem említette ezt a tervet, de most jó lenne tudni a véleményét.

– A partnerség dolgát említettem neki, ami, mint mondtam, nem volt ellenére. De a cégben minden a legnagyobb rendben ment, a dolog tehát nem volt sürgős. Az eszembe sem jutott, hogy megvehetném tőle az üzletet. Most viszont minden megváltozott. Gondolnunk kell a jövőre.

„Milyen jövőre?" – szerette volna Maggie megkérdezni, de nem tette. A férje nélkül neki nem volt jövője, és talán a cégnek sem. Ez eddig fel sem merült benne. Nem volt világos képe az anyagi helyzetükről, és még nem érezte késznek magát arra, hogy tisztába jöjjön a dolgok állásával. Phil a temetés után megpróbált vele beszélni erről, de ő hallani sem akart róla. Tudta, hogy Phil elkezdte felbecsültetni Brad befektetéseit. Brad óvatos volt, és minden nyereséget visszaforgatott a cégbe, a tőzsdére pedig maga is befektetett.

– Gondolkodnom kell rajta – válaszolta, s közben úgy érezte, cserben hagyná Bradet, ha eladná a céget, különösen a halála után ilyen hamar. De Brad okos üzletember volt, ezért jó lett volna tudnia, mit tanácsolna neki a jelen körülmények között.

– A cég még hosszú ideig biztosan életképes marad, de nem sok értelme van megtartani, amennyiben Aden soha nem akar itt dolgozni – összegezte Phil. Maggie egyetértett ezzel, de hogy kérhetné a fiát arra, hogy tizenhét évesen döntsön a jövőjéről? Nem lenne fair vele szemben, hogy egy ilyen fontos dologban, ami most és még nagyon sokáig hatással lenne rájuk, végleges választ várjanak tőle.

– Gondolod, hogy szükségem lehet a pénzre? – kérdezte Maggie, mire Phil mosolyogva megrázta a fejét.

– Brad a mai fogalmak szerint nem volt gazdag, de igen jómódúnak mondanám, aki okosan fektetett be. Már majdnem kész vagyok a hagyaték értékelésével. A bírói hitelesítést mindenképpen meg kell várnunk. Úgy gondolom, közel egymillió dollár van a portfóliójában, beleértve a megtakarítását is.

Maggie elképedt. Erre nem számított. Egyikük sem volt pazarló, és Brad sohasem beszélt neki pénzről. Mindenről gondoskodott, neki pedig azt mondta, hogy ne izgassa magát semmin. Ő abban a tudatban élt, hogy Brad mindig ott lesz mellette, és intézi a dolgokat. Amíg ő élt, nem volt rá szükség, hogy tisztában legyen a pénzügyeikkel.

– Egymillió? – meredt Philre.

– Majdnem.

– Körülbelül kétszázezerre tippeltem. – És a házuk is, habár kicsi volt, ért valamennyit. Ha nem is a legdrágább környéken épült, meg voltak elégedve vele. – És szerinted a cég mennyit érhet? – Most, Brad nélkül, kicsit kevesebbet, gondolta Phil, de újra fel tudja hozni, mihelyt belép a frontvonalba, és a sajátjának tudhatja.

– Nehéz megsaccolni. Nem tudom biztosan, de megközelítőleg egymillió-két- vagy háromszázezret, valahogy akörül. Brad szerzett pár nagyon tehetős ügyfelet, és továbbra is ebbe az irányba akart haladni. Mindig azon volt, hogy fejlessze a vállalkozást. Sokat tanultam tőle.

Hogy őszinte legyek, ez nagy falat lenne nekem. De már beszéltem a bankkal, adnának kölcsönt. És ha eladjuk a házat, azt a pénzt mind neked adnám. Most, hogy a gyerekek már kirepültek, Julie hajlandó lenne lakásba költözni. Ezt az áldozatot mindketten készek vagyunk meghozni, ráadásul a házat többre értékelték, mint amire számítottunk. – Szebb házban laktak, mint ő és Brad, és az évek során Phil számos korszerűsítést végzett rajta saját kezűleg. Amikor a gyerekeik kicsik voltak, még medencét is építettek a kertben. – Azt hiszem, meg tudom csinálni, Maggie. De tőled függ. Ha nem akarod eladni nekem, azt is megértem. Nem muszáj eladnod. Bradnek volt életbiztosítása, és már a biztosítók is nagyon szeretnének beszélni veled.

Maggie hirtelen rosszul lett. Nem akart a férje halálából anyagi hasznot húzni. Brad közel egymilliót hagyott rá befektetésekben. Egy részét Adenre hagyta letétben, amíg idősebb nem lesz. Neki van tető a feje felett, és Phil most egy halom pénzt kínál a cégért. Erre jön ráadásként a biztosítótól befolyó összeg – mérhetetlenül soknak tűnt az egész így együtt. Szívesen viszszafizette volna az egészet, csak újra életben tudná Bradet! Nem akart pénzt a férje helyett, de így legalább ki tudná fizetni Aden egyetemi tanulmányait, ha nem kapná meg a hokis ösztöndíjat. Ez is valami.

– Nem kell elkapkodni a döntést – emlékeztette Phil. – Csak el akartam mondani, hogy amennyiben most vagy később úgy gondolnád, kész vagy eladni a céget, tudd: engem nagyon érdekel a dolog. És Bill fiam imádná.

Maggie kábultan bólintott. Ha eladná neki a céget, a végén körülbelül kétmillió dollár lenne a zsebében. Mit kezdene ennyi pénzzel? El sem tudta képzelni.

Mielőtt elment, Phil emlékeztette, hogy hívja fel a biztosítótársaságot. Úgy ért haza, hogy maga sem tudta, hogyan volt képes hazáig vezetni. Megkönnyebbülést kellett volna éreznie a pénz miatt, ehelyett még nagyobb bűntudatot érzett, amiért ő életben maradt, Brad pedig meghalt, ő pedig most pénzt keres ebből.

Még rosszabbul érezte magát, miután felhívta a biztosító irodáját. A szokásos biztosításra számított, nagyjából ötven-száz ezer dollárra, amit majd befizethet Aden egyetemi tanulmányi alapjába. Az egyetem ugyanis drága dolog, erről sokat beszélgettek Braddel. A férje azonban körültekintő, felelősségteljes ember volt. Éveken át fizetett egy hárommillió dolláros életbiztosítást, hogy ha valami történne vele, életük végéig gondoskodjék a családjáról.

– Három*millió*? – A hangja éles jajdulásnak hatott, amikor a biztosítási ügynök rutinszerűen közölte vele az összeget, eleve feltételezve, hogy ő is tud róla. Nem tudott. – Úristen! – A helyzet még súlyosabbá vált; nem elég, hogy hasznot húz a férje halálából, ráadásul gazdag lesz! Egyetlen nap leforgása alatt megtudta, hogy négymillió dollárja van abból, amit Brad rájuk hagyott, és az életbiztosítása révén. És ha eladja a céget Philnek, azzal a vagyona ötmillió dollárra nő. Félve, teljes zavarban tette le a telefont, majd fél óra múlva, amikor teljes erővel kitört rajta a migrénes fejfájás, bevett egy fájdalomcsillapítót, és lefeküdt. Mélyen aludt, amikor Aden hazaért. Akkor ébredt fel, amikor a fia leült az ágya szélére, hogy lássa, mi van vele.

– Rossz napod volt, anya? – kérdezte szelíden. Látta rajta, de ez szinte mindennap így volt. Maggie kezdett a saját anyjára emlékeztetni, és utálta magát érte.

– Igen… illetve nem… Nem tudom. Olyasmi. – Azért azt nem lehet rossz napnak nevezni, amikor az ember megtudja, hogy négymillió dollár üti a markát. Brad itt hagyhatta volna őket úgy is, hogy ezentúl nélkülözniük kell, ahogy az ő apja tette, aki után csak a katonai nyugdíja maradt, de a férjének nem ez volt a stílusa. Csak ne így kellene hozzájutnia ehhez a pénzhez!

Felkelt, és lement elkészíteni a vacsorát. Amikor Aden leült mellé az asztalhoz, szóba hozta a cég dolgát. Megkérdezte a fiútól, mik a jövőbeli tervei, és emiatt közben ostobának érezte magát. Hiszen Aden most is ugyanaz a tizenhét éves iskolás gyerek volt, mint egy hónappal ezelőtt, amikor az apja még élt. Semmi sem változott, még ha most felnőttebbnek látszott is. A jövője ugyanolyan üres lap volt, sőt attól, hogy nem állt mellette az apja, aki irányítsa, talán még inkább.

– El tudod képzelni magadat, amint egy napon, ha már idősebb leszel, átveszed apád helyét az irodában?

– Soha – vágta rá a fiú gondolkodás nélkül. Anyjával őszintébb tudott lenni, mint az apjával volt, akit nem akart megbántani, hiszen tudta, milyen keményen dolgozott azért, hogy megteremtsen számukra valamit a jövőre nézve. – Inkább a halál, mint hogy könyvelő legyek, mint apa. Nem tudom, ő hogy bírta ki. Szörnyen unalmas, és én különben is hadilábon állok a számokkal. – Maggie tudta, hogy ez igaz, de másképp is lehetne, ha Aden megpróbálna beletanulni az üzletbe. Brad kifejezetten élvezte ezt a munkát. – Én valami izgalmasabb dolgot szeretnék csinálni. Például szeretnék megtanulni repülni – mondta a fiú, és Maggie érezte, ahogy felkavarodik a gyomra.

– Nem választhatnánk kicsit köznapibb foglalkozást? Olyat, amiben nem kell naponta kockára tenned az életedet? Az apám, az öcsém és az apád, mind a hárman a repüléssel kapcsolatos balesetben haltak meg. Mit szólnál valamivel kevésbé veszélyes dologhoz? – próbált a fiú lelkére beszélni.

– Inkább gázszerelő leszek, vagy árkot ások, mint hogy könyvelő legyek! – Ezt akkora hévvel jelentette ki, hogy Maggie-nek összeszorult a szíve. Tudta, hogy Brad is csalódott lenne, noha nem lepődne meg. A férje nem volt biztos benne, hogy a családi biznisz való-e egyáltalán Adennek, csak reménykedett, hogy majd beleszokik. – Miért kérdezed?

Maggie úgy döntött, hogy Phil ajánlatáról beszámol neki, de az életbiztosításról nem. Adennek nem kell tudnia, hogy milyen sok pénzük van, ráér megtudni idősebb korában. Nem állt szándékában változtatni az életmódjukon. Mindig is szerényen, minden feltűnést kerülve éltek, és így akarta folytatni ezután is.

– Ma elmentem apa irodájába, hogy találkozzam Phillel. Szeretné megvenni a céget, és a fiával működtetné tovább. Úgy gondolja, hogy még sok időbe telik, mire te dolgozni kezdenél ott, és talán több értelme lenne, ha nem várnánk addig, hanem már most eladnánk.

– Én *soha* nem fogok ott dolgozni – jelentette ki Aden. – Apának is megmondtam, amikor erről beszélgettünk. Lehet, hogy el kéne adnod, anya. – Maggie bólintott, de még nem teljes meggyőződéssel. A gondolat nagyon új volt, előbb meg kellett emésztenie. – Eleget hagyott rád apa, hogy boldogulni tudjunk? Vagy el kell adnunk a házat? – Apja halála óta folyamatosan aggódott emiatt, de nem akart rákérdezni, nehogy felzaklassa anyját. Nem tudta, miként alakul a továbbtanulása, ha nem kap teljes ösztöndíjat.

– Eleget hagyott ránk – válaszolta anyja halkan. – Rendben leszünk. Nem kell eladnunk a házat, és a céget sem, ha nem akarjuk. Semmi olyat nem akarok tenni, amit apád nem helyeselne, vagy ami szívfájdalmat okozna neki. Szerette a céget, büszke volt rá, hogy még a nagyapád alapította. Szent küldetésének tartotta a megtartását és a fejlesztését.

– Ugyanakkor ő nagyon is gyakorlatiasan gondolkodott, anya. Ha te nem tudod, én meg nem akarom vezetni a céget, akkor nem sok értelme van megtartani. Lehet, hogy az volna a jó, ha eladnád, a pénzt meg befektetnéd. Valószínűleg apa is ezt tette volna – magyarázta okosan. Ez volt az első igazán felnőtt beszélgetésük.

– Gondolkodom rajta – ígérte anyja, és ezt komolyan gondolta.

Az már csak a hab volt a tortán, amikor két nap múlva erőt vett magán, és felhívta a légitársaságot. Őt korábban a jogi osztályuk területileg illetékes részlege kereste. Most arra kérték, hogy menjen be személyesen, ami elől szeretett volna kitérni, de azt mondták, szükségük van a tőle kapott információra, hogy jobban felmérhessék a történteket. Megállapodott velük, hogy a következő héten leül velük beszélgetni az otthonában.

A légitársaság emberei az adott napon délelőtt tíz órakor érkeztek, és Maggie a nappaliba vezette őket. Négyen voltak, három férfi és egy nő, valamennyien jogászok. Őszintén elmondták neki, hogy mostanra már tisztább képük van a baleset körülményeiről. A telefonban azt javasolták, hogy a beszélgetésnél legyen jelen az ügyvédje, de ő azt felelte, hogy nincs rá szüksége. Ugyan nem árulta el nekik, de nem akarta beperelni őket. Bármit tegyenek is, azzal nem hozzák vissza Bradet, ezért úgy gondolta, meghallgatja őket, de nem nyújt be kárigényt. Ez volt az egyik dolog, amit a társaság jogászai meg akartak tudni ezen a megbeszélésen.

Elmondták, hogy aznap este, ismerve a New York-i időjárási körülményeket, vita tárgya volt, hogy felszálljon-e a gép vagy sem. A dolog kétesélyesnek látszott: felszállás után a hóvihar lecsendesedhetett, vagy éppenséggel még erősebbé válhatott. Ez utóbbi történt. A vitatkozó felek éltek a gyanúval, hogy a LaGuardia rövidesen bezár, és azok, akiknek nagyobb szavuk volt, úgy döntöttek, hogy nekivágnak az útnak. Úgy számoltak, hogy még időben elérik New Yorkot, és utolsó gépként fognak leszállni. A pilóta bízott benne, hogy meg tudja csinálni, de utólag már világos, hogy a teljes biztonság érdekében törölni kellett volna a járatot.

Maga a tapasztalt pilóta is a felszállás mellett tette le a voksát, a többiek pedig bíztak a jártasságában és az ítéletében. A felszállás után azonban a vihar tovább erősödött, és mint kiderült, mindannyian tévedtek. A folytatás már közismert volt, a média is kitárgyalta, nem kellett hát titkokat megosztaniuk Maggie-vel. Arra számítottak, hogy a halálesetek miatt nagyszámú pert fognak indítani ellenük, felelőtlen döntések meghozatalával vádolva a légitársaságot, amelynek szándékában állt vállalni a következményeket.

Brad ötvenkét évesen még pénzkereső ereje teljében volt, és egy családot kellett eltartania. Maggie együtt utazott vele a gépen, így akár évekig tartó vagy végleges fizikai és mentális sérüléseket szenvedhetett. Egyértelműen poszttraumásstressz-szindrómával engedték ki a kórházból. A többi utas állapota is hasonló volt, arról nem beszélve, hogy sokan meghaltak. Az eset nem vált a légitársaság dicsőségére, ők pedig késznek mutatkoztak vállalni érte a teljes felelősséget. Elismerték, hogy ez nem kárpótolja Maggie-t az őt ért veszteségért vagy a fia apjának elvesztéséért, de szerették volna kompenzálni az egyetlen módon, ahogy megtehetik.

Tízmillió dolláros megegyezést ajánlottak neki, ha aláír egy kötelezettség alóli felmentvényt. Hasonló ajánlatot tettek a többi utasnak is, az elszenvedett kár mértékétől függően. Egy asszony elveszítette mindkét lábát, egyik gyermekét és a férjét. Ezt ugyan nem mondták el Maggie-nek, de neki százmilliót ajánlottak fel kárpótlás gyanánt. Egyelőre nem fogadta el, az ügyvédje szerint ugyanis még nincs olyan állapotban, hogy erről beszélni lehessen vele.

Maggie az ajánlat hallatán attól félt, hogy újabb sokk éri. A négy jogász áttanulmányozásra ott hagyta neki az iratokat, valamint az aláírandó felmentvényt, és azt javasolták, hogy kérje ki egy ügyvéd tanácsát. Kedvesek voltak, együttérzők, és nagyon alázatosak. Miután elmentek, Maggie tanácstalanságában felhívta Philt, aki azt mondta: a dolog nem lepi meg, ez a legkevesebb, amit tehetnek, tekintve hogy a gép azért zuhant le, mert ők rosszul mérték fel a helyzetet. A légitársaság ezt készséggel el is ismerte.

– Ha elsőre ennyit ajánlottak fel, talán meg is duplázhatnád az összeget – tette hozzá Phil óvatosan.

– Dehogy duplázom meg! – szörnyedt el Maggie. – Tízmilliót se akarok! Nem akarok meggazdagodni a férjem halálából, Phil. Te is mondtad, hogy a biztosításból és Brad megtakarításaiból az elégnél is több pénzünk van.

– Jogod van ahhoz a pénzhez, Maggie. Szörnyű veszteség ért, és magad is kimondhatatlan traumán mentél keresztül. El kell fogadnod. Egy napon sokat számíthat majd Adennek. Szerintem Brad is azt akarná, hogy fogadd el. – Maggie megdöbbent. Úgy érezte, erkölcstelenség lenne elfogadnia ezt a pénzt, de az, hogy Adennek egyszer nagyon jól jöhet, gondolkodóba ejtette. – Többet is kaphatnál, ha beperelnéd őket, és ezzel ők is tisztában vannak – mondta még Phil, mire Maggie felnyögött.

– Minden a pénzről szól? Elvesztettem a férjemet, akit szerettem, és Adennek nincs többé apja. A pénz nem kárpótol ezért.

– Aden előtt még akár hetven év is lehet, és te is élhetsz még ötven évig. Ő egy fiú, te pedig egy fiatal nő vagy. Ne fanyalogj az ilyen pénz miatt.

– Nem fanyalgok, csak nem akarok vérdíjat elfogadni. Már az is elég baj, hogy én túléltem, ő meg nem.

– Óriási szerencse, hogy te életben maradtál, már csak Adenért is – felelte Phil. – Képzeld csak el, ha mindketten meghaltatok volna. Mi lenne most vele? – Nem volt más rokonuk, és Aden tizenhét évesen anyátlan-apátlan árvaként élte volna tovább az életét. Ez a gondolat egyszeriben még inkább ráébresztette Maggie-t, mennyire fontos, hogy a fia érdekében most jó döntéseket hozzon. Miután Phillel beszélt, felhívta Brad jogászát, és elküldte neki az iratokat, amiket a légitársaság jogászai ott hagytak nála. Azt is elmondta neki, hogy Phil ajánlatot tett a cég megvásárlására. A jogásznak nagyon tetszett a dolog, különösen mivel olyasvalaki venné meg, aki jól ismeri a céget, már húsz éve ott dolgozik, és mind alkalmazottként, mind barátként nagyon szerette Bradet.

Most aztán volt min gondolkoznia Maggienek.

A jogász azt javasolta, hogy ne írja alá a megállapodást a légitársasággal, és kérje az összeg dupláját. Úgy ítélte meg, hogy végül tizenöt millióban egyezhetnének meg, amit ő méltányosnak gondol. Megismételte továbbá, hogy érdemes lenne eladnia a céget Philnek, és hogy Brad is helyeselné.

Maggie végül elfogadta a légitársaság által ajánlott tízmillió dollárt, amit az elégnél is többnek tartott. Ennél nagyobb összeget erkölcstelennek gondolt volna. Phillel közölte, hogy eladja neki a céget. Abban állapodtak meg, hogy Phil egymillió-kétszázezret fizet érte két év alatt, részletekben.

Mire mindez lezajlott, tizennégymillió dollárja volt, és egymillió még járt neki Philtől, aki magánkívül volt az örömtől. A légitársaság csekkje postán érkezett két nappal a felmentvény aláírása után, és a társaság megköszönte, hogy olyan belátó volt. Az ügyvédje egy titoktartási záradékot kért, hogy ne hozzák nyilvánosságra a megállapodás összegét, sőt a megállapodás tényét se, nehogy akár ő, akár Aden rosszindulatú emberek vagy bűnözők célpontjává váljék. Erre Maggie nem is gondolt.

A biztosítóknál ugyanez kicsit tovább tartott. Phil pontosan, időre teljesítette az első részlet átutalását, ahogy Maggie számított is rá. Mindent összevéve, akárhogy utálta is a háttérben meghúzódó okát, rövid idő leforgása alatt gazdag nő lett belőle. Nem tudta, mihez kezdjen a pénzzel, ezért megkereste Brad befektetési tanácsadóját. Brad a stabilitás örökségét és egy gondosan felépített, szilárd alapot hagyott rá. Maggie azonban nem tudta, mit kezdjen ezzel, vagy hogy kicsoda ő Brad nélkül. Tizenkilenc éven keresztül teljes egészében a férjéhez tartozott, nélküle most láthatatlannak és elveszettnek érezte magát.

Néha lidérces álmai voltak a pénz miatt, volt, hogy vérrel teli medencében lebegett, és Bradet látta a felszín alatt feléje úszni.

Mindebből Adennek, aki miatt az egészet vállalta, semmit sem mondott el. Tudta, ha megőrzi és okosan fekteti be ezt a pénzt, ahogy Brad tette, Aden egy napon gazdag ember lesz, de erről sem neki, sem senki másnak nem akart beszélni.

Maggie egyik napról a másikra vagyonos özveggyé vált, ami a legkevésbé sem szeretett volna lenni. Semmi mást nem akart volna, mint hogy az idők végezetéig Brad felesége, jó feleség és jó anya maradhasson. Ehelyett most lett egy halom pénze, élete hátralévő részét azonban Brad nélkül kell leélnie. De legalább biztonságban voltak. Ez volt Brad utolsó ajándéka számára. Soha többé nem kell a pénz vagy a jövőjük miatt aggódnia.

A rémálmok lassanként elmaradoztak, a fejfájások enyhültek, és egy idő után újra végig tudta aludni az éjszakákat. Ráébredt, hogy bármilyen szomorú volt is Brad nélkül, a biztonság nagyon jó dolog. Megígérte magának, hogy soha nem kezd kockázatos vállalkozásba a pénzével, és nem bánik vele pazarlón. Mindet, vagy legalábbis majdnem mindet megőrzi Adennek. Egy napon mind a fiáé lesz. Csak így tudott együtt élni a tudattal, hogy ilyen sok pénzhez jutott Brad halála révén.

Negyedik fejezet

Március végén Aden megkapta az egyetemek elfogadó levelét. Teljes ösztöndíjjal felvették a Dartmouthra és a Bostoni Egyetemre, azzal a feltétellel, hogy játszik a hokicsapatukban. Buck ajánlása segített, de a bejutást Aden magának köszönhette. Maggie most még jobban aggódott e miatt az erőszakos sport miatt, de Aden a középiskolás évei alatt mindvégig jégkorongozott, és az egyetemen is ezt akarta csinálni. Adent az sem tartotta vissza, hogy két nappal a Bostoni Egyetem mellett meghozott döntése után, a jégen a nagy kavarodásban két sérülés is érte: egy vágás a szemén, amelyet össze kellett ölteni, és kiugrott az állkapcsa, amikor az ellenfél kapusa behúzott neki egyet.

Maggie a kocsiban, úton hazafelé a sürgősségiről, alaposan megmosta a fejét. Akkora verekedés kerekedett, hogy a fél csapat a sürgősségin kötött ki, Aden legnagyobb büszkeségére. Büntetésből ki kellett hagyniuk a következő mérkőzést. Maggie még akkor is fújt rá, amikor másnap Buck eljött megnézni, hogy van. A nagy melák Buck fiatal korában két szezonon keresztül profi jégkorongozó volt, de játék közben a bokáját törte, és fel kellett adnia a sportolást.

– Ez a sport már csak ilyen – próbálta megnyugtatni Maggie-t, de nem sikerült. – A profik is megsérülnek.

– Épp ezt nem szeretem benne. Egyszer még komoly baja is lehet – kesergett Maggie, miközben a látogatás végén kiment Buckkal a konyhába, magára hagyva Adent, aki az ágyból nézte a tévét. Anyjának nem vallotta be, de élvezte a tömegbunyót, akárcsak a profi játékosok, ahogy azt Buck történeteiből megtudták. Most végre férfinak érezte magát, és Buck sem gondolta másként, noha Maggie-nek nem mondta el. Tudta, hogy folyton aggódik a fiáért. Ezt leszámítva, Buck kedvelte Maggie-t, aki ráadásul nagyon csinos asszony volt.

– Aden kiváló játékos, Maggie. Megvan benne az, amitől bekerülhet a Nemzeti Ligába: a hihetetlenül jó időérzék, a gyorsaság, a fizikum, az összes jó ösztön. Lehet belőle profi jéghokis, méghozzá a jobbak közül való. – Maggie ennél nagyobb reményeket fűzött hozzá, és nem akarta, hogy erőszakos sportot űzzön. Brad sem támogatta a fiát ebben. – Hiányozni fog nekem, ha elmegy Bostonba. Ő a sztárjátékosom – jelentette ki Buck. Maggie-t viszont jobban érdekelték a fia tanulmányai, mint egy jövőbeli karrier a Nemzeti Ligában.

– Nekem is hiányozni fog – felelte szomorúan. Buck nagyon kedves volt hozzá a Brad halála óta eltelt három hónapban. A középiskolás évek alatt végig mentorálta Adent, de amióta Brad meghalt, egyfajta apaszerepet is igyekezett betölteni a fiú életében. Időnként beugrott hozzájuk, hogy ránézzen Adenre, amiért Maggie hálás volt neki. Rajta kívül nem volt felnőtt férfi, akihez Aden igazodhatott volna. – Olyan lesz a ház nélküle, mint egy kripta – tette hozzá elkeseredetten.

– Mit szándékozol csinálni? – kérdezte Buck.

– Nem tudom. Még nem gondolkoztam rajta. Élvezni fogom azt az öt hónapot, amíg még itthon lesz, aztán keresnem kell valami elfoglaltságot. Nem ülhetek itt naphosszat tétlenül.

Sokat törte a fejét ezen, de nem jutott eszébe semmi. Már az a heti kétnapos munkája sem volt meg Brad irodájában. Philnél nem akart alkalmatlankodni, hiszen neki nem volt szüksége az ő munkájára. Amíg a férje élt, akkor is csak azért csinálta, hogy amíg Aden iskolában van, közel legyen Bradhez.

Buck egy darabig még elidőzött a témánál a maga félszeg módján, aztán hirtelen Maggiere nézett, és kibökte:

– Szeretnélek egyszer elvinni vacsorázni. Csodálatos nő vagy, Maggie. – Évekkel ezelőtt elvált, a gyerekei már felnőttek. Az egész élete az iskola és az edzések körül forgott. Egyszerű, kicsit nyers ember létére remekül bánt a gyerekekkel, de Maggie nem vonzódott hozzá. Nem tudta elképzelni magát egy középiskolai hokiedző partnereként, aki minden hétvégén mecscsre jár. Kész volt lezárni az életének ezt a részét. Brad az ő kedvéért hajlandó volt utazni, és mindketten szerették a balettet és a színházat. Eljártak Chicagóba megnézni egy-egy darabot. Arra gondolt, vajon mostantól erre kell-e számítania. Randevúkra a középiskolai hokiedzővel? Ez a perspektíva nem vidította fel.

Amilyen tapintatosan csak tudta, visszautasította, mondván, egyelőre és még nagyon sokáig nem akar senkivel sem randizni. Buck ezek után csalódottan elment.

Brad ügyvédje is próbálkozott nála, amikor találkoztak. Hatvanéves, kétszer elvált férfi volt, a nők kedvence, vagy legalábbis annak képzelte magát. Maggie elképedt, amikor nyilvánvaló sejtetéssel a hangjában, és olyan nézéssel, amitől viszketni kezdett, vacsorázni hívta. Egészen addig kedvelte őt, de most eldöntötte, hogy amint lehet, másik ügyvédet keres. Helen ajánlotta egyik barátnőjét, egy helyi cégnél dolgozó fiatalabb nőt. Találkoztak, és Maggie az ügyvédjéül fogadta. Nem akart ismerkedni, és végképp nem érdekelték a sunyin közeledő vagy magányos férfiak, akik Brad lába nyomába sem értek.

Amikor legközelebb együtt ebédeltek, megköszönte Helennek, hogy ajánlotta neki az ügyvédnőt. Brad halála óta közel kerültek egymáshoz. A fiát felvették a Yale-re, ahol jégkorongozni is fog, de ő nem folyamodott ösztöndíjért. Nem voltak jogosultak rá, és a fiú nem is volt elég jó játékos, hogy megkaphassa. Adennek sem volt szüksége ösztöndíjra, jóllehet ő ezt nem tudta. Egyedül Phil Abrams és Maggie ügyvédei tudták, és Maggie nem is óhajtott változtatni ezen. Nem akart hivalkodni a pénzével, sőt nagyon is diszkréten kezelte a dolgot.

Aden a tehetsége okán kapott ösztöndíjat, és az egyetem csábításként ajánlotta fel, hogy rávegye, jöjjön hozzájuk, és játsszon az ő csapatukban. Ennél az ösztöndíjnál nem játszott szerepet a szülők anyagi helyzete, különben ebben az új helyzetükben Maggie kötelességének érezte volna, hogy udvariasan visszautasítsák, és azt meg kellett volna magyaráznia Adennek. Most örült, hogy nem kényszerült rá.

– Várj csak, amíg majd a nős férfiak kezdenek rád hajtani – mondta Helen fanyar mosollyal, mire Maggie felnyögött.

– Ez marad nekünk, magunkfajta nőknek? Nős emberek és olyanok, akiktől borsódzik a hátunk? – fintorodott el. – Nem akarok randizni, még az is lehet, hogy soha többé. De ha akarnék, ez azért gyenge felhozatal. Kivel járnak az olyan korú emberek, mint mi?

– Régi barátokkal, egykori iskolatársakkal, vagy akikkel a munkahelyükön ismerkedtek meg. Nemrégiben elvált vagy fiatalabb pasikkal. Vagy a neten ismerkednek, ami nekem kicsit ijesztőnek tűnik – fejtegette Helen.

– Én rettegnék, hogy egy baltás gyilkossal vagy egy börtönből frissen szabadult alakkal hoz össze a net – fűzte hozzá Maggie elkeseredetten.

– Vagy csak egy seggfejjel, netán olyannal, aki letagadja, hogy házas. Sok nőismerősömmel megtörtént. Az is igaz, hogy néhánynak sikerült rendes pasit találnia az interneten. De én nem merném megpróbálni – vallotta be Helen. Örült, hogy van férje, még ha a házasságuk nem volt is tökéletes.

– Én sem – ingatta a fejét Maggie. De tőle nagyon távol állt az ismerkedés gondolata. Éjszakánként még Bradről álmodott, és álmában Brad mindig élt. Ébren továbbra is Brad feleségének érezte magát, és úgy vélte, ez így is marad, amíg él. El sem tudta képzelni, hogy beleszeressen valaki másba, vagy lefeküdjön valakivel.

– Gondoltál arra, hogy elmenj dolgozni? – kérdezte Helen, mire Maggie megrázta a fejét.

– Tizennyolc éve nem voltam teljes állásban, azt sem tudom, mit dolgozhatnék. És amíg Aden el nem megy Bostonba az egyetemre, sehol sem akarok munkába állni.

– Akkor miért nem utazol el valahová? – hozta szóba Helen, de rögtön zavarba is esett. – Feltéve persze, hogy megengedheted magadnak. – Biztos volt benne, hogy Bradnek volt valamilyen életbiztosítása, hiszen felelősségteljes férfinak ismerte, de arról is tudott, hogy Maggie el akarja adni a cégét, amiből viszont arra gondolt, hogy szüksége lehet a pénzre.

– Megengedhetnék magamnak egy utazást, de egyedül utazni nem lehet valami szórakoztató. És hová mennék? – válaszolta Maggie.

– Mi lenne, ha összeírnád azokat a helyeket, ahová mindig is szerettél volna eljutni, de eddig nem jött össze, és választanál közülük egyet? Azt biztosan élveznéd. Aztán amikor majd viszszajössz, elkezdhetsz állást keresni.

– Lehet róla szó – felelte Maggie nem túl sok meggyőződéssel. Szeretett Braddel utazgatni, de egyedül nem érzett kedvet hozzá.

Ki is verte a fejéből Helen javaslatát.

Három nap múlva nagyobb jelentőségű dolgokon kellett gondolkoznia. Aden életében először komoly bajba került. Ő és öt barátja egyikük lakásán leitták magukat, és ebben az állapotukban betörtek egy gördeszkaparkba, ahol mindenféle kunsztokat mutattak be egymásnak. Aden egy bokaficammal megúszta, de az egyik fiú eltörte a lábát. A park úgy döntött, nem jelenti fel őket, mert a fiúk először csináltak ilyet, és amúgy rendes családból származtak, de a rendőrség szigorú figyelmeztetésben részesítette őket. Maggie-nek a fiatalkorúak börtönéből kellett kihoznia Adent, és vihette újból a sürgősségire. Otthon aztán komolyan elővette a fiút.

– Mi van veled? Egyszer sem csináltál ilyet, amikor apa élt. Fiatalkorú bűnözővé akarsz válni? Vagy ki akarod rúgatni magadat az iskolából vagy a hokicsapatból?

– Ne haragudj, anya – felelte bűnbánóan és zavartan Aden. Addigra elmúlt a sör hatása. Nem voltak olyan nagyon részegek, csak jó bulinak tűnt a dolog. Aden épp csak spicces volt. – Nem hiszed el, milyen magasra mentem a hurokvonalakon! – újságolta, és látszott, hogy nagyon meg van elégedve magával. – Egyszer majd vissza akarok menni oda a deszkámmal!

– Hogy eltörhesd a karodat vagy a lábadat? Szeretnélek élve és egy darabban megőrizni. Már csak te maradtál nekem – mondta Maggie búsan. Aden egy pillanatra eszébe juttatta az öccsét és Paul Gilmore-t a gördeszkájával, mielőtt motorkerékpárra váltott volna. Nem akarta, hogy a fia is ezt csinálja, de látta, hogy az izgalom, a veszély keresése a vérében van. Mindig is ott volt, akárcsak az apjánál és az öccsénél. Bradből ez tökéletesen hiányzott, és Maggie ezt külön szerette benne. – Mi lesz veled Bostonban, ahol senki sem vigyáz rád? Őrültségeket csinálsz majd, vagy rendesen fogsz viselkedni?

Nem szeretnék minden este rettegve feküdni az ágyamban, hogy mikor szólal meg a telefonom, és azt kelljen hallanom, hogy valami baj ért, vagy megsebesültél.

– Semmi ilyesmi nem történik majd, ígérem. – De anyja hitt is neki, nem is. – Lehet, hogy autóversenyző leszek – tette hozzá Aden ábrándos arccal, mire Maggie felnyögött.

– Ezzel nem nyugtattál meg, Aden. Könyvelőnek kéne lenned, mint apádnak. Anyámnak ebben igaza volt. Az izgalmat kereső és vakmerő emberek mindig bajba kerülnek. Vagy megölik magukat, vagy összetörik mások szívét, vagy mindkettő. Az apám is ezt tette, az öcsém is, noha ő a háborúban halt meg, de amíg élt, imádta a sebességet, a veszélyt, és mindent, ami nagy kockázattal jár. Volt egy ilyen barátom is a középiskolában. Az első szerelmem. Amikor befejezte a sulit, motorversenyző lett, és mindenféle őrültséget csinált. Lehet, hogy azóta ő is meghalt már. Nem akarom, hogy veled is ez történjen. Hogy éreznéd magad, ha felcsapnék cirkuszi légtornásznak, vagy ejtőernyősnek, vagy bárminek, fő, hogy örökös életveszélyben legyek?

– Szerintem tök kúl lenne – nevetett a fiú, és elképzelte, amint az anyja egy kifeszített drótkötélen lépked.

– Menj lefeküdni, mielőtt rád zárom az ajtót, és eldobom a kulcsot – mondta erre Maggie csak félig tréfából. Néha megrémült a fiától.

Most még inkább, mivel nem volt ott Brad, aki apaként irányíthatta volna a fiút. És azt is tudta, hogy ha Aden ennyire szomjazik a kockázatos és veszélyes elfoglaltságokra, ahogy idősödik és nagyobb szabadsága lesz, egyre nehezebben tudja majd visszafogni. Remélte, hogy Bostonban biztonságban lesz, és akkor sem csinál őrültségeket, ha ő már nem tud vigyázni rá.

Aden ezt követően viszonylag jól viselkedett. Az érettségi előtti és utáni szokásos bulizásokon kívül nem volt semmi. Pár órát ellógtak, pár doboz sört megiszogattak, ennyi volt. A nyáron barátokkal tettek néhány autós kirándulást, mielőtt mindnyájan elmennének otthonról valamelyik egyetemre.

A nyár utolsó hónapjában összejött egy gyönyörű lánnyal, és ettől figyelmetlenné, szórakozottá vált. Az éjszakákat többnyire együtt töltötte a lánnyal, és anyja szemében hirtelen nagyon felnőttnek látszott. A szeme láttára vált férfivá. Egy héttel azelőtt, hogy elrepült volna Bostonba, a nyári szerelme elutazott Santa Cruzba, a Kaliforniai Egyetemre, és a készülődés közben úgy tűnt, a fiú gyorsan túl is teszi magát rajta. Nem volt ez komoly szerelem egyikőjük számára sem, csak futó viszony. És elutazása után sem a lány, sem Aden nem próbálta meg folytatni.

Maggie elrepült a fiával Bostonba. A nyolc hónappal ezelőtt történt baleset óta most először ült repülőn, és nem volt könnyű út számára. Akkor légi mentővel, hordágyon, benyugtatózva vitték vissza Chicagóba, alig emlékezett rá. De hétköznapi utasként, Adennel együtt repülni annál is nehezebb volt, mint amennyire félt tőle. A gépen leginkább csak hallgatott az idegességtől, és hiába igyekezett, Aden, nem tudta elterelni a figyelmét. Falfehér volt, és addig nem szólalt meg, amíg a gép földet nem ért Bostonban. Aden sajnálta őt, és eltöprengett, anyja vajon képes lesz-e valaha szorongás nélkül repülőre szállni. Most megtette a kedvéért, hogy segítsen berendezkednie a kollégiumban.

Egy utazóbőröndöt és két nagy sporttáskát vittek magukkal, benne az egész hokifelszerelésével. Két nap múlva elkezdi az edzéseket az ifjúsági csapatban. Harmadévig nem játszhat az egyetemi válogatottban. És itt is, ott is hoznia kell a jó jegyeket. Bizonyítania kell, és kiérdemelni a helyét a csapatban. Már több e-mailt is kapott az edzőjétől, akinek nagyon jó volt a híre, és feltehetőleg kemény edzéseket tart.

Elutazása előtt Buck elvitte vacsorázni, és a lelkére kötötte, hogy tartsa vele a kapcsolatot akkor is, amikor már nagy sztár lesz. Aden még nem volt teljesen biztos abban, hogy szeretne profi jégkorongozó lenni, de izgatottan várta, milyen lesz az egyetemi csapatban játszani. És persze sok minden mást is várt. Az életét olyannak látta, mintha egy vörös szőnyeget terítenének le előtte. Ettől időnként még jobban hiányzott az apja.

Egy nap alatt berendezték a kollégiumi szobáját, beüzemelték a számítógépét, a hifitornyot, beállították és bekapcsolták a bérelt hűtőszekrényt. Vettek egy biciklit, hogy azzal közlekedhessen a kampuszon. És az egyik sporttáskába berakta a gördeszkáját is. Maggie nem örült neki, de kérésére Aden annyit legalább megígért, hogy a forgalmas utcákon nem fogja használni. Maggie néha arra gondolt, bárcsak inkább lánya lenne, nem kéne féltenie a sok és sokféle veszélytől, amik olyan vonzók tudnak lenni a fiúk szemében, legalábbis a családjabeli férfiakéban. A lányok persze más módokon tudják veszélybe sodorni magukat, szóval lehet, hogy végül is egyre megy.

Maggie teljes szívéből szerette a fiát, és amikor eljött a búcsú pillanata, úgy érezte, belepusztul az elválásba. Sírva ment el, és szüntelenül emlékeztetnie kellett magát, ahogy Brad tette volna, hogy Adennek nem lesz semmi baja. És most annyival nehezebb volt, hogy Brad sem volt vele. Nélküle még jobban megviselte viszszafelé a repülőút, noha a gép minden gond nélkül, simán tette meg az utat.

Kimerülten és elgyengülten érkezett meg Chicagóba, és aznap éjjel azt álmodta, hogy Aden Braddel együtt fulladt bele a folyóba.

Mindkettőjüket látta a víz alá merülni, és hiába igyekezett, nem tudta elérni őket. Sírva ébredt fel, és az éjszaka hátralévő részét az ágyában ülve, bekapcsolt tévé mellett töltötte, de így sem tudta kiverni a képet a fejéből.

Reggel felhívta Adent, aki épp úton volt, hogy megvásárolja a könyveit. A hangján érezni lehetett, hogy boldog, hogy elfoglalt, és minden rendben van vele. Még annyit mondott, hogy kedveli a szobatársait, és most rohannia kell. Maggie egy sóhajjal leült a konyhában. Ahogy tartott tőle, a ház pontosan olyan üres és néma volt, és nem volt mit csinálnia. Már azon gondolkozott, hogy visszafekszik az ágyba, pedig tudta, hogy ez nem jó ötlet, amikor telefonált Helen.

– Na, elkészítetted a listát? – rögtön ezzel kezdte.

– Miféle listát?

– Azokról a helyekről, ahol nem jártál, de ahová el akarsz jutni. Ez volt a házi feladatod. Emlékszel?

– Igen. De úgy látszik, elfelejtettem – felelte Maggie restelkedve. Egyedül egyébként sehova sem akart elmenni. – Különben is, mindegyiket láthatom az interneten.

– Nem vagy a szobádhoz kötve, Maggie. Fiatal özvegy vagy, akinek a gyereke egyetemre ment. Ez azt jelenti, hogy szabad ember lettél. Mi lenne, ha megünnepelnéd? – Maggie nem érzett ezen semmi megünnepelni valót, sőt ettől még inkább hiányzott neki Brad. Most, hogy Aden elment, egyre kézzelfoghatóbbá vált a vesztesége. – Átjövök – mondta Helen, és húsz perc múlva már ott is volt, mint az elmúlt nyolc hónapban oly gyakran.

Helen rendkívül hűséges barátnak bizonyult. Maggie barátnői közül többen kifejezetten feszélyezve érezték magukat a társaságában, mintha a férje elvesztése fertőző lenne, vagy mintha attól félnének, hogy most majd lecsap az ő férjükre, vagy egyszerűen csak kényelmetlennek érezték Maggie szomorúságát. A barátnői közül Helen volt a leginkább elérhető számára. Ha erőt vett rajta a csüggedés, a mindig tettre kész Helen ismét felhúzta a felszínre, és elindította a jó irányba.

Csak ne jött volna azzal a hülye ötlettel, hogy utazzon el, mert ahhoz egyedül semmi kedve sem volt. Helen azonban erősködött, hogy csak el kéne mennie, és meglátná, milyen nagyszerűen érezné magát. És arra is emlékeztette, hogy ha mégsem, akkor még mindig hazajöhetne. Végtére is nem a Holdra utazna. Veheti rövidebbre is, ha akarja, de legalább megpróbálja újra szélesíteni a látókörét, nem beszélve arról, hogy a környezetváltozás milyen jót tenne neki.

– Én ezt tettem, amikor a nővérem meghalt, és nekem segített – mondta határozottan.

– Mit csinál a többi özvegy? – kérdezte Maggie rosszkedvűen. A konyhában ültek, kinyitott laptopja előtte feküdt az asztalon.

– Az interneten keresnek partnert, ha ismerkedni akarnak. Munkahelyet változtatnak, máshová költöznek, utaznak, hajókáznak a tengeren, vagy plasztikáztatnak, ha megengedhetik maguknak. Neked nincs rá szükséged. Klasszul nézel ki, és nem látszik rajtad a korod. Ismerkedni nem akarsz, és úgy látom, a házadat sem akarod eladni, úgyhogy marad az utazás. Kapcsold be a gépet. – Maggie nevetett. – Oké, hol nem voltál, amiről úgy gondolod, hogy menő hely lehet? – Helen nem hagyta magát, kitartott az ötlete mellett.

– Kínában – vágta rá gondolkodás nélkül Maggie.

– Komolyan? – nézett nagyot Helen. – Elmennél oda?

– Nem, de olvasni szeretek róla. És Japánról.

– Oda akarsz menni? Tokió, Kiotó, a templomok?

– Nem, túl messze van. Azt hiszem, félnék. San Francisco – mondott egy észszerűbb úticélt, Helen pedig leírta.

– Tökéletes. Ezért két pontot kapsz. Mi a helyzet Los Angelesszel?

Maggie megrázta a fejét.

– Nem, annak idején Adent elvittük Disneylandbe. Brad és Aden nélkül rossz lenne, és L.A.

amúgy sem tetszett. De a Big Surt és a Napa-völgyet meg a Golden Gate-et mindig is látni szerettem volna. – Ezek mind San Franciscóban vagy a környékén voltak.

– És máshova az Államokban?

– Nem. Sok városban jártunk Brad konferenciái miatt. Azt hiszem, láttuk a legszebb helyeket.

– Európa? – faggatta tovább Helen, láthatóan élvezve a játékot. Akaratán kívül Maggie is kezdett belelendülni, még ha végül nem utazik is el. Most csak Helen kedvében akart járni.

– Még nem voltam odaát – vallotta be, amin Helen elcsodálkozott.

– Soha?

– Soha. Brad nem volt valami nagy világjáró, bőven elég volt neki, amennyit hivatalból kellett utaznia. Megígérte, hogy ha majd Aden egyetemre megy, utazgatni fogunk. Nem tudom, komolyan gondolta-e, vagy hogy állta volna-e a szavát.

– Oké, akkor helyben vagyunk. London?

– Talán. Menő hely, és beszélem a nyelvet – mérlegelte az ötletet Maggie, Helen pedig leírta San Francisco után.

– Párizs! Nem mehetsz úgy Európába, hogy ne lásd Párizst. Fantasztikus város! – És még mielőtt Maggie rábólinthatott volna, leírta. – Róma. Úristen! A kaja hihetetlenül jó, és az ország csupa romantika. Firenze is gyönyörű, de önmagában nem elég szórakoztató. Velence a világ legromantikusabb városa, oda mindenképpen el kell menned. Na tessék. A világ négy legfantasztikusabb városa, ha kihagyod Firenzét és Velencét. Három-négy hét alatt végigjárhatod őket, és más lesz az életed, megváltozik a nézőpontod. A pokolba azzal, hogy itt ülsz, nézed a tévét, unatkozol, és sajnálod magad. Azt mondtad, megengedheted magadnak ezt a kalandot. Hívj fel egy utazási irodát!

– És menjek el egyedül? – Maggie-nek kétségei támadtak, és idegenkedett a dologtól. És az a sok repülés egyedül!

– Elutaznék veled, de Jeff teljesen szétesik, ha elmegyek Detroitba, hogy meglátogassam anyámat, és két napig magára hagyom a gyerekekkel. Négy hétbe talán bele is halna.

– Valószínűleg én is – felelte Maggie mosolyogva.

– Bármikor hazajöhetsz – emlékeztette Helen újra. – Egy ilyen utat sohasem felejtesz el, Maggie. És nincs semmi dolgod. – A fia már nélküle is elboldogul, és Adenen kívül nem volt senkije.

– Pár hét múlva szülői hétvége lesz a Bostoni Egyetemen – kapaszkodott bele egy gyenge kifogásba.

– Utána pedig legközelebb hálaadáskor jön haza. Most egy hónapig eszébe sem jutsz. Rengeteg időd lesz utazásra. Ragadd meg a lehetőséget, Maggie, esküszöm, nem fogod megbánni! – Helen remélte, igaza lesz, ha Maggie úgy dönt, hogy nekivág az útnak.

Maggie egész éjszaka ezen rágódott, reggel pedig felhívta az utazási irodát, és kiderítette, mibe kerülne neki ez a világjárás. Nem érte váratlanul, hogy sokba, de megengedhette magának. A pillanat hevében le is kötötte. San Francisco, onnan egyenesen Rómába, Párizsba, Londonba, és haza. Négy város, négy hét, a repülőn business osztály, és nagyon jó szállodák, ahol biztonságban lesz. Soha életében nem csinált még ilyet, de kíváncsi volt, vajon igaza van-e Helennek, és ezt kell-e tennie. Az ilyesmi annyira idegen volt tőle. De mi mást tehetne mostantól hálaadásig, túl azon, hogy siratja Bradet, szenved Aden távolléte miatt, és unos-untalan hívogatja a fiát telefonon?

Három nappal a bostoni szülők hétvégéje után elrepül San Franciscóba. Kihagyja a halloweent, hiszen nincs senki, akivel megünnepelhetné. Az utazási irodában azt mondták, a szeptember és az október a két legjobb hónap egy európai úthoz. Már nincs tömeg, de még jó idő van. A nő javasolt még egy dél-franciaországi hétvégét Párizs és London között, de Maggie arra gondolt, hogy erről akkor is dönthet, ha már Európában lesz.

A teljes út meglehetősen sokba került, de nem lépett túl egy bizonyos határt, különösen a mostani anyagi helyzetét figyelembe véve.

Az sem mellékes, hogy ezért a pénzért a lehető legjobb körülmények között utazik, és azokban a híres szállodákban fog lakni, amelyekről hallott, de álmában sem gondolta volna, hogy valaha is eljut oda. Braddel sohasem utazott volna Európába. Egyszerűen elkerülte a látókörét, és amúgy sem volt egy felfedező típus. Brad szemében egy New York-i hétvége egzotikus kalandnak számított. Tíz évbe telt, mire rávette egy miami utazásra, hogy megmutathassa neki, hol élt tinédzserként, és akkor is csak azért szánta el magát, mert ott rendeztek egy konferenciát.

Miután mindent megbeszélt az utazási irodával, felhívta Helent.

– Oké, megléptem. Az O'Hare reptérről indulok San Franciscóba. Ott kocsit bérelek, és kimegyek a Big Surra meg a Napa-völgybe. A Nob Hillen fogok lakni a Fairmont Hotelben, és öt nap múlva elrepülök Rómába, ahol a Spanyol Lépcső felett lévő Hasslerben szállok meg. Egy hetet töltök az olasz fővárosban, aztán Párizs következik, ahol a Ritzben lakom. Onnan Londonba repülök, a Claridge'sben fogok megszállni, és onnan repülök haza.

– Büszke vagyok rád! – mondta Helen. – Én ezt nem engedhettem meg magamnak, amikor Jenna meghalt, de kaptam egy Eurail Passt, és egy nyáron át beutaztam vele Európát. Utána úgy éreztem, hogy újra élek, visszamentem az egyetemre, és el is végeztem. Az első munkahelyemen ismertem meg Jeffet. Enélkül az utazás nélkül nem hiszem, hogy ma az lennék, aki vagyok. Miután Jenna meghalt, úgy gondoltam, nincs jogom élni vagy jól érezni magamat, de aztán rájöttem, hogy ő épp ezt akarná. Nem várná el, hogy életem végéig gyászoljam. Ő is így tett volna, ha én halok meg.

– Brad sohasem menne el egy ilyen útra, ha én haltam volna meg. Még a gondolatát is gyűlölné – jelentette ki Maggie.

– De talán egy nyaralás erejéig elment volna Hawaiira, vagy Wyomingba, vagy Montanába, vagy Mexikóba.

– Az lehet – ismerte el Maggie.

– Meg kell engedned magadnak, hogy tovább éld az életedet. Ez ennek egy nagyszerű módja. És még az is előfordulhat, hogy találkozol álmaid pasijával – ugratta Helen Maggie-t.

– Brad volt az álmaim pasija – felelte Maggie szomorúan.

– Tudom – váltott komolyra Helen. – De nem temetkezhetsz el vele együtt. Sem neked, sem Adennek nem lenne jó. Azzal például, hogy elutazol, mintegy engedélyt adsz neki, hogy ő is jól érezhesse magát.

Maggie elmosolyodott.

– Azt hiszem, Aden Mackenzie-nek kicsit kevesebb engedélyre van szüksége ahhoz, hogy jól érezze magát – felelte szomorkásan, de a következő pillanatban már mindketten nevettek.

Az utazásig hátralevő három hétben Maggie sokat olvasott a négy városról, de még most sem hitte el, hogy utazni fog. Elmesélte Adennek, aki először el sem akarta hinni, de aztán nem győzte bátorítani.

– Ez fantasztikus, anya! Egyszer majd én is el akarok menni veled Európába! Néhány srác mesélte otthon, hogy jövő nyáron oda akarnak menni. Én is csatlakoznék hozzájuk. Akár találkozhatunk is.

Maggie váratlanul felcsapott világutazónak, és Aden úgy gondolta, egyszer ő is szívesen vele tartana. A jövő nyáron talán sort kerít Velencére, azután Spanyolországra vagy Skandináviára. Hirtelen mintha kinyílt volna előtte a világ, de közben megmarad a biztonsága és a kényelme. Brad tette ezt lehetővé számára a pénzzel, amit ráhagyott. Nem szívesen gondolt a légitársaságtól kapott pénzre, és arra, hogy miért kapta. Teljes egészében Adennek szánta, semmiképpen sem akart hozzányúlni, de nem is volt rá szüksége. Bőven elég volt Brad megtakarítása, az életbiztosítása, és a Phil Abrams által rendszeresen küldött részlet.

Összecsomagolt az európai útra, utazásra készen indult el Bostonba, a szülői hétvégére. Az előző két alkalom után már könnyebben viselte a repülőutat, úgy, mint azelőtt, amikor még semmiféle izgalmat nem ébresztett benne a repülés. A bostoni út jó gyakorlatnak tűnt a hoszszú európai út előtt, ami azért kicsit aggasztotta. Bostonban remekül érezte magát Adennel és az új barátaival. Többüket elvitték magukkal vacsorázni.

Aztán hazarepült Lake Forestbe, két éjszakát otthon töltött, majd elutazott San Franciscóba. Az útra vett pár új ruhát, semmi különöset, inkább utazáshoz való kényelmes, sportos holmit, néhány csinos pulóvert, és új farmernadrágokat. Minden el volt intézve, a foglalásait is visszaigazolták.

San Franciscóba menet a gépen ivott egy pohár pezsgőt, hogy megnyugtassa az idegeit. Az indulás előtti estén felhívta Helent, megígérte, hogy rendszeresen ír neki üzeneteket, és megköszönte, hogy bátorságot öntött belé ehhez az úthoz. Ezzel Brad halála óta a legjobb ajándékot adta neki.

A repülőgép gyönyörű őszi napon ért földet San Franciscóban. Maggie mosolyogva szállt ki a gépből újonnan vásárolt, méretes piros kézitáskájával, és elindult a nagy kaland első állomása felé. A repülőtéren bérelt autó volánjánál ülve, a város felé robogva tudatosult benne, hogy az élete végérvényesen megváltozik. Ezúttal jó értelemben. Készen állt a változásra, és hirtelen olyan érzése támadt, hogy Brad büszke lenne rá. Majdnem olyan érzés volt, mintha áldását és engedélyét adná erre az utazásra. Helennek igaza volt.

Ötödik fejezet

Maggie a repülőtérről a bérelt kocsi GPS-ének irányításával érkezett be a városba. Úgy tűnt, nem lesz nehéz tájékozódnia a belvárosban. Félóra alatt ért a Nob Hill tetején épült elegáns Fairmont hotelhez. A hatalmas szállodában több étterem, számos üzlet, egy hatalmas hall, és benne óriási csillárok voltak. Az egész egy régmúlt kort idézett, amitől Maggie le volt nyűgözve. Az utca túloldalán, San Francisco egyik legpompásabb, egykor egy család lakóházaként szolgált épületében kapott helyet a Pacific-Union Club. A Huntington Parkkal szemben magasodott a nagyszerű Grace-katedrális. A távolból idelátszott a fehér vitorlásokkal telepöttyözött San Francisco-öböl.

Lakosztályt foglalt, amihez nappali is tartozott. Az ablakokból látni lehetett a Golden Gate hidat és az új Bay Bridge-et, a kettő között a távoli Alcatrazzal. Egy percig csak állt, és némán bámult ki az ablakon. Mindössze addig időzött a szobában, amig farmert és futócipőt húzott, egy csésze teával felfrissítette magát, azután elindult, hogy gyalog felfedezze a belvárost. Eddig azt kapta, amit elképzelt: festői, szép épületekben gazdag, gyönyörű fekvésű, bájos hangulatú, nem túl nagy várost.

A Nob Hillről leereszkedett Chinatownba, végigsétált a színes kis boltok sora előtt, majd elfordult délre, a Union Square felé, ahol a nagy és elegáns áruházak sorakoztak. Innen kedve támadt felvillamosozni a dombra, vissza a szállodába. A villamosról felhívta Helent.

– Oké, itt vagyok – kezdte, és Helen hallotta a csengetést meg körülöttük a forgalom zaját. – Járom a várost. – Élvezte, és eddig azt sem bánta, hogy egyedül kell felfedeznie.

– Büszke vagyok rád – mondta Helen, mielőtt befejezték a beszélgetést.

Később Maggie kihozta a kocsit, és körbeautózta a várost. Útba ejtette a Telegraph Hill tetején lévő Coit Towert, a North Beachet, az egykori olasz negyedet, a Ghirardelli Square-t és a Fisherman's Wharfot, ahol a szuvenírboltok kínálták mutatós portékáikat. Ezután felgurult a Pacific Heightsra, és megcsodálta az „Aranypartnak" nevezett Upper Broadwayt, ahol a város legszebb lakónegyedének elegáns házai épültek.

A Marinán letette a kocsit, és gyalog sétált keresztül a Presidión, a napfényben csillogó

Golden Gate hídig terjedő egykori katonai állomáshelyen.

Napsütéses, meleg idő volt, jólesett a séta vissza a kocsihoz. Áthajtott a hídon, föl a Marin Headlands tetejére, ahonnan csodálatos kilátás nyílt a városra. Erről és a Golden Gate-ről képeket küldött Helennek, azután egy kanyargós úton legurult arra a három mérföldes partszakaszra, amelyet fehér homok borított, és csak néhány kutyát sétáltató embert lehetett látni, ott, ahol a hullámok a partra értek.

Leült a homokba, és onnan csodálta az elébe táruló látványt. Kagylókat gyűjtött, és berakta őket a táskája egyik zsebébe. Közben Bradre gondolt, és arra, hogy mennyire tetszene neki itt. De arra is rájött, hogy nem érzi magányosnak magát. Sőt olyan érzése támadt, mintha új életre kelt volna. És ez egyszer nem volt emiatt bűntudata, egyszerűen hálás volt azért, hogy itt ülhet a tengerparton, a homokban. Most először érezte ezt Brad halála óta. Egy nagy kutya szaladt hozzá vidáman, egy barátságos, csokoládébarna labrador. Leült mellé, mintha szórakoztatni akarná, majd egy idő múlva elnyargalt.

Majdnem naplementéig maradt a parton, aztán ugyanazon a kanyargós úton indult vissza, és hét órára érkezett a szállodához. Gondolkozott, elmenjen-e valahová vacsorázni, de annyi mindent csinált aznap, és olyan messzire elkalandozott, hogy úgy döntött, inkább a szállodában marad, és a szobaszolgálattól rendel valamit. Amikor levette a farmerját, mosolyognia kellett. Egész kupac homok került elő a cipőjéből. A kagylókat gondosan berakta a bőröndje egyik zsebébe. Íme az első szuvenírek az útjáról.

Evett egy hamburgert, megnézte az egyik kedvenc filmjét, és korán lefeküdt. A másnapot a Napa-völgyben töltötte. A szőlőskertek olyanok voltak, amilyeneket az olasz- és franciaországi képeken látott. Közöttük gyönyörű pincék, hangulatos és itt-ott viktoriánus stílusban épült házak bújtak meg. Sok kerékpáros járt az utakon, de az évnek ebben a szakaszában már lényegesen kevesebb turistát látott, pedig meleg volt, sőt észrevehetően jóval melegebb, mint a városban. Olyan szép volt mindaz, amit látott, ahogy várta. Este, a városba visszatérve megállt egy japán étteremnél, amiről már olvasott, és szusit rendelt. Úgy érezte, hogy igazi élményben van része San Franciscóban, és arra gondolt, milyen jó lenne, ha Aden is itt lehetne vele. Fel is hívta őt, és beszámolt az eddigi élményeiről.

– Milyen vidám a hangod, anya! – állapította meg a fia, és Maggie csakugyan jókedvű volt, mint akibe új élet költözött. – Mi jön ezután?

– Holnap lemegyek Carmelbe és a Big Surra. – Látni akarta az oroszlánfókát, a híres Monterey Bay akváriumot, és meg akarta csodálni a Big Sur meredek partját. Egy éjszakát egy Post Ranch nevű helyen szándékozott tölteni, aztán visszamegy San Franciscóba, hogy megnézze, ami még kimaradt.

Aden már gőzerővel edzett a hokicsapatban, és azt mondta, hogy tetszik neki. Mindketten az új kalandoktól feldobódva, arcukon széles mosollyal léptek ki a vonalból.

– Elsőéves egyetemista a fia? – mosolygott rá egy nő a szomszéd asztaltól, ahol a párjával ültek. Maggie bólintására így folytatta: – Én majdnem belehaltam, amikor a fiunk elment. Már harmadéves, mi meg annyit utazunk, mint még soha, olyan helyekre, ahol még nem jártunk. Nagyon élvezzük! – Elmondták, hogy Dallasból jöttek, és jó félórát csevegtek, mígnem Maggie fizetett, és visszament a szállodába. Már pusztán attól, hogy beszélgetett velük, elmúlt az az érzése, hogy egyedül van.

Mire eljött a hét vége, mindent látott, amit meg akart nézni. Több helyen is beszélgetett az Államok különböző városaiból érkezett emberekkel. Utazása első állomása végén bátor és független nőnek érezte magát. Az időzítés tökéletesnek bizonyult. Öt napot töltött itt, a hatodik nap délutánján felszállt az utazása következő állomására, Rómába induló gépre.

Egy olasz egyetemi tanár ült mellette, és elbűvölő történeteket mesélt neki a városról, amelynek a felfedezésére készült. Lekötötte vele a figyelmét, így egy percig sem idegeskedett a repülés miatt. A hetven-egynéhány éves férfi roppant kedves volt; elmesélte, hogy van egy körülbelül Maggie-vel egyidős lánya. Maggie-nek olyan érzése támadt, hogy az öregúr valójában flörtöl vele, amit hízelgőnek talált, ugyanakkor mulatságos volt és nagyon olaszos is egyben.

Fél órácskát aludnia is sikerült, így frissen, kipihenten érkezett meg Rómába. A professzor elé kijött a felesége, akit eddig egy szóval sem említett, és most jó utat kívánt neki.

A szálloda kocsit küldött érte, a sofőr pedig útközben a történelmi nevezetességekről mesélt. Maggie alig várta, hogy nekiindulhasson a felfedezőútnak. Lake Forestben hajnali négy óra volt, különben felhívta volna Helent. Azért egy üzenetet elküldött a Colosseum és a szálloda bejáratának fotójával. Látszott a képen a libériás hordár és portás. A recepció egyik alkalmazottja felkísérte őt elegáns kis szobájába, amelynek erkélyéről lélegzetelállító kilátás nyílt Rómára.

Miután a szállodás elment, Maggie percekig bámulta a látványt, és úgy érezte magát, mint aki újjászületett. Élete egyik legizgalmasabb percét élte át. A régmúlt és napjaink szépsége ötvöződött a szeme előtt, ahogy a Szent Péter-bazilikát, a távolban a Vatikánt, alatta a Spanyol Lépcsőt, és az odalent csobogó szökőkút körül ücsörgő vagy éppen csókolózó fiatalokat csodálta. Elhatározta, hogy később ő is bedob egy pénzérmét a szökőkút vizébe, hogy meghozza a szerencséjét. Mondták, hogy a Trevi-kút medencéjébe azért kell pénzt dobni, hogy még egyszer visszajöhessen Rómába.

Amikor egy óra múlva bő fekete pamut parasztszoknyában, a lábán szandállal, vállig érő sötét haját kibontva kilépett a szállodából, a sofőrje ott várta.

– Tisztára úgy néz ki, mint egy olasz – mosolygott rá Luigi.

– Ír – javította ki Maggie. Beszállt a szálloda Mercedesébe, és Luigi elvitte a híres, közismert templomokba, de eldugott kis tereken és szűk mellékutcákban megbúvókba is. Közben megálltak, hogy Maggie megkóstolhassa a híres olasz fagyit, a *gelatót*. Nem tudott betelni Rómával, mindent látni akart. Már az, hogy ott lehet, varázslatos volt. Jó lett volna megosztani az élményeket valakivel, mégsem érezte nagát magányosnak, megelégedett azzal, hogy rendszeresen írhatott Helennek.

Bárhová ment, barátságos emberekkel találkozott, akik szóba elegyedtek vele, vagy csak kedvesen ráköszöntek. Beszélt egy kanadai házaspárral, egy csupa derű idős svéd asszonnyal és egy roppant vonzó olasz férfival, aki egy kávézóban megpróbálta őt felcsípni. Persze nem állt kötélnek, de jó volt tudni, hogy belemehetett volna a kalandba. A római férfiak úgy néztek rá, ahogy évek óta egy pasi sem. Ettől újra fiatalnak és csinosnak érezte magát, és valahogy ruganyosabban kezdett lépkedni.

Mindennap órákig járta a várost, a kocsit csak akkor használta, amikor szükség volt rá. A sofőr elvitte félreeső kis trattoriákba és kerthelyiséges éttermekbe, ahol ízletes specialitásokat evett, és közben élvezettel figyelte a szomszédos asztaloknál ülőket. Oly sok látni- és csinálnivaló volt, hogy szinte fel sem tűnt neki, hogy egyedül van.

Éjszaka, amikor Chicagóban délután volt, felhívta Helent, és mindenről beszámolt neki.

– Azt hiszem, Róma a kedvenc városom! – újságolta lelkesen. – Ha fiatalabb volnék, itt szeretnék élni. – De ehhez már túl késő. Igaz, hogy az eddigi élete kilenc hónappal ezelőtt véget ért, és a fia mostantól négy évig Bostonban fog élni, mégsem tudta elképzelni, hogy Európába költözzék. De turistaként ellátogatni ide a vártnál is izgalmasabb volt.

– Várj csak, még nem láttad Párizst! Utána nem akarnál visszamenni, ámbár az olasz férfiak sokkal merészebbek – nevetett Helen.

Maggie nem tudta elképzelni, hogy jobban szerethet egy várost Rómánál. A zene, az élettől nyüzsgő utcák, az ételek, az emberek, de még a turisták is, akikkel találkozott, érdekesek voltak, és lehetett velük beszélgetni. A város épp csak annyira tűnt kaotikusnak, hogy az ne legyen nyomasztó. Még amikor az egyik sétája közben eltévedt is, vissza tudott találni a Piazza di Spagnára és a fölötte lévő szállodához. Tökéletesen otthon érezte magát, és sokkal inkább meg tudott állni a saját lábán egy külföldi városban, mint gondolta volna. Elképesztően önbizalom-növelő volt. Ezt nem tapasztalhatta volna meg, ha Brad is vele lenne. Így, egyedül, rákényszerült, hogy másoktól kérjen segítséget, hogy kapcsolatba lépjen a környezetével és idegen emberekkel, és eközben valósággal kivirult.

– Miért nem jártam itt eddig soha? – kérdezte egyik éjszaka Helentől az erkélyen állva, Róma éjszakai égboltját csodálva. A világ innen nézve annyival nagyobbnak látszott, mint a Lake Forestben Braddel töltött évtizedek alatt! Brad szűkre, biztonságosra és visszafogottra szabta az életüket, és ő eddig nem is sejtette, mennyivel izgalmasabb egy tágabb világban az élet, és hogy ő mennyire szeretni fogja.

– Azért, mert a férjed amerikai volt, nem szeretett utazni, leszámítva a könyvelői konferenciákat. Talán legközelebb találsz egy európait – válaszolta Helen óvatosan. Rettentő unalmas pasinak találta Bradet, de ezt sohasem árulta el Maggie-nek.

– Nem lesz legközelebb – jelentette ki Maggie teljes határozottsággal. – Braddel éltem az életemet, mással el sem tudom képzelni. De bevallom neked, néhány hónapot vagy egy évet szívesen élnék itt. – A Brad halálával az ölébe hullott vagyon ellenére semmit sem változtatott az életmódján. Bűntudata lett volna, ha elkezdi költeni a pénzt, de most először felismerte azokat a lehetőségeket, amiket eddig soha nem kapott meg, és ez is egy volt azok közül. Megtetszett neki az utazás gondolata.

– Ha megteheted, meg is kellene tenned – biztatta Helen. – Ha valami történne Jeff-fel, és a gyerekek már nagyok lennének, azt hiszem, egy évre Párizsba költöznék. Az a kedvenc városom. – Maggie nem tudta elképzelni, hogy létezhet hely, amit jobban szeretne Rómánál. Sajnálta, hogy amíg Brad élt, nem jöttek el ide együtt. Ebbe a városba még Brad is beleszeretett volna. Úgy érezte, ez a világ legromantikusabb városa, és még azt sem bánta, hogy egyedül van itt.

Szomorúan szállt fel másnap a Párizsba tartó repülőgépre. Luigi, a sofőrje búcsúzóul megölelte, és kérte, hogy jöjjön el máskor is. Úgy intézte, hogy egyik útjukon Maggie bedobhasson egy pénzérmét a Trevi-kútba, mondván: most már biztos, hogy vissza fog térni Rómába.

Nem egészen két óra alatt értek Párizsba. A párizsi repülőtéren minden gyorsabban zajlott, és Maggie-nek hiányzott a Rómában már megszokott kellemes érzése, de az is igaz, hogy a római repülőtéren kaotikus állapotok uralkodtak. Párizs szervezettebbnek és egy kicsit kevésbé barátságosnak tűnt.

A szálloda itt is autót küldött elé. A sofőrt Florent-nak hívták, és az autópálya, amelyen a város felé száguldottak, semmiben sem különbözött bármelyik amerikai autópályától – egészen addig, amíg el nem érték a várost. De amikor elérték, Maggie-nek elállt a lélegzete. Lenyűgözte az impozáns Diadalív felé tartó széles, fákkal szegélyezett Champs-Élisées látványa, a Place de la Concorde nagyszerűsége a szökőkutakkal és a szobrokkal.

Sok filmet látott, amiket részben itt forgattak, de azok nem adták meg a jelenlét élményét. Láthatta a gyönyörű hidakat, a Szajna bal partján az aranykupolás Invalidusok dómját, benne Napóleon sírjával. Miután a III. Sándor orosz cárról elnevezett aranyozott hídon át visszamentek a jobb partra, a Place Vendôme-on megcsodálta a napóleoni csata emlékére emelt oszlopot, a tér körül az elegáns ékszerboltokat és az Hôtel Ritz pompás épületét, amely előtt portások hada állt, és széles vörös szőnyeg vezetett a bejárathoz.

Maggie a lehető legelegánsabb utat választotta, hogy lássa és megismerje a várost. Párizsnak egészen más volt a légköre, mint Rómának, amely tiszteletre méltó ősi város volt, tele gyönyörű régi műemlékekkel és boldognak látszó szexi fiatalokkal. A Rómára jellemző romantikus lelkület ragályos volt. Párizs szépsége elbűvölte. Csupa gyönyörű dolgot látott, és rögtön megértette, miért rajong Helen Párizsért. Ki ne rajongana érte?

A Ritz-beli szobája nagyobb és még elegánsabb volt, mint a római Hasslerben birtokba vett szállása, miután a Ritzet nemrég felújították. Itt a kék selyem dominált, míg a Hasslerben a sárga szatén. Maggie megállapította, hogy az itt tapasztaltak után nehéz lesz visszatalálnia a Chicago egyik elővárosában álló kis házában megszokott hétköznapi életébe. Itt mindenütt csupa szépség veszi körül, a múlt különleges emlékei és épületei.

Aznap délután ellátogatott a Louvre-ba, és átvágott Tuileriák kertjén. A sofőr elvitte a Faubourg Saint-Honoré összes drága, puccos üzlete előtt. Maggie eddig nem sok mindent vásárolt. Maga a város annyi izgalmat kínált, hogy a vásárlás jóformán eszébe sem jutott. Nem akart venni semmit, nem is volt szüksége semmire azon kívül, hogy itt van, magába szívja azt az eleganciát és hangulatot, ami a város esszenciája volt.

Szeretett a Szajna mellett sétálni, meg-megállni valamelyik hídon, nézni a vizet, és Bradre gondolni. Felidézni, milyen nehéz lehetett anyja élete, miután elvesztette a férjét. Ő nem engedhette meg magának azt a luxust, hogy egy európai utazás révén próbáljon talpra állni. Városról városra járva, egyik munkahelyről a másikra váltva kellett eltartania a családját. Öt év múlva ismerte meg Harryt, aki valamelyest biztonságot nyújtott neki, de addig, és néha még utána is, mindenért meg kellett küzdenie.

Anyja nem akarta Harry vállára rakni más gyerekének a terhét, inkább erejét megfeszítve, a saját munkájával tartotta el őt és Tommyt. Maggie eltűnődött azon, hogy anyja vajon boldogabb lett volna-e, ha visszamegy ápolónőnek, de tudta, hogy semmiképpen sem akart viszszaülni az iskolapadba, inkább elvállalt minden csip-csup munkát, amiket igazából nem szeretett. Nem volt könnyű élete, és ritkán érezte elégedettnek magát. Maggie apja az élet folytatására felkészületlenül hagyta itt őket, anyja pedig soha többé nem volt boldog, még Harryval sem.

Brad teljesen más volt, mint az apja. Ő a halála esetén minden eshetőségre számítva megvédte Maggie-t és Adent. A biztosítási kötvénye egy vagyonba került, Maggie utólag látta, hogy néha annál is többet áldozott rá, mint amennyit megengedhetett volna magának, de ezzel olyan életet tett lehetővé számára, amiről nem is álmodott – beleértve ezt az utazást. Még a halála után is fejedelmien gondoskodott róla, és ez annyira jellemző volt Bradre.

Aden kiváló oktatásban részesülve, szilárd alapról indulhat el az életben, és ehhez még a légitársaságtól kapott pénzhez sem kell hozzányúlniuk. Brad megadott nekik mindent, amire szükségük van, az a pénz afféle bónusz, olyan, mintha megnyerte volna a lottófőnyereményt. Egy napon odaadja Adennek kárpótlásul, amiért olyan fiatalon elvesztette az apját.

A Szajna bal és jobb partját járva Maggie hihetetlenül szerencsésnek érezte magát: megcsodálta a műemlékeket, múzeumokat látogatott, híres szobrok után kutatott eldugott kis parkokban, és valósággal beleszeretett a Rodin Múzeumba. Meghívta magát teára a Plaza Athénée-be és a La Durée-be, ebédelt a híres Café de Flore-ban és a Deux Magots-ban, végigböngészte a legizgalmasabbaknak tűnő régiségboltok kínálatát, megbámulta Jeff Latham látványos virágkompozícióit az Hotel George V. halljában. Egy utcai árustól virágot vett, és megkérte a szobalányt a Ritzben, hogy tegye vázába.

Párizst is gyönyörű, romantikus városnak látta, és azt kívánta, bárcsak eljöttek volna ide Braddel. De így is boldog volt, és annyi látnivaló várta, hogy az egyedülléten sem szomorkodott. Emlékeztette magát, hogy most ez az élete, neki magának kell mindent megtapasztalnia. Lassanként ezzel is megbékélt, alkalmazkodott a magányhoz és az új körülményekhez. Elképzelhetetlen volt számára, hogy még egyszer megossza az életét valakivel. Úgy érezte, mostantól az egyedüllét a sorsa. A múzeumokban és a bisztrókban fesztelenül tudott csevegni más emberekkel, akár amerikaiak voltak, akár európaiak. Minden nap kaland, és minden találkozás érdekes volt.

Már értette, miért mondta Helen, hogy szeretne egy évig Párizsban élni. Maggie el sem tudta képzelni, hogy az ember itt magányos lehet. Eltöltötte a megelégedettség és a béke érzése, miközben gyönyörködött a körülötte lévő sok szépségben. Amikor kora reggel felébredt és kinézett a Place Vendôme-ra, puha, gyöngyszürke fény ömlött el a háztetőkön, majd a felkelő nap sugarai áttörték a felhőket, és a kék ég alatt fénnyel árasztottak el mindent. Késő estig, egészen tíz óráig világos volt. Maggie most értette meg, miért hívják Párizst a fény városának. Akár egy óra hosszat is el tudta nézni a sötét égen, szikrázó fényben kirajzolódó Eiffel-tornyot.

Egyik délután, amikor a recepción elkérte a kulcsát, meglátta a pulton egy nagyon előkelő monacói szálloda prospektusát. Eszébe jutott róla az utazási iroda ügynökének az a javaslata, hogy ha ideje engedi, menjen el Dél-Franciaországba is. Monaco apró hercegség volt a francia határ mentén. Az 1950-es években ide ment férjhez Grace Kelly egy mesebeli herceghez, és így lett belőle Monaco Grace hercegnéje. Maggie egy percig nézte a prospektust, aztán megkérdezte a recepcióst:

– Bonyolult eljutni ide? – Nem tudta pontosan, hol van Monaco.

– Ó dehogy, madame, egy órácska repülővel. Egészen közel van. Közvetlenül délen, a Riviérán. – Megemlítette Saint-Tropez-t is, ami inkább egy nagyon divatos tengerparti város; a hatalmas nemzetközi turistaforgalmat lebonyolító Monte-Carlót a jachtkikötőjével, a nagyszerű éttermeivel és elegáns kaszinójával. Maggie mindezt roppant szórakoztatónak és kicsit régimódinak találta, amitől még vonzóbbnak tűnt számára. Jóllehet innen Londonba szándékozott továbbmenni, de a recepciós megnyugtatta, hogy Nizzából is indul gép Londonba. Kedvcsinálónak elmondta azt is, hogy délen ebben az évszakban nagyon szép az idő, jó meleg van, így miután megnézte a látnivalókat, kifekhet a szálloda medencéje mellé napozni. Kellemes közjátéknak ígérkezett Párizs és a zajos, forgalmas London között. És Maggie-nek végtére is nem kellett időre visszarohannia az Államokba.

Alkalmazkodott hát a ráérősebb európai tempóhoz, amelyben az élet minősége mindennél fontosabb volt. Rómát, majd Párizst felfedezve érezte, hogy a saját ritmusa kissé lelassult. Útban Londonba Monte-Carlo nagyszerű állomásnak tűnt számára. Párizsban mindent látott, amit meg akart nézni, még ha rossz volt is elmenni innen, ahogy Rómától is szomorúan búcsúzott. De biztos volt benne, hogy egyszer majd visszatér, és legközelebb talán Velencét is útba ejti, sőt ellátogat más európai városokba, akár Barcelonába vagy Madridba is. Az út eddig tökéletes és épp a megfelelő tempójú volt, de a sok látnivaló közül nem jutott ideje mindegyikre. Kalandvágyó lett, és ez újdonság volt számára. Hirtelen elhatározással megkérte a recepcióst, hogy foglaljon neki szobát a hétvégére a monte-carlói Hermitage-ban. Hétfőn elrepül Londonba, és onnan indul haza egy hét múlva.

A recepciós pár perc múlva azzal hívta fel a szobájában, hogy minden el van intézve. Másnap délelőtt tíz órakor indul a gépe Nizzába, délre az Hermitage-ban lesz, ami azt jelentette, hogy egy teljes napja marad felfedező sétára, kifeküdni a medence mellé, és éjszaka akár a kaszinóba is benézhet. Ha nem is játszik, akkor is megfigyelheti, hogyan játszanak a világ minden részéből érkező szerencsevadászok.

Este összecsomagolt, utoljára még sétált egyet a Place Vendôme-on, és másnap reggel nyolc órakor elhagyta a szállodát, hogy elérje a tízkor induló repülőgépet. Nizzában egy fehér Rolls jött érte a reptérre, ami enyhén zavarba ejtő volt, de akkor és ott mulattatta. A szobájából kilátott a Földközi-tenger csillogó víztükrére. Látta a hatalmas jachtokat a kikötőben, és arra gondolt, hogy később lesétál, és közelebbről is megnézi őket.

Kint, a medencénél ebédelt, azután egy ideig sétálgatott Monte-Carlóban, ahol a világ minden luxusboltja képviseltette magát. Lesétált a kikötőbe, és megbámulta az ott horgonyzó hajókat. A hatalmas jachtokon egyenruhás legénység takarított, vagy a tulajdonosok és barátaik ettek elegáns késői ebédet a fedélzeten. A látvány teljesen elbűvölte Maggie-t. Aztán megpillantott egy óriási vitorlás hajót. Neve, a *Lady Luck*, mosolyra késztette. A legénység szorgalmasan mosta a fedélzetet, a tulajdonost nem lehetett látni. Milyen csodás lehet azok élete, akik kiülhetnek egy ilyen hajó fedélzetére! A kikötőből visszasétált a meredek domb tetején lévő szállodába, ami sportteljesítménynek sem volt akármilyen.

Késő délután úszott egyet a szálloda medencéjében, azután elővette az egyetlen, valamelyest elegánsnak mondható ruháját, hogy este abban jelenjen meg a kaszinóban. Azt mondták, hogy éjfélig meglehetősen gyéren látogatott hely, de utána megélénkül a forgalom. Jó későn vacsorázott a szállodában, majd éjjel fél egykor átsétált a kaszinóba. Ahogy a recepciós előre elmondta, sokan sofőr vezette Rolls-Royce-okból szálltak ki. Mindenfelől orosz, arab, kínai, angol és francia nyelvű beszédfoszlányokat kapott el, de egy-egy német vagy olasz szó is megütötte a fülét. Olyan benyomása volt, mintha egy főleg gazdag embereknek épült kisvárosban lenne, és mivel az itt lakók nem fizettek adót, mágnesként vonzotta a dúsgazdag embereket. Nem egy Ferrarit látott, amelyből estélyi ruhás, gyönyörű nők szálltak ki.

Amikor besétált a kaszinóba, látta, hogy a legtöbb asztal tele van. Szombat lévén mindenki kimozdult otthonról, így mozgalmasnak ígérkezett az éjszaka. Egy időre megállt a rulettasztalnál; szórakoztatónak tűnt, de a huszonegyezést vagy a pókert izgalmasabbnak gondolta. Braddel valamelyik konferenciája alkalmával elmentek Las Vegasba is. Egyikük sem volt lelkes szerencsejátékos, de jól szórakoztak a játékgépek mellett és a kártyaasztaloknál ülő embereket figyelve.

Monte-Carlo ezerszer elegánsabb és fényűzőbb volt. Az emberek öltözéke, az egész lényük, a viselkedésük, a sokféleségük. Egyszerű fekete ruhájában, kibontott hajával alulöltözöttnek érezte magát. Észrevette, hogy az asztalokat körülálló és a kaszinón végigsétáló nőket valósággal elborítják a drága ékszerek. Ő nem viselt mást, mint az arany karikagyűrűjét, és azt a kis arany karórát, amit Bradtől kapott. De nem érezte úgy, hogy versenyeznie kellene a többi nővel itt a kaszinóban. Ők mind szorosan a kártyaasztalnál ülő partnerük mellett álltak, akivel együtt jöttek. De néhány nő is akadt a kártyázók között.

Maggie afféle láthatatlan megfigyelőnek érezte magát, és meglepődött, amikor észrevette, hogy több férfi is megbámulja. Gyönyörű nő volt, csak nem tudott róla, és nem is nagyon érdekelte ez a téma. Egyik férfi hívta, hogy igyanak meg valamit együtt, de ő udvariasan elhárította. A férfi erős spanyol akcentussal beszélt, és nagyon jóképű volt, de Maggie jól érezte magát a kártyázókat figyelve, és nem óhajtott ismerkedni. Nem azért jött ide, hanem mert érdekelte a kaszinó világa.

Egy huszonegyező társaság asztalát csupa jelentős személyiségnek látszó férfi ülte körül. Nagy volt a tét, és az asztalon egy halom zseton tornyosult. Maggie nem tudta, mennyi lehet az értéke, de úgy vélte, több százezer euró, vagy majdnem ugyanannyi dollár. Egyik játékos sem beszélt, érezhetően feszült volt a légkör, majd pár perccel azután, hogy Maggie figyelni kezdte a játékot, az egyik fiatalos külsejű, ezüstszürke hajú férfi széles vigyorral nyert. A krupié elképesztő mennyiségű zsetont tolt felé, amit a férfi szabályos oszlopokba rakva helyezett el maga előtt, majd újra fogadott, mire a többiek felnyögtek.

A férfi nagyon jóképű volt, és jóval fiatalabbnak tűnt, mint az ősz haja alapján gondolni lehetett volna. Nagyjából egyidős lehetett Maggie-vel, és a fellépése is fiatalos volt. Valahonnan ismerősnek tűnt, de Maggie nem jött rá, honnan. Amikor megszólalt, a kiejtése amerikainak hangzott. Mindenki döbbenetére a következő partit is megnyerte, utána viszont rengeteget veszített. Mintha ez nem zavarta volna különösebben, megőrizte a jó humorát, és újra betett egy halom zsetont. Felpillantott oda, ahol Maggie állt, és rámosolygott. Egy ideje már észrevette őt, de most hirtelen csodálkozva odakiáltott neki:

– Maggie Kelly? Te vagy az?

Maggie a lánynevét hallva meglepetten bólintott, mire a férfi nevetni kezdett. Ebben a pillanatban Maggie is rájött, ki ez a férfi, és az elképedéstől tágra nyílt szemmel nézett rá. Paul Gilmore volt az, a középiskolai szerelme, aki elment, hogy motorversenyző, majd később autóversenyző legyen. Harminc éve nem látta őt, eltűnt egy másik élet homályában. Emlékezett rá, hogy az anyja milyen veszélyes és vad fiúnak tartotta, és lám, itt van egy vagyont nyerve és veszítve a nagy tétekben játszók asztalánál, Monte-Carlóban. Emlékezett rá, milyen csóró fiú volt, és milyen ócska kis házban laktak az anyjával. Most viszont határozottan jómódúnak tűnt. Annak idején megmondta, hogy egyszer majd gazdag ember lesz, és úgy látszik, valóban az lett.

Maggie-nek rémlett, hogy egy időben híres Forma–1-es autóversenyző volt, de addigra Paul élete már fényévekre volt az övétől, hiszen ő már boldog házasságban élt Braddel. Őt nem érdekelték az autóversenyek, Paul Gilmore tehát nem került a radarja megfigyelési körébe. És most itt van, és úgy mosolyog rá, mintha soha el sem ment volna.

Gazdag emberre valló kisugárzása és ugyanolyan káprázatos mosolya volt, mint amikor tizenhét évesen elszáguldott mellette a gördeszkáján. Miközben felvette a lapjait, intett neki, mire Maggie kényelmesen megkerülte az asztalt, és megállt mögötte. Amikor a mellette lévő szék megürült, Paul odasúgta, hogy üljön le, és hozzon neki szerencsét. Olyan volt a tekintete, mint aki rosszban sántikál, csak az ősz haja mutatta, hogy már nem vásott kölyök.

– Jól megvoltál nélkülem – suttogta Maggie, miközben leült, de a parti során nem szólalt meg. Paul megint vesztett, de nem olyan sokat, és láthatóan ez sem zavarta. Megtöltötte a zsebeit a rengeteg zsetonnal, majd felállt, hogy készpénzre váltsa a nyereményt.

– Bonsoir, Monsieur Gilmore – köszönt el a krupié a távozó Paultól. Maggie követte. Paul hirtelen megállt, és magához ölelte. Maggie arra gondolt, milyen közel voltak egymáshoz, és mennyire szerette őt.

– Mit csinálsz itt? – kérdezte Paul.

– Vakációzom – felelte kicsit zavartan Maggie.

– Egyedül vagy?

Maggie bólintott, és egyszeriben újra tizenhét évesnek érezte magát. Azalatt lett tizennyolc, mialatt együtt jártak. Paul valamivel idősebb volt nála, tehát most negyvenkilenc éves lehetett, míg Maggie negyvennyolc. Ezüstös haja és még mindig jóképű, fiús arca különlegessé tette a megjelenését, és bár a szerény kezdet óta messzire repítette az élet, még mindig Paul volt. Ha valaki ránézett, nem sejtette volna, hogy egykor szegényes körülmények között élt. Ma a könnyű élethez szokott, vagyonos ember benyomását keltette.

– Gyere, igyunk valamit – hívta Maggie-t, nem titkolva, mennyire örül, hogy látja őt. Beváltotta a zsetonjait, majd elvezette Maggie-t a bárba. Közben nem tudta levenni róla a szemét, mintha valami káprázatot látna.

– Semmit sem változtál – jelentette ki, mire Maggie elnevette magát.

– Akkor te vak vagy! Bár így lenne!

– Hány éve már?

– Harminc.

– Sok mindent kell bepótolnunk. – Pezsgőt rendelt mindkettőjüknek. – Mit csinálsz itt? Európában élsz?

Maggie nevetett, de hirtelen arra gondolt, hogy bár itt élne. Paul olyan nagyviláginak és kifinomultnak hatott, hogy falusinak érezte magát mellette.

– Nem. Lake Forestben élek, Illinois-ban. Csak vakációzom itt. – Mindezt úgy próbálta mondani, mintha ez teljesen természetes lenne, holott számára egyáltalán nem volt az, és pontosan tisztában volt azzal is, hogy a kaszinóban látott többi nőhöz képest milyen egyszerűen van öltözve. Régen, amikor megismerték egymást, Paul abban a rémes kis házban lakott, csóró gyerekként odavolt a versenymotorokért, ő pedig egy stabil otthonban élt Harryval és az anyjával, aki nem szívelte Pault. De nem vitás, hogy a harminc év alatt megvalósította, amit akart. Úgy tűnt, a kaszinóban mindenki ismeri, és amikor meglátták, az emberek rámosolyogtak.

– Miért jöttél egyedül? Férjnél vagy?

Maggie ujján ott volt a karikagyűrű, de azóta, hogy utoljára látta, Paul semmit sem tudott róla, az életéről. Többé nem ment haza, azt a két napot leszámítva, amikor az anyja meghalt, nem sokkal azután, hogy megnyerte az első nagy versenyét. Minden kapcsolatát elvesztette a régi barátaival.

Maggie a legutóbbi kérdésre válaszul megrázta a fejét.

– Nem vagyok – válaszolta tömören.

– Elváltál? – mutatott kérdő arccal Paul a gyűrűjére. – Rossz ember volt? Emlékszem, menynyire utált engem a mamád.

Maggie ezen elvigyorodott.

– Vad és veszélyes fiúnak tartott, és azt mondta, hogy össze fogod törni a szívemet. – De nem törte össze, békésen elváltak, amikor Paul rögtön az érettségi után elment. Maggie-t felvették az egyetemre, Paul pedig Dél-Kaliforniába, majd Mexikóba ment versenyezni. – Nem, nem váltam el, és a férjem remek fickó volt. Szerettük egymást, és született egy fiunk. Repülőszerencsétlenség ért bennünket tavaly decemberben, és ő meghalt.

– Úristen! Részvétem, Maggie. Ő vezette a saját gépét? Én is repülök. Együttérzek veled.

Maggie-nek mosolyognia kellett a kérdésen; Paul nyilvánvalóan sokkal extravagánsabb életet élt, mint ők, mondhatni, két külön világban éltek.

– Nem, rendes légijárat volt, Chicagóból mentünk New Yorkba. A Hudson felett hóviharba kerültünk. Negyvenkilenc halott volt, köztük ő is.

– Szörnyű – mondta Paul részvevő hangon. Maggie gyönyörű volt, és túl fiatal ahhoz, hogy özvegy legyen.

Maggie bólintott, de ehhez nem nagyon lehetett mit hozzátenni, legföljebb annyit, hogy kis híján ő is odaveszett, és hogy most először utazik egyedül – de ezt nem akarta elmondani.

– És te? Házas vagy? Gyerekek? – kérdezte.

– Kétszer, és nincs – felelte Paul vigyorogva. – Kétszer váltam el, és nincsenek gyerekeim. Az exeim szerint az életstílusom nem kompatibilis a házassággal. Forma–1-es versenyek, tíz évvel ezelőtt az Everest megmászása, helikopteres síelés. Még mindig szeretem az ijesztő kihívásokat, a nők viszont nem, legalábbis ha a férjük csinálja. És tekintettel arra, hogy miket szeretek művelni, eleve nem tartottam jó ötletnek a gyereket. Nem volna fair vele szemben, így nem is lett gyerekem.

– Ezek szerint nem változtál – mosolygott Maggie. Anyjának igaza volt, Paul ma is a veszélyes, sok kockázattal járó tevékenységeket kedveli. De csodálta, hogy volt benne annyi felelősségérzet, hogy mindehhez nem vállalt be gyerekeket. És a feleségei ezek szerint szabadon engedték. – És hol élsz?

– Mindenhol. Párizsban, Londonban van lakásom. Párizsban állandó lakosztályt tartok fenn a Ritzben. Itt is van egy lakásom – sorolta.

– Én épp a Ritzben szálltam meg – jegyezte meg Maggie.

– Egy darabig Svájcban éltem. New Yorkban csak alkalmanként. A munkámat mindenhová magammal viszem, úgyhogy nagyjából bárhol élhetek. – Úgy tűnt, hogy tökéletesen fesztelenül és kényelmesen érzi magát a bőrében, és nagyon örül annak, hogy újra látja Maggie-t. – Hány éves a fiad? – kérdezte.

– Szeptemberben kezdett a Bostoni Egyetemen. – Paul kezdte érteni a helyzetet. Maggie teljesen egyedül maradt, és most próbálja megtalálni az útját. A férje meghalt, a fia elment. Mélységes szomorúságot érzett iránta, de a tekintete, ahogy a szemébe nézett, bátorságot és őszinteséget árult el. Mindig is ilyen volt, és Paul most sem látta őt másnak. – Ez az első utam egyedül, és az első utam Európába – vallotta be Maggie.

– Mivel foglalkozott a férjed? – Kíváncsi volt, miféle emberhez ment hozzá Maggie.

– Könyvelőcége volt.

– Te is dolgozol? – Nagyon is el tudta képzelni, hogy egy egészséges, rendes és egyszerű kertvárosi élet után a férje halálával összeomlott a világ, amelyben élt.

– A férjem apjának dolgoztam, mielőtt összeházasodtunk, és attól kezdve, hogy megszületett a fiunk, nem dolgoztam teljes állásban. Most próbálom kitalálni, hogy mi legyen ezután. – De nem látszott rajta, hogy nyomasztaná a helyzete. Bizonyos értelemben újszülött volt, aki egyszerre próbál megtanulni mindent. Paul ezt aranyosnak találta, és meghatódott tőle.

Tisztának és romlatlannak látta Maggie-t, egészen másnak, mint azok a nők, akiket ismert, és akikhez hozzá volt szokva. Még jobban csodálta azért, hogy el mert jönni egyedül Európába, pedig nyilván félt tőle. Ebben az egyszerű, sima fekete ruhában nem úgy nézett ki, mint aki férjre vadászik, de a ruha egyszerűsége valahogy még jobban kiemelte a szépségét. Semmi sem vonta el a figyelmet tökéletes alakjáról és szabályos vonású, szép arcáról. A férfi arra gondolt, hogy százszor feltűnőbb szépség, mint a körülöttük lebzselő agyonsminkelt cicababák, akiknek a fele luxusprosti, de meggyőződése szerint Maggie ezt nem tudta róluk. Ő azonban sok ilyet látott, és rögtön kiszúrta őket.

– Van itt egy hajóm. Eljössz velem holnap vitorlázni? – kérdezte minden felhajtás nélkül. Maggie bólintott.

– Szívesen. – Paul volt az első szerelme, akit jó volt viszontlátni. – Hallottam róla, hogy menő Forma–1-es versenyző voltál, de azt hiszem, valahogy nem sikerült összeraknom a képet. Éltem a nyugodt kis életünket Lake Forestben, és az ilyesmi nagyon valószerűtlennek tűnt számomra. – Most, hogy látta Pault ezen a helyen, és látta, hogyan néznek rá az emberek, jobban meg tudta érteni a helyzetét. Paul nagy szám volt. – Versenyzel még?

– Igen. Csak már nem olyan gyakran. A szponzoraim miatt elindulok a nagy versenyeken. És arra az esetre, ha tudni szeretnéd, foglalkozom-e fegyver- vagy drogkereskedelemmel, a válaszom nem. Jól kerestem a versenyzéssel és más veszélyes tevékenységekkel, és okosan fektettem be a pénzemet. Minél veszélyesebb egy sport, annál többet fizet. Sokat, nagyon sokat. Ma már többnyire a befektetéseimet kísérem figyelemmel. Olyan szerződésem van, amely szerint akkor indulok egy versenyen, amikor akarok. Én döntöm el, hogy a világ mely pontján rendezett versenyen veszek részt. Már nincs úgynevezett otthoni életem, de senki sem tesz szemrehányást azért, hogy veszélyesen élek. Ez egyfajta kompromisszum. A szabadság egy idő után függőséget okoz, éppúgy, mint a veszély. Kell az, ami megadja az adrenalinlöketet.

Mindezt ugyanolyan rosszfiúsan csillogó szemmel mesélte, mint harminc évvel korábban. És őszinte volt magához. Ugyanaz a fiú maradt, mint volt. Sohasem hazudott Maggie-nek, nem titkolta előtte, hogy miket tart a legfontosabbnak az életében.

– Mindig is erre voltál rákattanva – emlékeztette Maggie. – Ezt látta meg benned az anyám, mivel az apámnak meg a repülés volt a szenvedélye, ami a halálát okozta végül.

– Mi lett az öcséddel? Nagyon helyes srác volt. Néha meg az idegeinkre ment – mélázott Paul.

– Igen. Meghalt Irakban. Huszonhárom éves volt, a légierő pilótája. Anyám ebbe pusztult bele. Eltartott egy ideig, de sohasem állt talpra belőle. Én rögtön ezután férjhez mentem Bradhez. Tudom, egy könyvelő férj nem hangzik úgy, mint egy álom, de ő nagyon jó ember volt, és én biztonságban akartam élni. Tudtam, hogy mellette biztonságban leszek. Boldogok voltunk. Milyen mulatságos, hogy ő soha semmiféle kockázatot nem vállalt. Egy kétnapos könyvelői konferenciára repültünk New Yorkba, és a repülőgépünk lezuhant. Egyszóval azt hiszem, sohasem tudhatod, hogyan alakulnak a dolgok, még ha a világ legmegbízhatóbb pasijával élsz is együtt. – Bizonyos emberek meg, mint Paul is, minden veszélyt ép bőrrel úsznak meg. Eddig legalábbis.

– Ez nem fair dolog. – Pault meglepte, hogy Maggie állja a sarat, miután elvesztette az apját, az öccsét, és végül a férjét is. De ő mindig is ilyen volt. Bátor és elszánt. Tudta, hogy most is így lesz, pedig biztosan pokolian fáj neki.

Végül visszakísérte Maggie-t a szállodájához, azzal, hogy másnap délelőtt tízkor érte jön, és elmennek vitorlázni. Maggie mosolyogva nézett fel rá, miközben megköszönte. Arra gondolt, hogy milyen helyes fiú volt tizennyolc évesen. Barátjául szegődött, amikor senki sem barátkozott vele.

– Jó lesz – mondta. Olyan furcsa volt, hogy itt futott össze vele, de nagyon örült neki.

– Nem lesz benne semmi ijesztő, ígérem. Csak egy szép, szelíd hajókázás. – Sohasem próbálta ijesztő dolgokba belevinni Maggie-t, az összes kockázatos mutatványt magának tartogatta.

– Már alig várom.

Paul járt Maggie fejében, miközben a szobája felé tartott. Most, hogy beszélgetett vele, úgy látta, nem sokat változott, akármilyen tapasztalt férfinak látszott is. Ma is ugyanolyan vonzó és végtelenül kedves fiú volt, de anyjának is igazat kellett adnia. Mindenben a veszélyt kereste, és két házasságát is feláldozta érte. Ami a romantikát illeti, nem ártott tisztes távolságot tartani tőle, de Maggie-nek nem is voltak ilyen szándékai, és valószínűleg Paul sem akarná. Mindösszesze régi barátok voltak, akik egy percre összetalálkoztak. Ebben még nem volt semmi veszély. A sors különös szeszélyéből egymásba botlottak. Furcsa véletlen, minden kockázat nélkül. Csak visszahozott egy édes emléket a múltból.

Hatodik fejezet

Másnap reggel Paul egy műalkotásnak is beillő világoskék old-timer Lamborghinivel jött érte. Teljes sebességgel robogtak a kikötőbe, ahol egy hatalmas vitorlás hajó mellett álltak le. Maggie csak akkor eszmélt rá, hogy előző nap épp ezt a hajót csodálta meg. A *Lady Luck* Paul hajója volt.

– Ezt láttam tegnap – mosolygott meglepetten Paulra. – Gyönyörű!

– Szeretem – vallotta be Paul. – Volt már néhány hajóm, de csak ebbe szerettem bele. Olaszországban építették. Az adózás miatt a Kajmán-szigeteken van bejegyezve, de itt tartom. Annyi időt töltök rajta, amennyit csak tudok. Bizonyos szempontból az otthonomnak tekintem.

Mindenfelé voltak lakásai, számára mégis a hajója jelentette az otthont. Nyilván megszokta, hogy szabad, mint a madár, és ennek megfelelően szertelen életmódot folytatott. Így volt jó neki. Nem látszott rajta, hogy sérelmeket hordozna, vagy gyászolna a házasságai miatt. Maggie kíváncsi volt, vajon milyen nőket vett el; bizonyára mutatósakat. Az eltelt harminc év alatt olyan rettentően felnőttek lettek, és homlokegyenest ellenkező irányba mentek el. De úgy tűnt, Paulnak bevált a választása. Az övé is, persze, egészen a repülőszerencsétlenségig. De most már jól volt, lassan újra talpra állt, és próbálta megszokni, hogy egyedül van.

A *Lady Luck*on vitorlázással eltöltött napjuk nem is sikerülhetett volna jobban. A hajómotor vitte ki őket a kikötőből, majd a nyílt vízre kijutva a legénység leállította a motort, és attól kezdve kibontott vitorlával siklottak a nyugodt, sima víztükrön. Paul tapasztalt hajós volt, egy darabig ő kormányzott, noha tizennyolc tagú legénység szolgált a hajón. Jó messzire eltávolodtak a parttól, majd visszatértek egy Saint-Jean-Cap-Ferrat-hoz közeli védett kis öbölbe, és ott megebédeltek. Kiültek az étkező fedélzeti részébe, ahol két stewardess szolgálta fel a mesterszakács által készített ebédet. Paul mesélt a kezdeti évek motorversenyeiről, az Everest megmászásáról, a lehetetlenségek legyőzésének örök vágyáról, ide számítva a házasságait is.

Maggie élete ehhez képest békés, minden bonyodalomtól és izgalomtól mentes volt. Úgy látta, hogy Paul a fényűzés csapdái ellenére sok tekintetben ugyanaz maradt, mint aki tizenhét-tizennyolc éves korukban volt. Nagyobb és idősebb lett, drágább játékokkal játszott, de most is ugyanaz az ösztön, ugyanaz a vágy hajtotta, mint akkor, és Maggie gyanította, hogy ez a jövőben is így lesz. És ma is megmaradt annak a kedves, szelíd *fiúnak*, aki volt. Eltűnődött rajta, hogy az apja is ilyen lehetett: kedves, de örökké az izgalmakat hajszoló. Kilencévesen ezt nem tudhatta. Hősnek tartotta az apját, pedig lehet, hogy őt is az ösztöne késztette a kockázatok vállalására, ahogy Pault.

Hálás volt, amiért az eszére hallgatott, és Bradet választotta, aki mellett majdnem húsz éven át nyugodt élete lehetett. Paul olthatatlan szomja a veszélyre örökös rettegésben tartotta volna. De ő élt, Brad meg nem, vagyis semmi sem volt kiszámítható és megjósolható, ahogy Paul is megmondta. Furcsa módon most is ugyanúgy vonzódott Paulhoz, mint tizenhét évesen, és érezte, hogy Paul is vonzódik hozzá. De hiába, mert pár nap múlva mindketten visszatérnek a saját, a másikétól nagyon különböző életükhöz, egymástól sok-sok mérföld távolságra. Maggie számára nyilvánvaló volt, hogy Paul mindenestől élvezte az életét, úgy, ahogy volt. Nem látszott rajta, hogy sajnálná, amiért elvált.

A stewardok egész nap pazarul, ugyanakkor diszkréten kiszolgálták őket. Anélkül, hogy tolakodók lettek volna, kívánságuk szerint hol enni-, hol innivalót szolgáltak fel nekik. Ebéd után úsztak egyet a tengerben, és közben nagyokat nevettek, mint két gyerek. Maggie emlékezett rá, milyen jó humora volt Paulnak, és hogy milyen szórakoztató tudott lenni. Időközben ezt már elfelejtette. Még akkor is, amikor mindketten szegények voltak, úgy tudott ránézni mindenre, mintha különleges volna.

– Mindig is imponált nekem, hogy nem feküdtél le velem – vallotta be Paul, amikor úszás után kifeküdtek egymás mellé a nyugágyakra.

– Tudtam, hogy elmész, és féltem, ha terhes leszek, soha többé nem foglak látni.

– Bölcs döntés volt tőled. Már akkor nyilvánvalóvá tetted, hogy van benned erkölcsi tartás.

– Csak nem voltam kockázatvállaló, mint te – nevetett Maggie, mire Paul elvigyorodott.

Amikor elegük volt a napozásból, újra beugrottak a vízbe, és hancúroztak, mint két kölyök. Napnyugtakor indultak vissza Monaco felé.

– Mit szándékozol most csinálni? – nézett Paul komolyan Maggie-re. – Tényleg munkába akarsz állni?

– Fogalmam sincs – válaszolta Maggie. – Nem is tudom, miért alkalmazna engem bárki is. Remekül értek iskolás gyerekek fuvarozásához, isteni palacsintát tudok sütni, és a fasírtom sem rossz. Legfeljebb egy büfében tudnék dolgozni, vagy taxit vezethetnék, máshoz nem értek. Szeretem azt hinni, hogy jó feleség voltam, de ki tudja? – Bradnek olyan könnyű volt a kedvére tenni. Így utólag nem volt biztos benne, hogy eleget adott neki. Lehet, hogy többet kellett volna.

– Hagyott rád valamennyi pénzt? – kérdezte Paul halkan. Aggódott Maggie-ért. Ő bólintott, de nem fűzött hozzá semmit. – Muszáj lesz elhelyezkedned?

– Nem ülhetek életem végéig ölbe tett kézzel, tétlenül. Abba beleőrülnék. Arra gondoltam, hogy dolgozhatnék egy galériában, vagy valami hasonló helyen. – Szerette a képzőművészet minden ágát, ami Bradet egyáltalán nem érdekelte. Ő a számokat szerette.

– Mi lenne, ha eljönnél velem síelni a télen? – állt elő hirtelen az ötlettel Paul.

– Évek óta nem síeltem. Az egyetemen megtanultam, de Brad nem szeretett síelni. Ő golfozni járt az ügyfeleivel, gyerekkorában meg baseballozott, a középiskolában inkább futballozott.

– Én minden évben helisíelek Kanadában. De most inkább Courchevelre gondoltam, ami felkapottabb, és neked jobban tetszene. Te megcélozhatnád a nyuszidombokat, én meg lesiklanék a nagyobb kihívást jelentő három völgybe. Nincs senki, aki eljönne velem. Pillanatnyilag nők közötti állapotban vagyok – nézett Maggie-re csibészes mosollyal. Harminc év kihagyás után is barátok maradtak, ezért mert őszinte lenni vele.

– Nem tudom, bóknak vagy sértésnek vegyem-e, hogy velem akarod betölteni az űrt – nevetett Maggie. Furcsa módon tökéletesen fesztelenül érezték magukat egymás társaságában; úgy voltak vele, mintha még mindig tinédzserek lennének. Maggie mindig is el tudott mondani Paulnak bármit, és ilyen értelemben egyikük sem változott. Csak idősebbek és gazdagabbak lettek. Paul életvitele imponáló, a hajója mesés volt, de ő maga a fényűző életmódja ellenére megmaradt Paulnak, és Maggie sem változott meg.

– Karácsony után elmehetnénk síelni – ütötte a vasat Paul. – Gondolom, az ünnepeket a fiaddal fogod tölteni.

– Igen. – Erről a világért sem mondott volna le. A fia volt most a fő szám az életében, az egyetlen, és nem engedte volna, hogy bármi is közéjük álljon.

– Elhozhatod őt is, ha akarod.

Maggie elmosolyodott.

– Addigra vissza kell mennie az egyetemre. – Elgondolkozott a dolgon, és úgy találta, hogy jó buli lenne elmenni Paullal síelni. Mint barátok. Előbb-utóbb viszonya lesz egy újabb nővel, és akkor már nem lesz esélye erre. És tetszett az is, hogy visszajöhet Európába. Szórakoztató lesz mindenfélét csinálni vele. Paul mindig is szórakoztató volt.

– Az ünnepek alatt a Karib-tengeren leszek

a hajóval, ahogy télen mindig. És ott is vannak barátaim. Az ünnepek után találkozunk Courchevelben, Maggie? – kérdezte olyan tekintettel, ahogy egy cocker spániel könyörögne valami finomságért. Maggie-nek ettől nevetnie kellett.

– Talán. De addig még találkozhatsz életed szerelmével. Ha ez megtörténik, nyugodtan visszavonhatod a meghívást, nem fogok megsértődni. – Az, hogy nem voltak elvárásai, mindent könnyebbé tett a kapcsolatukban.

– Nem fogom visszavonni. És életem szerelmével harminc évvel ezelőtt találkoztam – felelte Paul hirtelen elkomolyodva. – Csak ezt akkor még nem tudtam. Túl zöldfülű voltam, és amikor ráébredtem, te már régen elmentél, nekem meg fogalmam sem volt, hol keresselek.

– Miről beszélsz? – lepődött meg Maggie.

– Csak mert nem találkoztunk, nem szűntem meg gondolni rád és szeretni téged. Mindig is szerettelek. Az ilyen érzések nem tűnnek el csak úgy a semmibe.

– Ha igazán akartál volna, megtalálsz. Nem mentem messzire – felelte Maggie. El sem tudta képzelni, hogy Paul harminc éven át szerette őt.

– Hozzám jöttél volna, ha megkereslek? – kérdezte a férfi vágyódó tekintettel.

– Nem – felelte egyenesen a szemébe nézve Maggie. – Te megtestesítetted mindazt, amitől féltem. Anyámnak igaza volt, amikor óvott tőled. Az olyan emberek, mint te, akik folyamatosan kockára teszik az életüket, és lételemük a veszély keresése, tönkreteszik azok életét, akik szeretik őket. Eszem ágában sem volt úgy végezni, mint az anyám, fiatalon demens állapotban haldokolva, mert túl sok volt neki a veszteség, ami érte.

– Te erősebb vagy ennél – válaszolta Paul komolyan.

– Remélem. Ezzel együtt nem kockáztatnám meg. Túl veszélyes. Brad sohasem ijesztett rám, és nem törte össze a szívemet. Végül meghalt, de nem azért, mert kockáztatta az életét. Te veszélyes ember vagy, Paul. Mindig is az voltál, de most minden eszközöd és ügyességed megvan, hogy jobban csináld. Ma is versenyzel, és helikopterrel síelsz. Valószínűleg ejtőernyőzöl, és hegyet mászol, és a többi őrültséget is műveled, amit eddig kipróbáltál. Akkor is csináltad, amikor még nem engedhetted meg magadnak, és mindig sikerült. Én ezt nem tehetem meg sem magammal, sem a fiammal. Adennek stabilitásra van szüksége az életében, most még inkább, mint valaha. – És neki is. Erről semmiképpen sem akart lemondani.

– Arra itt vagy neki te – jegyezte meg Paul elgondolkodva.

– Igen. Mellesleg nem vagyok biztos abban, hogy jó hatással lennél rá. Benne is mutatkozik a veszélyes élet utáni vágy, amely az apámban megvolt, és benned is megvan. Igyekszem visszafogni, de tudom, hogy ott van, és csak arra vár, hogy kitörhessen. – Látszott rajta, mennyire aggódik a fiáért. Érezte benne az apja génjeit.

– Máris kedvelem őt – cukkolta Paul.

– Megöllek, ha egyszer elhívod, hogy valami veszélyes dolgot csináljon együtt veled!

Paul látta Maggie-n, hogy komolyan gondolja, és ő maga is elszánt volt a tekintetben, hogy tiszteletben tartja Maggie aggódását.

– De ha ez ott van a génjeiben, akkor nem fogod tudni megakadályozni benne – mondta bölcsen. Ezzel Maggie is tisztában volt.

– Tudom – felelte. – Csak abban bízom, hogy elodázhatom még egy ideig. Az egyetemen jégkorongozik.

– Az olyanoknak, mint mi vagyunk, kilenc életük van – próbálta megnyugtatni Paul. – Látod, én is itt vagyok. – Brad meg nincs itt, tette hozzá gondolatban.

– Egy napon el fogod használni az utolsó jegyet is. Én akkor nem akarok ott lenni. – Maggie komolyan beszélt, ezt Paul is tudta.

– Jól van. Ha megígérem, hogy nem ugrok le egy hegyről, vagy nem ölöm meg a sítúránkon, akkor eljössz velem? – Eltökélte, hogy rábeszéli Maggie-t, ám ő a fejét rázta. Harminc évig szem elől veszítették egymást, és egy nappal azután, hogy Paul rátalált, azt akarta, hogy menjen el vele síelni. Ez túl gyorsnak tűnt számára, nem beszélve arról, hogy Paul ott akarta folytatni, ahol tizennyolc évesen elváltak.

– Egyszer majd elmehetek veled síelni, de ha nem viselkedsz rendesen, otthagylak.

– Milyen értelemben kell rendesen viselkednem? – ugratta a férfi. – A kockáztatás szempontjából vagy más értelemben? Nagyon felnőtt lettél, Maggie Kelly.

– Erről a hajóról már lekéstél – felelte Maggie szelíden. – Még a férjemhez tartozónak érzem magam.

Paul bólintott. Észrevette. Maggie továbbra is viselte a karikagyűrűjét, ami világos üzenet volt. Ezt is tiszteletben akarta tartani. Annak idején sem erőszakolta rá az akaratát, és most sem állt szándékában. És noha szegénységben nevelkedett, úriember volt.

– Külön szoba – ígérte, és Maggie hitt neki. Ilyesmiben Paul régen, középiskolás korukban is rendesen viselkedett vele. Sohasem erőltette, végképp nem kényszerítette arra, amit nem akart megtenni. – Mit főzöl holnap este vacsorára? – kérdezte, hogy témát váltson.

– Holnap elrepülök Londonba, ott töltöm az utolsó hetet – felelte Maggie mosolyogva, és Paul visszamosolygott rá. Most is jól érezték magukat együtt, ahogy annak idején, tinédzserként. Maggie most barátként tekintett Paulra, akármilyen vonzó férfi volt is.

– Úgy volt, hogy holnap én is Londonba repülök. Miattad akartam elhalasztani. Akarsz velem repülni? – kérdezte Paul.

– Persze – vágta rá nevetve Maggie. – Te vezeted a gépet?

– Nem, van pilótám, kettő is. Biztonságban leszel. Akkor vacsorázol velem holnap este Londonban?

Maggie kis habozás után bólintott. A régi vonzerő nem múlt el, de ma már okosabb volt. Akármilyen kedves is hozzá, akármilyen jól érzi vele magát, ez nem fog menni. Ő még mindig ugyanaz a vakmerő, örökké a veszélyt kereső Paul. Vagy még rosszabb, mivel már megteheti, hogy a legváltozatosabb módokon tegye próbára magát, amitől még veszélyesebbé vált.

Este nyolc órára értek vissza a kikötőbe. Csodálatos napot töltöttek a tengeren. Paulnak valóban nagyon kellemes élete volt. A könnyű tésztavacsorát pesztóval, friss paradicsommal, salátával és a végén citromfagylalttal még a hajón ették meg.

– Mit csinálsz Londonban? – kérdezte Paul.

– Amit a turisták – felelte könnyedén, minden zavar nélkül Maggie. Meg akart nézni mindent, ahogy Rómában és Párizsban tette. – El akarok menni a Viktória és Albert Múzeumba, a Tate Galériába, a Towerbe, látni akarom a koronázási ékszereket, a Westminster Apátságot, a Buckingham-palota előtti őrségváltást. Szóval az összes elcsépelt, giccses látnivalót, amilyen például Madame Tussaud viaszmúzeuma.

– Végigjárnám veled az összeset, de egész nap megbeszéléseim lesznek. Hol tervezel megszállni?

– A Claridge'sben. Szép utam volt. Rómában és Párizsban mindent megnéztem. Egy barátnőm azt mondta, hogy Velencébe is el kellene mennem, de azt a következő utamra tartogatom.

– Remélem, hamarosan sor kerül arra is.

– Jársz néha az Államokban? – kérdezte kíváncsian Maggie.

– Nem sűrűn. Csak ha valami üzleti ügyem van ott – válaszolta Paul. – Eljönnél, ha indulnék egy versenyen az Államokban? – kérdezte, mire Maggie megrázta a fejét.

– Nem akarom látni, hogy megölnek.

– Nem fognak. Kilenc élet, emlékszel? – Ezt úgy mondta, mint egy vérbeli hazárdjátékos. Ők mindennek úgy indulnak neki, hogy győzni fognak, különben nem vállalnák a kockázatot.

– Ha ez igaz lenne, az apám és az öcsém ma is élnének – jegyezte meg Maggie józanul. – Kár, hogy Bradnek nem volt akár csak két élete!

– Ebben a sorsnak is van szerepe – emlékeztette Paul finoman. – Jól vezetek, nem fogom megöletni magam.

– Remélem is.

– Ha meg mégis, akkor sincs senki, akinek számítana. Így rendezkedtem be, hogy azt csinálhassak, amit akarok.

– Most, hogy újra egymásra találtunk, nekem bizony számítana. Barátként sem akarlak elveszíteni.

– Nem fogsz – vágta rá teljes bizonyossággal Paul. Esze ágában sem volt újra elveszíteni Maggie-t.

Tíz óráig beszélgettek, azután Paul visszavitte Maggie-t a szállodába. Útközben megállt a kaszinó előtt, és megkérdezte Maggie-t, akar-e bemenni.

– Így? – nézett végig a fehér pulóverén, fehér farmernadrágján és a lábán lévő sportcipőn. – Beengednének?

– Engem pucéran, egy szál rózsával a fogam között is beengednének. Rengeteg időt töltök itt. – Nem beszélve a pénzről. Szeretett kártyázni, nagy tétekben játszott, hol nyert, hol veszített, ahogy előző éjjel Maggie is látta.

Bement hát Paullal a kaszinóba, és nagy meglepetésére senki sem tette szóvá a ruházatukat, holott tudta, itt megkívánták az előírt viseletet. Paul leült a huszonegyezők asztalához, és rámutatott a mellette lévő székre. Maggie letelepedett, és figyelte, ahogy Paul játszik. Lazának és nyugodtnak tűnt, amikor vett egy halom drága zsetont. Gyorsan el is vesztette mindet, de aztán nyert, méghozzá sokat. Mindet feltette, és megduplázta, megint elvesztette, majd ezek után mosolyogva felállt, és Maggie-re nézett.

– Hideg az asztal. Ideje hazamenni.

Maggie-nek az volt az érzése, hogy százezreket nyert és veszített, és a végén a kettő egyensúlyba került.

Paul bekísérte a szállodába.

– Csodás napom volt – mondta boldogan.

– Nekem is – mosolygott rá Maggie.

– Holnap reggel nyolcra érted jövök.

– Kösz a stopot – búcsúzott el Maggie, és egy perc múlva Paul elment. Jó volt együtt lenni vele, ugyanakkor furcsa is. Mintha visszaugrottak volna az időben, mindannak a hasznával, amit azóta megtanult. Azt nem tudta, hogy Paul mennyit tanult. Ma is kockára tett mindent a kártyaasztalnál, a versenypályán és az életben. Ő erre nem volt hajlandó. Anyja szavai bevésődtek az emlkezetébe, akármilyen vonzónak találta is Pault. De Londonban jó lesz együtt mászkálni. Végre van egy barátja, akivel együtt vacsorázhat.

Becsomagolt, felkészült az útra, azután lefeküdt, és az ágyban felidézte a Paul hajóján töltött napot. Mesés volt. Fel akarta hívni Helent, de nem akaródzott elmesélni neki a mai napját, nehogy túl sokat képzeljen bele. Adennek sem kellett tudnia arról, hogy összefutott az első szerelmével. Egyelőre tehát Paul az ő titka maradt, pontosan úgy, mint annak idején, amikor anyja megtiltotta, hogy vele járjon, ők mégis tovább találkozgattak. Félálomban még emlékeztette magát, hogy a hozzá hasonló férfiak veszélyes titoknak számítanak. Talán még baráti minőségben is. De tudta, van annyi esze, hogy nem fog újra beleszeretni. Veszedelmes alak, ahogy anyja is megmondta. Ám ettől még nyugodtan barátkozhatnak. És ebben nem is akadályozza meg őket senki. Elvégre már felnőttek. Vagy legalábbis ő az. Paul sohasem fog felnőni, de mellette ő is újra gyereknek érezheti magát. A vele való találkozás felért egy időutazással, vissza egy bűbájos helyre, amit már majdnem elfelejtett, de most felidéződött benne, mint egy meleg nyári szellő a múltból.

Hetedik fejezet

Másnap reggel Paul a megbeszélt időben, pontosan nyolc órakor érkezett meg Maggieért, aki addigra már kijelentkezett a szállodából, és a csomagjai is a hallban várakoztak.

– Féltem, hogy több csomagod lesz – mondta széles mosollyal, miközben bepakolta a bőröndöket a Lamborghinibe. A csomagtartó olyan kicsi volt, hogy épp csak befértek.

– Kevés csomaggal csinálom végig ezt az utat. Nem számoltam olyan programokkal, amikre ki kell öltöznöm.

Azt már eldöntötte, hogy Londonban vesz egy ruhát, amiben este elmehet Paullal vacsorázni, hiszen a férfi már látta a magával hozott egyetlen valamirevaló ruhában. Ezen kívül csak farmert, kényelmes nadrágokat, pulóvereket hozott magával, és egy gyapjú félkabátot, arra az esetre, ha hidegre fordulna az idő. Nem tervezte, hogy olyan helyre megy, ahol ruhában illik megjelenni.

Miután már látta a *Lady Luck*ot, nem lepődött meg Paul repülőgépe láttán. A karcsú G5 jet fényűző belseje csupa bézs színű kasmír és bőr volt. És persze roppant kényelmes. Másféle utazás volt ez, mint amit előre eltervezett, de tagadhatatlanul kellemes.

– Elkényeztetsz – mondta, miközben egy stewardess a felszállás után reggelit szolgált fel.

– Az adóelkerülés lehetővé teszi, hogy jól éljek. Bonyolult vállalati beállításom van. Teljes egészében törvényes, ugyanakkor megvéd az adóhivataltól. És régóta tudom, hogy szeretek jól élni. Nem tartozom senkiért és senkinek felelősséggel, ezért arra költhetem a pénzemet, amire akarom. Amikor először ütött be egy üzlet, és nagy pénzt szakítottam vele, árucikkekbe fektettem – mesélte. Nem félt a magas kockázatú befektetésektől sem, és valamennyi jövedelmezőnek bizonyult. – Az első dolgom volt, hogy vettem egy szép házat anyámnak a régi ócska helyett, amiben lakott. Az apám soha egyetlen centet sem küldött neki. Akkor azt hitte, hogy meghalt, és fölment a mennybe. Egy év múlva tényleg meghalt, de az utolsó évét egy gyönyörű házban élte le. Ez volt a legkevesebb, amit tehettem érte.

Csupa szív, nagylelkű ember volt akkor is, amikor még nélkülözött. Maggie ezt már elfelejtette, de most eszébe jutott. Az anyjával kapcsolatos történet meghatotta.

Az út fennmaradó részében sokféle téma előkerült. Paul intelligens, tájékozott ember és jó társaság volt. De mihelyt leszálltak, telefonálgatni kezdett, és a városba vezető úton már nem maradt ideje arra, hogy Maggie-vel beszélgessen. Amikor a szállodájához érve Maggie kiszállt a kocsiból, Paul csak integetni tudott neki.

A szobáját Maggie kényelmesnek és barátságosnak, a virágmintás bútorszövetekkel és a régimódi, tükrös toalettasztallal nagyon angolosnak találta. Aznap délután akarta felhívni Adent, akivel már napok óta nem beszélt, és ő sem jelentkezett. Maggie nem akarta sűrűn zavarni, tudta, hogy el lehet foglalva.

Első dolga volt, hogy elintézze a vásárlásait. Elment a Harrodsba, ahol vett egy nagyon csinos és elegáns fekete ruhát, és hozzá tűsarkú cipőt. Adennek vásárolt egy tengerészkék kasmírpulóvert és egy meleg sálat, amit ajándéknak szánt az útjáról. Helennek is vett egy piros gyapjúsálat; Lake Forestben nemsokára fagyni fog.

A Harrods után a Towerbe ment, ahol megnézte a királynő ékszereinek mesés kiállítását. Ezután a Westminster következett. A Viktória és Albert Múzeumot másnapra tartogatta. A szállodába visszatérve rendelt egy igazi angol teát, azután felhívta Adent, akit sikerült két órája között utolérnie. Helent akkor csípte el, amikor a legkisebb fiáért ment az iskolába.

Aden beszámolt a hokiedzésekről, és amikor anyja rákérdezett az óráira, elmondta, hogy kedveli a tanárait, és nagyon tetszik neki Boston. Több egyetem is volt a városban és környékén, emiatt rengeteg fiatal élt Bostonban. Megismerkedett más egyetemeken tanuló diákokkal is. Hosszú beszélgetésre nem volt idő, de Aden hangját hallva Maggie úgy érezte, hogy minden rendben van vele. Eddig mindig meg tudta állapítani a hangjából, ha valami problémája volt, de most nem tartott semmi ilyesmitől.

Helen millió kérdést tett fel Párizsról és Monte-Carlóról. Mindenre kíváncsi volt. Maggie nem akart Paul Gilmore-ról beszélni neki. Tartott tőle, hogy túl fontosnak tűnne, nagy jelentőséget nyerne a dolog, holott csak arról van szó, hogy véletlenül összefutott egy régi barátjával. Helen persze nyilván megpróbálna kombinálni.

– Miért mentél el Monte-Carlóba? – kérdezte meglepetten. Ő egyik útján sem ment el oda.

– Láttam róla egy prospektust a Ritzben, és jónak ígérkezett. Tényleg az volt. Bementem a kaszinóba, tíz percig játszottam a játékgéppel, és nyertem száz eurót.

– Bementél a kaszinóba egyedül? – hüledezett Helen, mire Maggie úgy döntött, nem hazudik tovább, inkább bevallja a dolgot. Nem csinált semmit, amiért bűntudatot kellene éreznie, mégis kínosnak érezte.

– Az a helyzet, hogy összefutottam egy régi barátommal még a középiskolás időből, akit az érettségi óta nem láttam.

– Hát ez vicces. És milyen a csaj?

– Nem csaj, hanem pasi. De csak barát, és jó volt újra látni – felelte Maggie lezserül.

– Bingó! – rikkantotta diadalmasan Helen. – Pontosan így működik. A legtöbb korunkbeli nő, aki újraházasodik, összefut egy régi barátjával az egyetemről, vagy a középiskolai szerelmével, akivel felújítják a kapcsolatot. Rendszerint online, például a Facebookon. Ez tökéletes. – Maggie pontosan ezt a reakciót várta tőle, és ezt akarta elkerülni.

– Nem keresek férjet, és nem akarok újraházasodni – emlékeztette Helent.

– Mivel foglalkozik?

– Autóversenyző.

– Szuper!

– Amíg bele nem hal – közölte Maggie teljes meggyőződéssel. – Középiskolás korunkban motorversenyeken indult. Innen lépett feljebb. Anyám annak idején figyelmeztetett, hogy tartsam magam távol tőle, és igaza volt.

– Kedves fickó?

– Nagyon, de épp ez az.

– Szingli?

– Igen. – Maggie pontosan ezért nem akarta elmondani neki. Tudta, hogy Helen túl sokat fog belelátni, és a végzetet, vagy a sors kezét, vagy valami ilyesmit sejt majd mögötte. Holott teljesen véletlenül futott bele Monacóban. Ha hazamegy, valószínűleg többé nem hall róla. A sítúráról sem gondolta, hogy Paul részéről komoly volt az ajánlat. Egyébként is csak három hónap múlva lesz, addig még bármi közbejöhet. Egy másik nő vagy egy új üzlet, egy autóverseny, vagy valami más, halált megvető kihívás.

– Miért nem akarsz járni vele? – értetlenkedett Helen.

– Mert anyámnak igaza volt. Azok a férfiak, akik imádják a veszélyt és a kihívásokat, összetörik a nő szívét.

– Lehet, hogy megváltozik a kedvedért. Örökké nem maradhat autóversenyző.

– Az olyanok, mint ő, mindig találnak valami önpusztító kedvtelést. Higgy nekem, ismerem ezt a típust. – Mindenesetre vett egy ruhát, amiben elmehet vele vacsorázni, és mivel a ruha szexi volt, érezte, hogy önmagában sem bízhat meg teljesen. A Paul-féle férfiak annyiféleképpen tudnak vonzók lenni, hogy nehéz ellenállni nekik.

Helen azzal búcsúzott, hogy már türelmetlenül várja Maggie hazatérését, és hogy meséljen az útjáról.

– Én is nagyon várom már, hogy lássalak. Még egy hetem van itt. Elárulhatom, hogy ő hozott ide. A potyautasa voltam.

– Odáig autózott veled? – Helennek nagyon imponált a dolog.

– Nem, a repülőgépén hozott el.

– Saját repülőgépe van? – Helen el volt ragadtatva.

– Sok mindene van. Annak idején, amikor megismertem, csóró kölyök volt. A harminc év alatt sikerült kifutnia magát.

– Hát, nagyon úgy tűnik. Szerintem újra át kellene gondolnod ezt a dolgot.

– Szó sincs róla. Nem vágyom pénzes pasira. – Nem volt szüksége rá. Neki magának is volt pénze, de ezt nem akarta elárulni Helennek. Még mindig kényelmetlenül érezte magát miatta. – Ha ilyesmit forgatnék a fejemben, egy Bradhez hasonló egyszerű, normális férfit akarnék, de nem foglalkozom a gondolattal. Valószínűleg újabb harminc évig amúgy sem fogom viszontlátni.

– Viszontlátod, ha akarod. Érdekes fickó lehet.

– Miért? Mert saját repülőgépe van? – bosszankodott Maggie. Nem állhatta azokat a nőket, akik a gazdag férfiakra hajtottak.

– Azért érdekes, mert nyilvánvalóan sikeres, és az ilyesmi mindig vonzó – magyarázta Helen gyakorlatiasan. – Okos pasi, nem vitás.

– Pontosan úgy viselkedik, mint tinédzser korunkban. Bizonyos szempontból üdítő jelenség. Olyan jól ismertük egymást, hogy nem kell igyekeznünk jó benyomást kelteni a másikban.

– Annak idején szerelmes voltál belé?

– Igen. Annak idején. Most nem. – Maggie remélte, hogy ez így is marad. Ha letelik ez a hét, már úgyis több ezer mérföld távolságra lesznek egymástól. Paul elfelejti, ebben biztos volt, sőt az is lehet, hogy a sítúrából sem lesz végül semmi. Nem akarta semmilyen értelemben elkötelezni magát Paul mellett. Nem akart beengedni férfit az életébe. Ebben biztos volt.

– Majd számolj be a fejleményekről. Izgalmasan alakul az utad, az már biztos.

– Már értem, miért szereted annyira Európát, és miért akarnál egy évig itt élni – felelte Maggie kicsit szomorkásan vágyódó hangon.

– Jeff sohasem menne bele. Ő örökké az Államokban akar maradni, és mindvégig azzal foglalkozni, amit most csinál. Sohasem tudnám kimozdítani innen. Talán veled kellene egyszer elutaznom. – Ezt Maggie is jó ötletnek tartotta.

– Én benne lennék, ha sikerülne elszabadulnod.

Épp ez volt a probléma. A férjes barátnői ezt aligha tehették volna meg. De kiderült, hogy egyedül is jó utazni, bebizonyosodott, hogy meg tudja csinálni, sőt még élvezi is. Elhatározta, hogy jövőre is elutazik valahová. Talán a fiával, ha Aden hajlandó lesz rá.

*

Lezuhanyozott és átöltözött, és amikor megnézte magát a tükörben, elégedett volt. Talált egy kis estélyi táskát is, és a ruhához a Harrodsban vásárolt tűsarkú cipőt vette föl. Mire Paul megérkezett a szállodához, már készen volt. Megvárta, hogy telefonon felszóljon a szobájába, s akkor lement a földszintre. Paul a klubjában lévő, olasz konyhájáról híres Harry's Barba vitte. Maggie-nek ízlett az étel, és tetszett a hely sajátos légköre. A rendkívül jól öltözött férfiak tökéletes szabású öltönyt, a nők divattervezők által kreált koktélruhát viseltek. Az elegáns vendégeket látva Maggie remélte, hogy az általa vásárolt ruha is elég szép. Paul elmosolyodott, amikor meglátta.

– Gyönyörű a ruhád! – bókolt neki. – Most vetted?

Maggie bólintott.

– Ma. Csak a kedvedért – tette hozzá, de rögtön meg is bánta. Nem akarta, hogy Paul azt higgye, meg akar felelni neki. Mert nem akart, de Paul annyira jól nézett ki, és a környezet olyan romantikus volt, hogy akaratlanul is flörtölni kezdett vele, amit a férfi szemmel láthatóan nagyon élvezett.

Vacsora után átmentek az Annabel'sbe táncolni, és mire véget ért az este, mindketten úgy érezték, hogy ez randevú volt. Maggie megkönnyebbült, amikor Paul sajnálkozva közölte vele, hogy másnap este olyan kötelezettség vár rá, amiből nem húzhatja ki magát, de a rákövetkező napon újra találkozni szeretne. Maggie úgy gondolta, nem ártana kicsit lehiggadni mindkettőjüknek, de amikor Paul két nap múlva meglátta, mindjárt azzal kezdte, hogy Maggie nagyon hiányzott neki, és közben úgy nézett rá, mintha évekre elszakadtak volna egymástól. Még mielőtt vacsorázni mentek, elvitte a lakására egy pohár italra. Meseszép penthouse lakása volt Knightsbridge-ben, minden kényelemmel és a legmodernebb elektronikus berendezésekkel felszerelt igazi agglegénylakás. A képeket nézegetve Maggie megállapította, hogy Paul a régi nagy festőket kedveli. Nem is titkolta, hogy soha életében nem járt még ilyen gyönyörű lakásban.

– Nem sok időt töltök itt, de ha itt vagyok, én is nagyon élvezem – vallotta be Paul.

Összesen három, gyönyörűen berendezett hálószoba volt, s az egész lakást megtöltötték a szebbnél szebb műtárgyak. Elmondása szerint egy lakberendező segített a lakás kialakításában. Volt még egy faburkolatos könyvtárszoba, egy tágas nappali, dolgozószoba, egy korszerű gépekkel felszerelt konyha, ebédlő és egy kicsi, de tökéletes moziszoba. Maggie le volt nyűgözve a lakás láttán. Itt minden elegáns, pazar, ízléses és drága volt. Egy pillanatra megjelent előtte a rozoga kunyhó, amelyben a fiú lakott. Hosszú, nagyon hosszú utat tett meg onnan idáig, mégis megmaradt egyszerűnek és szerénynek. Maggie csodálta őt ezért.

– Mi történt azzal az aranyos gördeszkás sráccal?

– Vettem helyette egy motorral működőt, ami óránként harmincöt mérfölddel megy – vallotta be zavartan Paul.

– Fogadni mernék, hogy soha nem hordasz bukósisakot.

– Honnan tudod? – nevetett némi bűntudattal a férfi.

– Ismerlek. Szerinted a bukósisak elrontja a szórakozást. Kisebbíti a rizikófaktort. – Hirtelen feltört benne a vágy, bárcsak a férfi ne lenne ilyen őrült, ne veszélyeztetné ennyire a saját életét. Ez alkalmatlanná tette arra, hogy bármilyen szerepet betölthessen az ő életében, akár a barátét is. Nem óhajtott az eddiginél is több veszteséget elszenvedni. Egyszer eljön az a nap, amikor Paul eltéveszti a célt, elveszti a fogadást, és valami szörnyű dolog történik. Ez elkerülhetetlen volt. Ha csak rágondolt, elszomorodott.

Este Paul hazavitte, és megkérte, hogy másnap ebédeljen vele. De Maggie másnapra múzeumi túrát tervezett, Paul ezért azt mondta, átszervezi a vacsoraprogramját. Maggie nem értette, mi értelme van annak, hogy mindennap találkoznak. Három napja maradt Londonban, vasárnap akart visszarepülni Chicagóba.

Másnap este szóvá is tette Paulnak:

– Nem tartom okos dolognak, hogy nap mint nap találkozunk. Te mit gondolsz?

A férfi csalódott arccal nézett rá.

– Untatlak? – kérdezte megsemmisülten, mire Maggie nevetni kezdett.

– Dehogy. Boldog vagyok, hogy látlak. De mi lesz ezután? A kapcsolatunk ma is ugyanolyan kilátástalan, mint volt harminc évvel ezelőtt. Ugyanolyan szórakoztató és jó veled lenni, mint akkor, de magad mondtad, hogy az életedben jelen lévő rizikófaktor alkalmatlanná tesz mindenféle komoly kapcsolatra. Én meg nem akarok egy újabb szívfájdalmat átélni, ha valami történne veled, márpedig ha ez így megy tovább is, előbb-utóbb megtörténik a baj. Akkor most mit csinálunk? Kihívjuk magunk ellen a sorsot.

– Talán most majd másképp lesz.

– Én egy könyvelőhöz mentem hozzá, szóval nem tudok mit kezdeni egy olyan emberrel, mint te. Soha nem foglak elfelejteni – vallotta be őszintén –, de már nem vagyunk tizenhét évesek. Tudjuk, hogyan végződött a történet. És nem akarom úgy végezni, mint az anyám. Te vagy mindannak a megtestesítője, amit el akartam kerülni, amikor hozzámentem Bradhez.

– Nem fogod úgy végezni, mint az anyád. Nem lennél rá képes. Lassítsunk kicsit, és szuszszanjunk egyet. Holnap Svájcba kell repülnöm, ott lesznek tárgyalásaim. Vacsorázz velem szombaton, amikor visszajövök, mielőtt hazamész. Nem akarlak újra elveszíteni, Maggie.

– Még gyászolom Bradet. Még egy éve sincs, hogy elment. Nem akarok viszonyt kezdeni, és nem bírnék elviselni még egy kockázatvállalót az életemben.

Számtalanszor elmondta ezt a hét folyamán, de a férfi nem akarta meghallani. Maggie megkönnyebbült a gondolattól, hogy nemsokára hazamegy. Beleegyezett, hogy az utolsó estéjén a régi szép idők kedvéért még egyszer találkozzanak, de megfogadta, hogy nem fog újra beleszeretni. Az olyan lenne, mintha puskaporos hordón ülne, amit Paul bármelyik pillanatban felrobbanthatna, ha engedné, az égbe repítve vele a szívét és az életét.

A péntek békésen telt nélküle, és Maggie már ismét ura volt önmagának, amikor Paul egy ezüstszínű Ferrarival érte jött, és elvitte egy divatos étterembe, ahol mindenki ismerte. Maggie észrevette, hogy bárhová mentek, Pault mindenütt felismerik. És hogy mindenki megörül, amikor meglátja. Csakugyan nagyon kedves fickó volt.

– Milyen volt Svájc? – kérdezte csillogó szemmel, vidáman. Aznap este Pault a szokottnál is vonzóbbnak találta. Maggie a sima fekete ruhát vette fel, hogy minél kevésbé tűnjék csábítónak. Nem akarta félrevezetni Pault. Bármennyire szerette is őt tizenhét évesen, negyvennyolc évesen nem akart szerelmes lenni belé. Már túl volt azon, hogy olyasvalaki kápráztassa el, aki miatt elkövetne egy kolosszális hibát. Ezen a hajó, a repülőgép és a mesés penthouse sem változtatott. Most is, mint mindig, önmagáért szerette, nem a menet közben begyűjtött menő kellékekért.

Paul elmondta, hogy másnap Luxemburgba repül, a jövő héten ott lesznek üzleti ügyei.

– Biztosan drogkereskedő vagy – ugratta Maggie. – Örökké utazol.

– Sok cégem van. Mind törvényes, de sokat kell kavarni ahhoz, hogy az adózás miatt ne dőljön be a fele. – Maggie kíváncsi lett volna, vajon az üzleti életben is hoz-e meredek döntéseket, vállal-e veszélyes kockázatokat, de biztosra vette, hogy vannak ügyes adószakértői, akik nem hagyják őt bajba kerülni. – Két hét múlva pedig Hongkongba megyek. Utána Barcelonában lesz egy versenyem. – Maggie érezte, hogy végigfut a hátán a hideg; olyan volt, mint egy rossz előérzet. Pontosan ezért nem akart még egyszer beleszeretni Paulba. És mintha csak azért találkozott volna most vele, hogy a sors emlékeztesse rá, mit nem akar, egyben kihívásként, hogy kiderüljön, képes-e ellenállni neki.

Paul a vacsora végén szomorúnak látszott. Az elmúlt harminc évben szerzett tapasztalatai látszólag felnőtté tették, de Maggie tudta, hogy valójában most is az a vadóc kölyök, aki kísérti a sorsot, és látni akarja, meddig feszegetheti a határokat.

Az est végén visszavitte Maggie-t a Claridge'sbe.

– Csodálatos volt újra látni téged – mondta Maggie, mielőtt kiszállt volna a kocsiból. – Vigyázz magadra, ne csinálj semmi ostobaságot.

– Nem fogok – ígérte meg Paul, amiről Maggie tudta, hogy nem jelent semmit. Egyik ostobaságot a másik után követi el mindaddig, amíg egyszer csak nem lesz szerencséje. Ez is része volt a vonzerejének, és Maggie hinni akarta, hogy mégsem történik vele semmi baj. Paul odahajolt hozzá, és megcsókolta. A csók ezernyi emléket idézett fel, mintha visszarepültek volna a múltba, mint amikor egy elfeledett illat visszahozza azt, ami régen volt. Maggie tökéletesen emlékezett rá, milyen ízű Paul csókja, hogyan csókolt, és bár nagyon kívánta őt, mégis képes volt ellenállni neki.

– Ne haragudj – mondta végül Paul, amikor kifulladva szétváltak. – Nem akartam.

– Dehogynem – mosolygott rá még levegő után kapkodva Maggie. – Azelőtt sohasem hazudtál.

– Jó, jó, akartam. Egész héten arra vágytam, hogy megcsókolhassalak.

– Én is – vallotta be Maggie. Ő sem hazudott a fiúnak soha. – De nem lehet. Egyébként sincs értelme. A te életed itt van, Európában és

Ázsiában, az enyém meg Lake Forestben, millió mérföldre attól az élettől, amit te élsz.

– Ott nincs már számodra semmi – emlékeztette a férfi, mintegy utolsó próbálkozásként, hogy megtartsa őt, noha tudta, hogy valószínűleg reménytelen.

– Aden hazajár az ünnepekre.

– Még pár évig, amíg dolgozni nem kezd valahol másutt. Gyere vissza, Maggie. Szükségem van rád. Még mindig szeretjük egymást. – Ellenállhatatlan erővel vonzódtak egymáshoz, de Maggie nem volt biztos abban, hogy ez szerelem.

– Olyasvalaki számára, mint én, nincs hely az életedben, ezt te is tudod – mondta. – Az állandóságot várod el tőlem, és közben a feje tetejére állítanád az én életemet. Ez nem fair.

Paul nem válaszolt, ehelyett újra megcsókolta, és Maggie érezte, hogy minden ellenállása szertefoszlik. Tudta, ha nem száll ki a kocsiból, a végén ágyba bújik vele, és reggel bánni fogja. Utoljára még egyszer megcsókolta Pault, aztán szó nélkül kinyitotta a kocsi ajtaját, és kiszállt. Paul nem akadályozta meg. Egy hét erejéig, Monte-Carlóban és Londonban beléptek egy időhurokba, de most ki kell lépnie belőle, hogy visszatérjen a való életébe, egyedül. Még visszaintett, aztán eltűnt a szálloda ajtaja mögött.

A férfi szeretett volna utána rohanni, de nem tette. Tudta, hogy most, ha igazán szereti őt, engednie kell, hadd menjen. És Maggie is tudta ezt. Így hát a férfi a könnyeitől vakon elhajtott. Ez volt Paul életének eddigi legnehezebb próbatétele. Ezúttal biztos volt benne, hogy Maggiehez hasonló nővel soha többé nem találkozik.

Nyolcadik fejezet

Most nappal repült Londonból Chicagóba, így az út nagy részében ébren volt. Ebédelt, megnézett egy filmet, kis ideig pihentette a szemét, de akármennyire igyekezett ellenállni, mindvégig Paul járt az eszében. Olyan volt, mint amikor állandóan szól valami háttérzene. Visszaemlékezett arra, amikor Monte-Carlóban meglátta, a napra, amit együtt töltöttek a hajón, és minden percre, amikor együtt voltak Londonban. San Franciscóban, Rómában és Párizsban még békésen és eredményesen telt a vakációja. Felfedezett városokat, amiket régóta látni szeretett volna. Ettől felszabadult, erősnek és függetlennek érezte magát. Helyreállt a lelki békéje. Csaknem húsz év óta most először csinált valamit Brad nélkül, és bebizonyította magának, hogy képes rá. Önállóan is remekül boldogult, ráadásul élvezte. Kitisztult a feje, és jókedvre derült.

London és Monte-Carlo egészen más lett attól, hogy belebotlott Paulba. Először jópofának és izgalmasnak tűnt, hogy ennyi év után viszontlátja, és újraélheti a Brad előtti élete legszebb pillanatait. Olyan volt, mintha lelki szemei előtt megelevenedne az ifjúsága, és már maga sem tudta, hogy amit a férfi iránt érez, a régi szenvedély visszhangja-e, vagy egy új érzés vele kapcsolatban. Nehéz volt felismerni és kibogozni a régi emlékeket és a jelen valóságot. Valahányszor Paulra nézett, azt a fiút látta, akibe tizennyolc évesen szerelmes volt. Az extravagáns kellékeket leszámítva, amik neki semmit sem jelentettek, úgy tűnt, mintha alig változott volna. Egyedül Paul érdekelte, fiúként és férfiként egyaránt.

Bradhez már nem mehetett vissza. Őt fenntartások nélkül szerette, a szívében és a gondolataiban őrizte, de soha többé nem érinthette meg. Csábító lehetőségként felmerült benne, hogy együtt lehetne Paullal, megtehetné, ha akarná, csakhogy ennek az útnak minden kanyarulata új és új veszélyt tartogatna. Az esze azt kiáltotta, *fuss!*, míg a szíve visszavágyott hozzá. Az utolsó együtt töltött napok kétélű kardnak bizonyultak. A repülőúton hazafelé mindvégig ez foglalkoztatta.

Összesen négy hétig volt távol, és mostantól már csak három hét volt hátra a hálaadásig. Alig várta, hogy Aden hazajöjjön, és láthassa. Ő jelentette számára a jelent és a jövőt, azt, amiért felelős volt, és ami a legerősebb kapocsként, a legszorosabban fűzte Bradhez. Teljes erőből a jelenbe akart kapaszkodni, ragaszkodva mindahhoz, ami valóságos volt az életében, hogy biztos távolságban tartsa magától a múltat.

Londonban újra rémálmai voltak, amit az útja korábbi állomásain nem tapasztalt. Arra gondolt, hogy megint a bűntudat gyötri, ezúttal azért, mert vonzónak talált egy másik férfit. Ezzel kapcsolatban is vegyes érzései voltak. Brad után, az iránta való hűségből, senkivel sem akart együtt lenni. Lehet, hogy egy napon másképp érez majd, de most még túl korai lenne. Hat hét múlva lesz a férje halálának első évfordulója, ezért arra gondolt, talán ez is kiválthatja a rémálmait.

A döntést Paullal kapcsolatban valójában harminc évvel ezelőtt hozta meg, és tudta, hogy az jó döntés volt. Paul az életét meghatározó választásaival az maradt, aki volt. Vagy ha lehet, még szenvedélyesebben kereste a veszélyt, mint azelőtt.

Maggie remélte, hogy nem fogja őt felhívni, és más módon sem próbál érintkezésbe lépni vele. Megdöbbent azon, hogy milyen könnyen hagyta magát megölelni, és a legszívesebben ott maradt volna. Minden akaraterejére szüksége volt, hogy az indulás előtt ne küldjön neki üzenetet. Paul sem hívta fel az elutazása reggelén a gépe felszállásáig. Maggie felkészült rá, hogy visszahelyezi őt a múlt emlékei közé, de valahányszor megtette, újra eszébe jutott, mint a doboz fedele alól újra és újra kiugró krampusz. Paul egyszerűen nem volt hajlandó eltűnni a gondolataiból, és ha csak rágondolt, Maggie újra érezte a száját a száján.

Chicagóban elcsigázottan szállt ki a gépből, megkereste a csomagjait, és átment velük a vámon. Kocsit rendelt, és hazament. Meglepte, hogy milyen hideg van. Közeledett a tél, és ez rátelepedett a hangulatára, miközben az üres háza felé robogott. De itt volt otthon. Monacóban megadta Paulnak az összes elérhetőségét, most mégis azt remélte, hogy nem ad hírt magáról. Nem szándékozott belesüppedni a magányba, sem gyászolni, és nem várta a közeledő évfordulót, de nem bánta meg az elhatározását, hogy többé nem találkozik a férfival.

Hazaérve üresnek és sivárnak látta az otthonát. Az asszony, aki hetente kétszer eljött takarítani, tökéletes rendet tett minden helyiségben, ennivalót is hagyott a hűtőszekrényben, a ház azonban szinte kongott az ürességtől, érezni lehetett, hogy nincs itt senki. Aden sportfelszerelése nem volt az előtérben, szétdobált ruhadarabokat sem lehetett látni sehol. A postája szépen egymásra tornyozva várta a hallban. Újra itthon volt hát, de Brad elment örökre, és Aden sem lakott már itt. Könyörtelenül szembe kellett néznie a valósággal, hogy egyedül maradt. A házba belépve még Paul is távoli emléknek tűnt.

Felvonszolta a bőröndjeit a hálószobájába, és elveszetten jött-ment a lakásban. Megírta Adennek, hogy rendben hazaért, de nem telefonált senkinek. Már nem sietett, hogy lássa Helent. Mindent hallani akarna Paulról, de Maggie most nem akart beszélni róla, nehogy ezzel felszítsa a parazsat. Csak hadd hamvadjon el. Elámult azon, hogy milyen könnyű volt feléleszteni, mintha Paul emléke elevenebben élt volna benne, mint gondolta. Mihelyt meglátta, az a harminc év úgy elillant, mint a reggeli pára.

A vacsorát kihagyta. A hosszú, álmatlan éjszakát ráfogta az időeltolódásra, de közben tudta, hogy többről van szó. Konkrétan Paulról és a saját bűntudatáról, ami azóta erősödött benne újra, amióta belépett a ház ajtaján, mintha Brad itt várná, hogy szemrehányást tegyen neki. Most is szerette őt, és tudta, mindig is szeretni fogja, de a londoni pár nap alatt Paul töltötte be a gondolatait, vele volt, nem a férjével. Már felkelt a nap, mire elnyomta az álom. Helen háromszor hívta, miután felkelt, az utolsó hívását végül fogadta, mert már nem halogathatta tovább. Valamit mondania kellett neki.

– Jól vagy? Egész nap hívogatlak.

– Jól vagyok – felelte, de a hangja másról árulkodott. – Az időeltolódás miatt nem tudtam aludni az éjjel. – A határás eltérés jó kifogás volt, Helen el is hitte.

– Milyen érzés itthon lenni? – kérdezte jókedvűen. Hiányzott neki Maggie.

– Furcsa. Nehéz. Aden nélkül üres a ház. – Igazából még nem volt ideje felfogni, hogy mennyire üres. Miután a fia elment Bostonba, nagy hirtelen ő is elutazott, és a hiánya csak most tudatosult benne.

– Féltem, hogy mi lesz, amikor majd belépsz az üres házba. Bár nekem is jutna ebből egy kicsi! Kihagytad a halloweent. Nálunk napokig jártak ki-be mindenféle jelmezes gyerekek. Joey két iskolai buliban is volt, amihez két különböző jelmez kellett neki – mesélte a legkisebb gyerekéről. Maggie örült, hogy ezeket a napokat ő Londonban töltötte. – Na, és mi újság a régi szerelmeddel? Gondolod, hogy fog még jelentkezni? – A hangján érezni lehetett, hogy ebben bízik, amitől Maggie nyomban ideges lett.

– Remélem, nem. Néha jobb nem bolygatni a múltat. Mint ebben az esetben is. Nagyon más életet élünk. Ami miatt harminc évvel ezelőtt szétmentünk, az ma is megvan, sőt ma még inkább. Nem hiányzik, hogy másodszor is megözvegyüljek, bőven elég volt egyszer. Egy autóversenyző szóba sem jöhet nálam, akármilyen sikeres vagy gazdag legyen is.

– Azért eddig egész jól sikerült életben maradnia. Még az sem kizárt, hogy épségben eljut a nyugdíjig – felelte némi csalódottsággal a hangjában Helen.

– Ha nyugdíjba megy, akkor is talál majd valami veszélyes hobbit. Nem tagadhatja meg önmagát. A szenvedély erősebb nála. Mindig is az lesz. Ejtőernyőzés, helikopteres síelés, hegymászás, a lehetőségek végtelenek, és ő mindent szeret. Ha lehet, ma még rosszabb, mint tinédzser korában. Talán úgy érzi, hogy bizonyítania kell. Manapság ő az egyik legöregebb autóversenyző. És több lehetősége van veszélyes sportokat kipróbálni, mint amikor fiatal volt és szegény. Most bármit megtehet, amit csak akar.

– Nagy kár. Pedig olyan tökéletesnek látszik – felelte Helen vágyakozva.

– Csak nem nekem. És a jelek szerint az exnejeinek sem. Mindkettő otthagyta. Egyikük kevesebb mint egy év után. – Paul ezt Londonban mesélte el neki. A lány nála tizennyolc évvel fiatalabb modell volt. Elmondta, hogy ezután nem kezdett többet fiatal nőkkel, de Maggie hitte is, nem is, főleg ha elég erős volt a kísértés. És azt is látta, hogyan néztek a nők Paulra. Ahová csak mentek, Paul mindenütt sztár volt. Becsületére legyen mondva, amikor vele volt, nem látta, hogy ránézett volna más nőre. Régen sem hajtott a lányokra. Ilyen értelemben a siker nem szállt a fejébe. Foglalkozása és veszélyimádata épp eléggé nagy súllyal esett latba a rossz oldalon.

– Sajnálom, Maggie – mondta Helen őszintén.

– Én nem. Sikerült elkerülnöm egy újabb katasztrófát.

– Miben maradtál vele? – Helen kíváncsi volt, és nem akarta elengedni a témát. Paulban izgalmas lehetőséget látott, aki betöltheti az űrt Maggie életében. És még ezután is nehéz idők várnak rá, mert ha Aden végképp elmegy, akkor csakugyan egyedül marad. Helen elképzelése szerint egy romantikus kapcsolat kifejezetten áldás lenne számára. Mert bármennyire is hű akar maradni hozzá, Brad nem jön többé vissza.

– Az utolsó estén megegyeztünk, hogy vége. – Maggie azt már nem tette hozzá, hogy „miután félórán keresztül csókolóztunk". Helennek erről nem kell tudnia – ő maga is el akarta felejteni. Muszáj lesz, a saját lelki békéje érdekében. – Azt hiszem, szomorú volt miatta, de majd elfelejti – folytatta most már határozottabb hangon. – Csak úgy hemzsegnek körülötte a nők. Mindenütt felismerték, ahova csak mentünk. A pasik hősnek tartják, a nők szívdöglesztőnek. Még mindig nagyon jól néz ki.

– Megnéztem az interneten. Hát tényleg szívdöglesztő! És a mai világban még fiatalnak számít. – A negyvenkilenc évével fiatalabb volt, mint Brad, és ezerszer jobban nézett ki. Ez persze Maggie-nek még annyit sem számított, mint Paul hajója vagy magánrepülője. Kellemes ráadás volt, semmi több. – Sajnálom, hogy nem fogok találkozni vele. Jó lett volna kicsit legeltetni rajta a szemünket.

Helen férje nagyon jóképű, magas, kisportolt, remek fizikumú férfi volt. Gondot fordított rá, hogy formában tartsa magát, mindennap hajnali négykor kelt, hogy a munka előtt még lemehessen a konditerembe. Helen aggódott a férje kolléganői miatt, akik húsz évvel fiatalabbak voltak nála. Ő két évvel fiatalabb volt Maggie-nél. Az ügynökség az egyetemről frissen kikerült gyakornokokat alkalmazott, akik szerencsére általában Jeff idegeire mentek. Elmondása szerint olyanok voltak, mintha tinédzserekkel kellene együtt dolgoznia, és valóban nem sokkal voltak idősebbek. Az iroda újabban játéktermet is berendezett, édességautomatát is felállított, hogy amikor szünetet tartanak, legyen mivel elfoglalniuk magukat. Ez ma már általánossá vált a reklámirodáknál és a most induló cégeknél. Helen fiai imádtak bejárni az apjukhoz, hogy játszhassanak.

– Gondolkoztál már rajta, hogy mit tervezel csinálni a jövőben? – váltott témát Helen, de Maggie nem tudott erre mit válaszolni. Mindenféle lehetőség megfordult a fejében, az önkéntes munkától egészen odáig, hogy visszamegy az egyetemre, és megszerzi a mester fokozatot művészettörténetből, de eddig egyik sem tűnt elég jónak.

– Arra gondoltam, hogy elmegyek önkéntesnek az idősek otthonába, de annyira lehangoló lenne demens öregekkel beszélgetni. Anyámra emlékeztetnének, amilyen az utolsó időben volt. Valami szórakoztatóbb dolog kellene, és amit meg tudnék csinálni. Talán ha adódna valami a Kortárs Művészetek Múzeumában. Vagy akár egy tanfolyam. Párizsban rengeteg kis galéria van. Arra gondoltam, hogy nyithatnék egyet itt. De nem vagyok biztos benne, hogy Lake Forestben vásárolnának-e az emberek festményeket. Ilyesmiért elmennek a városba, hogy némi súlyt adjanak a dolognak. – Helen ebben egyetértett vele.

– Mi van Brad régi cégével? – kérdezte, tudva, hogy Maggie eladta.

– Nincs szükségük rám. És azt hiszem, engem is túlságosan emlékeztetne Bradre. Akárhányszor bementem valami miatt, mindig azt vártam: mindjárt kilép az irodájából, és közli, csak meg akart tréfálni azzal, hogy egy évig elbújt előlem.

– Én is így éreztem a nővéremmel kapcsolatban. Valahányszor hazamentem, arra számítottam, hogy ott lesz. És ez évekig tartott.

– Januárig adtam magamnak időt arra, hogy kitaláljam, mit akarok dolgozni. Mindjárt január lesz, és nem vagyok közelebb a megfejtéshez, mint tizenegy hónappal ezelőtt. Már csak azért is nehéz rájönnöm, mert azelőtt sem volt valami sikeres karrierem, mielőtt hozzámentem Bradhez. Az ő könyvelőcégében dolgoztam recepciósként.

– Hozzámentél a főnök fiához. Szép munka, mondaná az anyósom.

Ezen mindketten nevettek, aztán még eltréfálkoztak egy darabig, mígnem Helennek el kellett szaladnia az iskolába, mert az egyik fia otthon felejtette az ebédjét. Láthatóan jól megvolt a legidősebb fia nélkül, aki a Yale-en tanult, mert otthon volt a két kisebb, és ez sokat segített. Maggie-nek, egy szem gyereke lévén, nem volt meg ez a vigasza. Helennek egy későn született gyerekkel még legalább tizenkét évig nem kell szembenéznie az üresfészek-szindrómával. Maggie irigyelte őt ezért.

Mielőtt letették a telefont, megbeszélték, hogy másnap együtt ebédelnek. Maggie örült, hogy most sikerült beszélgetniük, így holnap nem kell újra elővenniük a Paul-témát.

Nem könnyítette meg a helyzetét, amikor aznap délután három tucat vörös rózsa érkezett egy helyi virágboltból. A kártyán ez állt: „Köszönöm. Sajnálom. Szeretettel, Paul." A rózsacsokor gyönyörű volt, de Maggie nem örült neki. Paul figyelmessége egy újabb nappal meghosszabbította az áldatlan helyzetet. Egy üzenetben megköszönte neki, és megkönnyebbült attól, hogy Paul nem válaszolt rá.

Két hét kellett ahhoz, hogy ne gondoljon rá

minden percben – nagyjából olyan kínszenvedés volt, mint feladni egy függőséget. Az első napok voltak a legnehezebbek. De mire letelt a két hét, már csak egy hét volt hátra a hálaadásig, ezalatt készülődött az ünnepre és Aden hazaérkezésére.

Ez lesz az első hálaadásuk Brad nélkül. Kettesben lesznek. Elővette a hálaadáskor szokásos dekorációkat, és az asztalt is szépen akarta megteríteni kettőjükre. Tudta, hogy amíg itthon lesz, Aden találkozni akar az összes barátjával. Újra lesz nyüzsgés, jövés-menés a házban, jönnek a barátok, Aden pizzát rendel maguknak, és a hétvégén az összes fiú focimeccset néz. És máris itt a karácsony, Brad napja, a baleset első évfordulója. Remélte, hogy nem száll rá a média, nem akarják majd kideríteni, hogy mi történt azóta. A részéről semmi. Olvasta, hogy néhány család nem állapodott meg a légitársasággal, pert indítottak, amit a légitársaság megpróbált elhallgatni.

Mire Aden hazaérkezett, már jobban érezte magát. Ritkultak, majd megszűntek a rémálmai, és összesen egyszer jött elő a kínzó fejfájása. Az orvosok megmondták, hogy ez így lesz. Ha valamitől kiborul, a poszttraumásstressz-zavar időről időre kiújul, de aztán szépen megnyugszik. Figyelmeztették, hogy a rémálmaiban felbukkanó emlékképek még évekig előjöhetnek.

De máris sokkal jobb volt a helyzet, még pszichiáterhez sem kellett járnia. A doktor ennél többet már nem tehetett érte, és úgy ítélte meg, hogy Maggie megtanult alkalmazkodni az új helyzethez. Az európai utat kifejezetten jó jelnek tartotta. Amióta Maggie visszatért az utazásból, nem is jelentkezett nála.

Aden hazatértével a ház életre kelt. Egy óra múlva megérkeztek a barátai, tele lett a konyha egymást túlkiabáló fiúkkal, harsány nevetésekkel. Egyre-másra szólt a csengő, zengett a ház, és Maggie boldog volt. Fel volt villanyozva attól, hogy látja a fiát, aki örült, hogy otthon van, noha szerette a kollégiumot, és jól érezte magát Bostonban.

A zűrzavar csak a hálaadás napján csillapodott jelentősen, amit a fiúk is otthon, családi körben töltöttek. De este mindnyájan visszajöttek, hangosabban, mint valaha. Maggie-nek mosolyognia kellett, ahogy hallgatta őket. Olyan nagyfiúk lettek az elmúlt három hónap alatt!

A hálaadás utáni napon Aden egész napra elment a barátaival. Lányok is csatlakoztak hozzájuk. Maggie közben kimosta a hegynyi szennyest, amit a fiú hazahozott. De még ettől is boldog volt. Végre hasznosnak érezte magát.

Péntek este az egész társaság levonult az alagsori játékterembe, hogy megnézzenek egy filmet. Még ott voltak, amikor Maggie felment lefeküdni, hallotta a nevetésüket és a beszélgetésüket. Szerette, ha átjöttek hozzájuk Aden barátai, és láthatta a kisiskolás koruk óta ismert arcokat.

Meglepődött, amikor szombaton reggel, karjában egy halom tiszta ruhával, amit Aden majd visszavihet magával Bostonba, kilépett a mosókonyhából, és többüket viszontlátta. De aztán észrevette, hogy egy autóversenyt néznek. Javában zajlott a futam, a kommentátor teljes izgalomban volt. A háttérből behallatszott egy másik nyelven, talán spanyolul beszélő bemondó hangja. Maggie ösztönösen megállt, hogy kis ideig nézze a versenyt. Ebben a pillanatban meglátta, amint két versenyautó teljes sebességgel egymásba rohan, majd nekivágódnak egy harmadiknak. A két kocsi másodpercek alatt lángba borult. Sikoltozás hallatszott, emberek rohantak a pályára, de már ott voltak a tűzoltók is. Aden és a barátai egymást túlkiabálva mutogattak a képernyőre. Hátborzongató látvány volt, ahogy a versenyzőket kihúzták a kocsikból. Egyikük élettelennek látszott.

A tűzoltók a lángokkal birkóztak, a tömeg pedig üvöltött. Aden és a barátai izgatottan tárgyalták az esetet, Maggie pedig, bármennyire utálta nézni, mégsem bírt elmozdulni a képernyő elől. Az egyik bemondó közölte, hogy egy Garcia-Marques nevű versenyző valószínűleg meghalt, egy másikat elvitték a mentők, míg a harmadik kimenekült a lángok közül, de a ruhája néhány helyen lángra kapott. Őt rögtön körülvették a tűzoltók és a mentősök, és ott, helyben eloltották rajta az égő ruhát. Lenyűgöző látvány volt. Maggie feszülten figyelte a képernyőt, a fiúk pedig elszörnyedve bámulták, és élénken kommentálták az eseményeket.

– Hol van ez a verseny? – kérdezte Maggie, és egy percre letette a kimosott ruhákat.

– Spanyolországban – felelte az egyik fiú, a szemét egy másodpercre sem véve le a képernyőről. És akkor Maggie meghallotta a nevét. A bemondó arról beszélt, hogy az égő ruhában kimenekülő férfi a legendás Forma–1-es pilóta, Paul Gilmore volt. Maggie dermedten hallgatta, s közben látta, hogy Pault levezetik a pályáról. A saját lábán ment, de bicegve. Amikor levette a sisakját, látszott, hogy az arca megfeketedett. Maggie tudta, hogy a ruha tűzálló, de az ujja így is lángra kapott. A ruháját addigra már eloltották, de egyes részei szénné égtek. Maggie nehézkesen leereszkedett egy székre, miközben a fiúk tovább tárgyalták a balesetet. A versenypályán eluralkodott a káosz. Az egyik versenyzőt hivatalosan halottnak nyilvánították, a másik a többszörös sérülései miatt kritikus állapotban volt. Maggie-re heves szívdobogás jött rá.

– Gilmore elképesztő – jegyezte meg Aden az egyik barátjának. – A legklasszabb versenyző, akit életemben láttam, és esküszöm, nem egy szörnyű balesetet úszott már meg a versenypályán.

Maggie rögtön kiérezte a fia hangjából a Paul Gilmore iránti csodálatot. Legtöbbször jégkorongot, futballt vagy baseballt nézett a tévében, de bizonyos mértékig minden sportot szeretett. A fiúk ekkor már mindnyájan Paulról beszéltek, és meglepte őket, amikor Maggie is bekapcsolódott.

– Együtt jártam vele középiskolába. Idevalósi, legalábbis az volt. Összefutottam vele Európában. Harminc év után először.

– Ismered őt? – nézett rá Aden meglepetten és elismerőn. – Soha nem mondtad.

– Az érettségi óta nem láttam. Annyi idős voltam, mint most ti. – Azt nem tette hozzá, hogy ő volt az első szerelme. Ilyesmit az ember nem mond el a fiának, legföljebb a lányának.

– Hol találkoztál vele Európában?

– Monte-Carlóban futottunk össze, aztán Londonban újra találkoztunk. Említett egy barcelonai versenyt.

– Ez az – mondta Aden az izgalomtól csillogó szemmel. Izgatta, hogy anyja ismeri Paul Gilmore-t, és nemrégiben találkozott vele. – Szeretnék én is találkozni vele. Menő fej?

Maggie elmosolyodott.

– A te mércéd szerint igen. Pontosan olyan őrült, mint ott az a többi fickó – intett a képernyő felé.

– Minden idők legjobb Forma–1-es pilótája. Szinte minden versenyt megnyer. Láttam már célba érni úgy, hogy lángolt az autója. Semmi sem állítja meg.

– Igen, ezt tudom róla – felelte Maggie, és felállt, hogy felvigye a ruhákat az emeletre. Eleget látott. Paul túlélt egy újabb halálközeli élményt. Ezúttal a saját szemével látta, és bízott benne, hogy jól van. Amikor magukra hagyta őket, a fiúk még mindig Paulról beszélgettek. Letette a tiszta holmikat Aden ágyára, lement a konyhába, hogy igyon egy csésze kávét, és eközben látta, hogy remeg a keze. Sajnálta Pault. Nem volt senkije, se felesége, se családja. Magányos életében ki törődött vele, ha megsebesült, vagy ha fájt valamije? Gyanította, hogy az adrenalinlöket elmúltával lesznek fájdalmai. A bemondó szerint egy közeli kórházba szállították kivizsgálásra, miután csodával határos módon megúszta a balesetet. Maggie eltűnődött, hogy ezúttal vajon melyik életét használta el. A kilenc élete közül melyiknél tarthat most?

Várt még egy órát, aztán megkereste a telefonjában a Paul által megadott számot. Angol telefonszám volt, elmondása szerint ezt a mobilt használta a leggyakrabban. Megvolt az e-mail címe és egy svájci mobiljának a száma is. Az angliai számot akarta hívni, még ha azon nem is éri el, legalább üzenetet hagyhat neki, hogy látta a balesetet a tévében, és reméli, jól van. Eredetileg nem akart telefonálni, de ez most más helyzet volt. Azzal győzködte magát, hogy anynyit azért elmondhat neki, milyen rossz érzés volt látnia a balesetét.

Két csengetés után azt várta, hogy hangpostára kapcsol, de Paul vette fel, és spanyolul szólt bele. A mexikói motorversenyzői korszakában megtanult spanyolul, ami jól jött, amikor Spanyolországban versenyzett.

– Maggie? – kérdezte meglepetten, amikor meghallotta a hangját.

– Igen. Jól vagy? Néztük a versenyt a tévében. A fiam barátai is itt vannak. Láttuk, mi történt. Nagyon összeégetted magadat?

– Kicsit megpirult a kezem, a többi részem rendben van. De eltört hat bordám. Foglalkozási ártalom. – Maggie fogadni mert volna, hogy nem ez volt az első alkalom. – De egyébként is szabad lennék most pár hónapig, úgyhogy a következő versenyig összeforrnak. – Aggodalomnak nyoma sem volt a hangjában, de Maggie tudta, hogy erős fájdalmai lehetnek, és nehezére eshet a beszéd. – Úgy sejtem, ez nem segíti elő az ügyemet – tette hozzá Paul rosszkedvűen.

– Erre most kapsz tőlem egy elégségest – felelte Maggie szelíden. Sajnálta a férfit, amiért ott van a fájó, törött bordáival, és nincs, aki gondját viselné. De nem akarta megérteni a célzást. Mindketten tudták, hogy a pálya, amit Paul választott, veszélyes, hogy minden versenyen az életét vagy a testi épségét kockáztatja. – Rendben leszel? Bent tartanak a kórházban?

– Szeretnének. Pár órán belül azonban visszarepülök Londonba. Jól leszek. Néhány napig lazítok.

– És mi lesz azután? – Maggie aggódott érte. Mivel a közelmúltban viszontlátta, Paul ismét realitássá vált számára, és nem pusztán egy emlék vagy egy hang volt a múltból, amely testet öltött.

– Elküldöm a *Lady Luck*ot Antiguára. Már úton van. Mihelyt megérkezik, én is odamegyek, és egy darabig a hajón maradok. Ott gondomat tudják viselni. Hat törött bordával nem tudok sokat mozogni. – A beszédén érződött, hogy nehezen veszi a levegőt.

– Borzasztóan sajnálom – felelte Maggie. De legalább elmehet valahova, ahol lesz, aki ápolja. Ráadásul a saját repülőgépén mehet.

– Nagyon kedves tőled, hogy felhívtál. Azt hittem, soha többé nem hallok felőled – mondta Paul szomorúan. Nagyon jólesett neki Maggie telefonja.

– Nem akartalak felhívni – vallotta be Maggie. – De tudod, odavagyok a törött bordával, égő ruhában szaladgáló pasikért.

Paul nevetett, de rögtön fel is jajdult a fájdalomtól.

– Ne nevettess.

Maggie-t azonban a történtek nem derítették jókedvre. Rémítő volt látni a balesetet. Aden és a barátai rendszeresen nézték az autóversenyeket a tévében, ezért megszokták, hogy ehhez hasonló jelenetek gyakran előfordulnak, de Maggie nem nézett ilyesmit, ezért majdnem elájult, amikor meghallotta, hogy Paul is a balesetet szenvedők között van.

– Vigyázz magadra, Paul – intette anyai hangon a férfit.

– Vigyázok. Te is vigyázz magadra. – Emlékezett rá, hogy közeledik egy Maggie számára fájdalmas évforduló, és tudta, hogy az a nap neki is, a fiának is nehéz lesz.

– A fiamnak egyébként nagyon imponált, hogy ismerlek. Elmeséltem neki, hogy összefutottunk Monacóban és Londonban.

– Elmondtad neki, hogy én vagyok a legmenőbb fickó, akit valaha ismert, persze az apján kívül, és hogy harminc éve szerelmes vagyok beléd?

– Ezt a részt kihagytam. Erről nem feltétlenül kell tudnia.

– Szólj, ha egyszer el akarod hozni egy versenyre. Értesítelek, amikor az Államokban indulok egy ilyenen. Elhozhatnád őt.

– Nem szeretném, ha élőben látna embereket meghalni. – Ahogy most, ezen a versenyen történt. Paul, mint általában, most is szerencsés volt. A másik két pilóta nem.

– Óriási balszerencse volt. Hozzájuk képest simán megúsztam.

– Túléltél egy újabb versenyt. Hálás vagyok érte. Megkíméllek a prédikációtól, de tudod, mi a véleményem.

– Szerinted mi mást tehetnék, amiből meg lehet élni? Festegessek?

– Akár azt, ha attól pár évvel tovább élhetsz. Szerintem megérné.

– Inkább boruljak lángba, mint hogy a hátralévő életemben egy székben üldögélve foglalkozzak valami unalmas dologgal.

– Örülök, hogy ez a kívánságod ma nem teljesült.

– Nincs más kívánságom, mint újra látni téged, Maggie, és együtt lenni veled. Eljössz a hajóra? Elhozhatnád a fiadat is.

– Itthon fogjuk tölteni a karácsonyt. – Ez lesz a második karácsonyuk Brad nélkül, és tudták, hogy nem lesz könnyű. Aden megígérte, hogy segít felrakni a kinti égőket, amit Brad csinált mindig, és felállítja a feldíszített karácsonyfát.

– Tudasd velem, ha meggondolod magad.

– Úgy lesz. Köszönöm – felelte udvariasan, de már most tudta, hogy nem fogja meggondolni. A hagyományaik most még fontosabbak lettek számukra, mint valaha. Paulnak nem voltak hagyományai, mivel nem volt családja, így nem is értette a dolgot.

– Felhívhatlak majd valamikor? – kérdezte bizonytalanul.

– Semmi szükséged rá – válaszolta udvariasságba csomagolva a nemet Maggie. – Ha szeretnéd, majd én felhívlak, hogy tudjam, mi van veled.

– Hívj bármikor, amikor csak akarsz. Én nem foglak háborgatni. Add át üdvözletemet a fiadnak, ha egyáltalán elmondod neki, hogy felhívtál. – Maggie nem tartotta valószínűnek, hogy elmondja. – És köszönöm a telefonodat, Maggie. Sokat jelent nekem. – Maggie tudta, hogy senki más nem keresi őt.

Egy perc múlva befejezték a beszélgetést, de Maggie-nek egész nap Paul és a baleset járt az eszében. Pontosan ettől félt. És megint szerencséje volt. Maggie most már biztos volt benne, hogy ötven élete van. Vagy száz. A kilenc túlságosan kevésnek tűnt egy ilyen életmódhoz. Ehhez ezer élet kellhet.

Kilencedik fejezet

Apja halálának évfordulóján Aden még nem érkezett haza Bostonból. Az első évforduló napján Maggie a felébredése pillanatától kezdve másra sem tudott gondolni, mint az akkor történtekre. Az éjjel alig aludt valamit, egyre a baleset képei jelentek meg előtte. Emlékezett rá, hogy mit mondott Brad a zuhanás előtti pillanatokban, látta az arcát, mielőtt végleg elmerült, mert a hullámok egyre messzebb sodorták a tutajtól, és már nem tudta elkapni a feléje nyúló kezeket. Máig nem értette, ő maga hogyan tudott megmenekülni, de ez most már nem számított. Így történt, ezzel a tudattal kell tovább élnie.

Aznap kétszer is beszélt Adennel, és a fiú bevallotta, hogy ő sincs jó állapotban. Ez a nap olyan nyomasztóan hatott rájuk, mintha a veszteségük most valahogy nagyobb lenne, mint más, közönséges napokon. A dátum életük legrosszabb napjához kötötte őket, ezért aznap másra sem tudtak gondolni. Ehhez a naphoz nem társultak szép emlékek, mint például Brad születésnapjához. A dátum és a hozzá kötődő emlék a poklot idézte.

Phil Abrams lapot küldött, és néhány barátjuk kis virágcsokrot hozott Maggie-nek. Paul telefonüzenetben írta meg, hogy gondol rá, de nem hívta fel. Nehéz volt kitalálni, hogy egy ilyen személyes természetű ügyben mi a helyes viselkedés, mikor nem tűnik tolakodásnak. Maggie-t nyugtalanította, hogy a balesete után akaratlanul újra nyitott Paul felé, és semmiképpen nem akart túlzásba esni. Már Paul is óvatos volt vele szemben.

Néhány nap múlva végre megérkezett Aden. A karácsonyi ünnepeket otthon akarta tölteni, de rögtön utána síelni megy a barátaival Vermontba. Az egyik szobatársa családjának háza volt ott, és többeket meghívott oda, köztük Adent is. Maggie mondta neki, hogy menjen nyugodtan, nem kívánja tőle, hogy az egész téli szünetben a szoknyáján üljön és halálra unja magát.

Aden megérkezése napján első dolguk volt, hogy felrakják a kinti karácsonyi égőket, ahogy Brad csinálta minden évben a rá jellemző ügyességgel. Maggie elővette a fotókat, hogy minden pontosan olyan legyen, ahogy az ő idejében volt. És a végén majdnem olyan is lett. Maggie most is a létrán állva adogatott mindent Aden keze alá, ahogy Bradnek tette. A fiú megpróbált felmenni a tetőre is, de túlságosan jeges volt. Azért így is szép munkát végeztek. Még egy kivilágított hóembert és egy Mikulást is felállítottak a ház előtt. Kicsit giccsesek voltak, de nekik és a szomszéd gyerekeknek nagyon tetszettek.

Másnap megvették a fát, és felrakosgatták rá a kedvenc díszeiket, köztük azokat, amelyeket Brad a legjobban szeretett. A tavalyi, közvetlenül a halálát követő semmilyen karácsony után az idei már egészen más volt. Maggie ajándéka Adennek az új sífelszerelés volt, amire vágyott, és hozzá egy versenysisak, amiről a fiú kapásból kijelentette, hogy nem fogja felvenni.

– Jó, de akkor felejtsd el a vermonti kiruccanást – közölte Maggie ellentmondást nem tűrőn. – Ebből nem engedek. Tudom, hogyan szoktál síelni. Nem fogsz nekem agykárosodást szenvedni, csak mert nem tartod menőnek a sisak viselését. Európában állítólag vannak olyan helyek, ahol síelés közben kötelező sisakot viselni. Enélkül meg is lehet halni.

– A fürdőkádban elcsúszva is meg lehet halni – vágott vissza dühösen Aden. – Akkor megtiltod, hogy fürödjek? Apa nem viselt sisakot, amikor együtt síeltem vele.

– Nem, de ő nem is úgy síelt, ahogy te, hanem óvatosan. És egyébként is csak a te kedvedért ment, hogy boldoggá tegyen. Lesiklás közben nem őrült meg úgy, ahogy te. – Aden évek óta indult junior lesiklóversenyeken, és mondhatni, már tapasztalt síelő volt. – Te döntesz – folytatta Maggie hajthatatlanul. – Sisak nélkül nincs Vermont. És ne is mondd nekem, hogy felveszed, közben meg nem veszed fel. Bíznom kell benned ebben a dologban, különben nem mehetsz el.

A tervezett indulás előtti estén Aden végül beadta a derekát. Ezt az egy vitát leszámítva, még Brad nélkül is meghitt, szép karácsonyuk volt. Aden párszor elment a barátaival korcsolyázni a közeli kis tóhoz, ahová minden télen eljártak, amikor befagyott. Énekelt a templomi kórusban, meglátogatta Buckot, a régi edzőjét, és mesélt neki az egyetemi hokicsapatáról. Kétszer elment szórakozni egy lánnyal, akit a középiskolából ismert, és aki szintén a Bostoni Egyetemen tanult, párszor ott is randiztak. Élvezte, hogy otthon van, a régi szobájában, ahol csak az ő cuccai vannak, és minden ismerős. Maggie a kedvenc ételeit készítette el.

Egyszóval tökéletes karácsonyi vakáció volt. Aznap reggel, amikor visszarepült Bostonba, ahonnan másnap indultak a baráti társasággal Vermontba, jó erősen magához ölelte anyját. Még egyszer megköszönt neki mindent, aztán mosolyogva integetett, mielőtt beszállt volna az egyik barátja apjának kocsijába. Maggie a jeges utakon nem szívesen vezetett volna, ezért Aden a barátjáékkal ment a chicagói repülőtérre. Maggie a ház előtt állva nézett az autó után, amíg el nem tűnt a szeme elől, aztán visszament a házba. Boldog volt, hogy együtt tölthették a karácsonyt, és szomorú, mert megint el kellett válnia tőle. Legközelebb márciusban, a tavaszi szünetben tud hazajönni.

A telefonjára jött egy üzenet Paultól, amiben boldog karácsonyt kívánt, és megírta, hogy már a hajóján van Antiguában, élvezi a *Lady Luck* kényelmét, és jobban érzi magát, szépen gyógyul, a bordái sem fájnak. Már nevetni is tud, ami korábban kínszenvedést okozott.

Épp Aden szobájában rakott el pár dolgot a helyére, amikor Paul telefonált azzal, hogy csak tudni szeretné, hogy van, mivel Maggie a válaszában említette, hogy Aden elmegy síelni. Tökéletesen megértette, mit jelent Maggie számára a fia, és milyen nehéz neki most, hogy távol van tőle.

Jó volt hallani a hangját. A balesete után és karácsonykor üzenetet váltottak, de azóta, hogy Barcelonában felhívta, miután a tévében látta az égő ruhájában, nem hallotta Paul hangját.

– Mit fogsz csinálni szilveszterkor? – kérdezte, és próbált úgy tenni, mintha csak mellékesen érdeklődne.

– Bebújok az ágyba egy jó könyvvel – nevetett Maggie. – Braddel sem mentünk el soha szilveszterkor. Olyankor ijesztő kint lenni az utakon. Még mindig tervezed, hogy nemsokára síelni fogsz Courchevelben?

Most Paul is elnevette magát.

– Hat törött bordával? Nem! Igaz, hogy már sokkal jobb, de azért még nem forrtak össze teljesen. Azt hiszem, pár hónapig még nem kockáztatom meg a téli sportokat. Maradok a hajón, és pihengetek. Egyelőre nincs más dolgom.

Ekkor úgy döntött, megkockáztatja, hogy kideríti, hátha ezúttal nagyobb szerencséje lesz Maggie-vel. Nyugodtabbnak tűnt a hangja a fiával töltött meghitt ünnep után, és most, hogy Brad halálának évfordulóját maga mögött tudhatta, a hangulata is egészen jó volt. Paul reménykedett, hogy valami megváltozhat, de persze nem lehetett biztos benne. Maggie tudott nagyon makacs is lenni. Már tizenhét évesen is konokul ragaszkodott az álláspontjához vagy a véleményéhez.

– Mi lenne, ha eljönnél a hajóra pár napra, vagy egy hétre, kettőre, vagy amíg kedved tartja? Pihenni, járni a vizet, és csak lenni? – Úgy mondta, hogy vonzónak hangozzék, és ne tűnjön unszolásnak. – Külön kabinod lesz, természetesen. Két régi barát, akik élvezik egymás társaságát. Egyébként sem vagyok veszélyes. Körbe vagyok ragasztva, és alig tudok mozogni. Akár ki is lökhetsz a hajóról, ha nem úgy viselkedem, ahogy kell.

– Bízom benned – felelte Maggie egyszerűen. Régen sem erőszakoskodott vele soha, most sem fog. Önmagában már nem bízott ennyire, de arra gondolt, hogy jól megértik egymást. Nem akart viszonyt vele, de jól érezték magukat együtt, és mindketten egyedül voltak. Tisztában volt vele, hogy most, miután Aden elment, nyomasztó lesz az üres ház. Tervezte, hogy beiratkozik a Kortárs Művészetek Múzeumának valamelyik művészettörténeti kurzusára, de még nem szánta rá magát. Borzasztóan vonzónak érezte a hajókázást Paullal, míg Aden nélkül otthon lenni a néma és üres házban kétségkívül lehangoló.

– Biztatnálak, hogy hozd el Adent is, de mondtad, hogy síelni megy.

– Igen, ma ment el. Vermontban lesz három hétig, amíg tart a téli szünet. Bár ha tudta volna, hogy őt is meghívod, lehet, hogy csapot-papot otthagyva, futva jön haza. Alig várja, hogy találkozhasson veled.

– Én is szeretném megismerni – felelte Paul, ahogy már korábban is említette Maggie-nek. Tudta, milyen sokat jelent neki Aden. Ma már az egész életet, míg azelőtt a fél életét. – Szóval, mit gondolsz?

– Aludhatok rá egyet? – Nem akart meggondolatlanságot elkövetni, amit később megbánna, de Paul London óta tiszteletben tartotta a Maggie által kijelölt határokat. Úgy ítélte meg, hogy a hajón is megbízhat benne, és mennyivel jobb lenne a Karib-tengeren szilveszterezni, mint Lake Forestben magányosan, a kocsifejáróról lapátolva a havat, hogy el tudjon menni a boltba.

Olyan csábító volt az ajánlat, hogy nehéz volt ellenállni; még éjjel is ezen gondolkodott. Talán tényleg lehetnek jó barátok. Rossz lett volna teljesen szem elől veszíteni, csak mert nem akar randizni vele. És úgy tűnt, Paul hajlandó betartani a szabályokat. Másnap reggel felhívta azzal, hogy elfogadja a kedves meghívását.

– Mikor tudsz a leghamarabb jönni? – kérdezte gyerekes izgalommal Paul. – Akár már ma este el tudom küldeni érted a gépet.

– Mit szólnál a holnaphoz? Egy-két dolgot még el kell intéznem itt.

– Tökéletes. Tudod úgy tervezni az indulást, hogy tíz órára a reptéren legyél? Küldök érted kocsit is, ha akarod – ajánlotta fel.

– Odáig magam is el tudok menni, de köszönöm – mosolygott Maggie. – Ha sokáig maradok, szörnyen el leszek kényeztetve, és azon kapom magamat, hogy gyámolításra szorulok.

– Nem hiszem, hogy ilyen veszély fenyegetne téged – nevetett Paul. – Ha valaki, hát te nem engeded meg az ilyesmit.

– Igyekezni fogok. – Maggie nem akart senkitől függeni. Azt is elég nehéz volt megszoknia, hogy Brad nincs többé. Megfogadta, hogy ezt a függőséget nem ruházza át senki másra. Meg akart állni a saját lábán, és Paul ezért is tisztelte őt. Mindig is bevállalós lány volt, és felnőtt korára bátor nő lett belőle. Ahogy ezt a férje halála óta bebizonyította.

Az éjjel még egyszer végiggondolta, jól teszi-e, ha elfogadja a meghívást, de bízott Paulban, és szerettek jókat beszélgetni egymással. Ha közben kiderülne, hogy hibázott, még mindig hazajöhet. De azzal a hat törött bordával Paul amúgy sem legénykedhet túl sokat. Mi baj származhat abból, ha elmegy a hajójára? Üzenetet küldött hát Helen és Aden telefonjára, hogy pár napra elmegy, de a mobilján elérhető marad. Azt nem kell tudniuk, hogy kivel és hol lesz, úgyhogy ezt nem írta meg nekik.

Paul ígéretéhez híven másnap reggel tíz órakor az O'Hare reptéren várta a magángép. Nizzából Londonba már utazott rajta, így nem érte meglepetésként a fényűző bánásmód, de hálás volt érte. A pilóta és a két steward, egy férfi és egy nő, udvariasan fogadták a fedélzeten.

A gép alkalmas volt nagy távolságok megtételére, így egyenesen Antiguára repültek. A repülőtéren a *Lady Luck* egyik tisztje várta egy furgonnal. Villámgyorsan átjutott a vámon, és kisvártatva boldogan és pihenten megérkezett a hajóra. Minél tovább gondolkodott, annál nagyszerűbb ötletnek érezte ezt a nagylelkű meghívást.

Paul örömtől sugárzó arccal fogadta. Kicsit mereven tartotta magát, de majdhogynem futott elébe, hogy megölelhesse. A fedélzeti munkások egykettőre bevitték a csomagjait abba a tágas kabinba, amelyet Paul választott ki neki. Azt akarta, hogy Maggie számára ez a látogatás tökéletes üdülés legyen, és erre minden esély megvolt. Nem terveztek semmi különlegeset, csak körbe akarták hajózni a szigeteket, és időnként partra szállni. Maggie hozott magával egy halom könyvet, mivel még nem döntötte el, meddig marad. Nem volt nyomós oka, hogy hamar hazamenjen, legfeljebb a tervbe vett múzeumi kurzus, de a hajózás vonzóbb program volt, mint egy száraz művészettörténeti tanfolyam Chicagóban.

A séf készített egy tálca teaszendvicset és mellé jeges teát, amit Paul boldogan megosztott vele. Ajándéknak szánta ezt az utat Maggie-nek, hogy kellemesebbé tegye az életét.

Az egész délutánt átbeszélgették, majd a vacsoraidő közeledtével bementek a kabinjukba, hogy a hűvösebbé váló estében pulóverbe bújjanak. Paul a hajón nem tartotta be a formalitásokat, kivéve ha különleges vendégei voltak, akik miatt muszáj volt. Maggie társaságában lazíthatott, és ez kedvére való volt.

A séf gyönyörűen elkészített sole meunière-t, azaz vajban sült nyelvhalat és helyben fogott tenger gyümölcseit tálalt fel. Antigua partjától valamivel távolabb horgonyoztak, mert Paul jobban szerette így, mint a zsúfolt kikötőben szorongani a többi hajó között, kitéve a lármás, bámészkodó járókelők kíváncsiskodásának. A parttól kicsit távolabb már csend és béke vette körül őket.

Vacsora után sokáig üldögéltek, folytatták a beszélgetést, aztán egy félórácskát dobókockákkal játszottak, mígnem ki-ki visszavonult a kabinjába. Paul nem tette szóvá, hogy Maggie a saját kabinjában alszik vagy sem, és nem próbálta elcsábítani. Boldog volt, hogy vele lehet, és ennél többet nem kért. Maggie pillanatokon belül elaludt, és másnap reggel tízkor ébredt fel.

Amikor felment a fedélzetre, Pault már ott találta, amint a partról felhozott újságokat olvasta. Sütött a nap, enyhe szellő fújdogált, enyhítve a délelőtti nagy meleget.

– Istenem, ez maga a Paradicsom! – nézett Maggie mosolyogva Paulra. – Nem tudom, mivel érdemeltem ki, de köszönöm, hogy részem lehet benne.

Paul látta rajta, mennyire hálás, de óvakodott attól, hogy viszonyt kezdeményezzen. Nem akarta elijeszteni magától. Elfogadta Maggie szabályait, és tiszteletben tartotta az általa kijelölt határokat.

Kicsivel később felszedték a horgonyt, és egész nap hajóztak. Délután lehorgonyoztak egy kis szigetnél, úsztak egy darabig, azután egy csónakkal kimentek a közeli partra, ahol a hófehér, selymes homokon egy lélek sem volt rajtuk kívül. Miután visszamentek a hajóra, Pault kezelésbe vette a masszőr, Maggie pedig ezalatt félrevonult egy könyvvel.

Minden nap pihentetőbbnek tűnt az előzőnél. Körbehajózták a kis szigeteket, néha rövid időre kikötöttek, hogy kiegészítsék a készleteiket, azután tovább hajóztak. A nagy vitorlás simán haladt a vízen, és néha Maggie is odaült Paul mellé a kormánykerékhez, amikor épp ő volt a hajóskapitány.

Csupa különleges, finom ételt ettek. A hajó személyzete jól képzett, diszkrét emberekből állt, Paul pedig nagyszerű társaságnak bizonyult, törött bordái ellenére mulatságos történetekkel szórakoztatta. Igazi jó baráttá vált. Maggie el akarta felejteni, hogy valaha is szerelmes volt belé, és hogy Londonban csókolóztak. Ma is ugyanúgy vonzódott hozzá, de nem engedte meg magának, hogy ez kiderüljön a viselkedéséből vagy a tetteiből. Azt akarta, hogy a kapcsolatuk maradjon meg tisztának; egyszerűbbnek érezte így. Nem vágyott egy autóversenyző barátnője státuszára, hogy majd minden verseny előtt és alatt halálra aggódja magát, és attól rettegjen, hogy a barátja megsérül, vagy még rosszabb történik vele. Arról győzködte magát, hogy így eleve könnyebb biztonságos távolságot tartani, de szinte észrevétlenül napról napra egyre közelebb kerültek egymáshoz, és a kapcsolatuk fesztelenné vált.

Diákkorukban szerelmesek voltak egymásba, most pedig egymást jól ismerő, jó barátságban lévő felnőttek lettek.

Amikor Maggie üzenetben megírta Helennek, hogy karácsony után elutazik egy rövid vakációra, Helen rögtön sejtette, hogy Paullal lesz. Nem akarta megkérdezni, és ezzel megtörni annak a varázsát, ami feltehetőleg kialakult, és tolakodó sem szeretett volna lenni. Várta, hogy Maggie hírt adjon magáról. Aden pedig olyan jól érezte magát a barátaival, hogy eszébe sem jutott aggódni érte, vagy megkérdezni, hogy hol van. Elég volt tudnia, hogy ha szükség lenne rá, utol tudja őt érni. Ha elment valahova, biztosan valami gyógyfürdőhelyre, ahol korábban sohasem volt, esetleg New Yorkba.

Szilveszter napján behajóztak Saint Barth's kikötőjébe, pár órát elidőztek ott, aztán a parttól valamivel távolabb horgonyt vetettek. Közel s távol csak a legnagyobb luxushajók horgonyoztak, leginkább oroszok hajói, amelyek mellett a *Lady Luck* is szerény középkategóriás járműnek látszott, noha a legkiválóbb jachtok közé számíthatta magát, vitorlás hajónak meg kifejezetten nagy volt.

– Éjjel innen láthatjuk a legjobban a tűzijátékokat – mondta Paul.

Maggie-n egyszerű, fehér kötött ruha és ezüstszandál, Paulon fehér famernadrág és sötétkék blézer volt. Maggie élvezte, hogy minden kötöttségtől mentesen élhetnek a hajón, ráadásul csak ketten vannak, nincs semmi felhajtás, formaság, nincsenek barátok sem. Teljesen nyugodtnak érezte magát Paul mellett, és ez szemmel láthatólag kölcsönös volt.

Néha egymás kezét fogva nézték a fedélzetről a naplementét, de Maggie semmiféle nyomást nem érzékelt, hogy lépjenek ennél tovább. Paul megértette, hogy ő mit akar, és mit hajlandó megosztani vele. A közös múlttal gazdagabbá vált őszinte, mély barátságot, de semmi többet. Csak így tudott megbékélni Paul veszélyes tevékenységével. Tudta, ha lefeküdne vele, vagy a barátnője lenne, örökös félelemben élne, hogy melyik versenyen éri halálos baleset. De így a versenyzés az ő ügye marad. Persze így is aggódni fog, de minden jogcím nélkül, és jog szerint Paul sem tartozik neki semmivel. Maggie úgy gondolta, a kapcsolatuk csak így működőképes.

Ha véget ér a vakáció, szépen hazamegy, folytatja a megszokott életét, és azt csinál, amihez kedve van.

Természetesen nem akarta azt sem, hogy Paul a barátjaként haljon meg, de az autóversenyzést nem lehetett szelídebben művelni, és őt sem lehetett féken tartani. Paul hajlandó volt törött bordákkal, vagy összeégve, vagy még súlyosabb sérülésekkel élni, csak azt csinálhassa, amit szeret. Maggie-nek engednie kellett, s közben a legjobbat remélni, és szurkolni neki. De ami a jövőjét illeti, nem bízhatta rá magát, és ha egyszer így akar élni, arra sem számíthat, hogy életben marad.

Ijesztő volt látni őt a barcelonai versenyen, különösen amikor kigyulladt az autója, és égő ruhában menekült ki a roncsból. Erről Maggie nem beszélt vele, ezután sem akart, de tudta, hogy a fájdalmai máig sem múltak el teljesen, még ha jól viselte is, és soha nem panaszkodott. Paul a munkája velejárójának tekintette a sérüléseket, ahogy mások a túlórázást vagy a nehéz munkakörülményeket. Számolt vele, hogy megsérül, és hogy az életét kockáztatja. Szerette, amit csinál. Afféle bátorságjelvény volt, amit büszkén viselt. Amikor úszni mentek, és meglátta, hogy Paul a vállától a csípőjéig be van kötözve, összerándult, mert rájött, hogy milyen fájdalmai lehettek. Az egyik kezén a rózsaszínű bőr mutatta a helyet, ahol megégett. Barátként Maggie próbálta olyannak elfogadni őt, amilyen volt.

Paul még reménykedett, hogy egy hónap múlva síelni fog Courchevelben. Szerette volna, ha Maggie is vele tart, de ő eddig nem gondolta meg magát. Két hónapig, amíg Aden márciusban haza nem jön a tavaszi szünetre, azt csinál, amit akar. Még mindig nagyon hiányzott neki a fia, de cserébe óriási szabadságot kapott. Más lenne, ha Brad élne, akkor most vele lenne. De Paul a legkellemesebb és legfényűzőbb körülmények között segített eltölteni az időt, amit korábban el sem tudott volna képzelni. Kielégítették egymás társaság iránti igényeit, anélkül, hogy megváltoztatták volna egymás életét. Maggie számára ez ideálisnak tűnt.

Szilveszterkor pezsgőt ittak, kaviárt és homárt ettek, a desszert pedig fagylalttorta volt.

– Tudod – mondta Paul, miközben újra pezsgőt töltött a poharaikba –, élvezem az életemet, de nem felejtettem el, hogy milyen szegény voltam. Ezért tudok megmaradni alázatosnak. És ha egyszer elveszítem mindezt, akkor újra megcsinálom.

– Kockára téve az életedet, ahogy évek óta mindig? – kérdezte Maggie kiábrándultan. – Ez túl nagy ár. Vérdíjjal szereztél mindent. A saját véred árán. Mint Barcelonában. Gyűlölöm látni, hogy ezt csinálod. – De tudta, hogy úgysem tarthatná vissza, ezért meg sem próbálta. Tudomásul vette, hogy a veszély keresése Paul lételemévé vált. Bár nem látszott rajta, ma is zabolátlan volt. A fedélzet kényelmes székeiben ülve nézték a tűzijátékot, és Paul puha, meleg plédet terített Maggie vállára. Közvetlenül éjfél előtt az órájára nézett.

– Mindjárt kezdődik egy boldog új év – mondta mosolyogva. – Remélem, neked is jó lesz, Maggie. Remélem, megkapsz mindent, amit szeretnél. Megérdemled.

– Te is – mosolygott vissza rá Maggie. Élj sokáig, gondolta, de nem mondta ki.

Két perc múlva, pontban éjfélkor, amikor csillogó gyémántokként záporozó ezüst tűzijáték robbant felettük, Paul megcsókolta, úgy, mint Londonban, Maggie pedig átengedte magát a csóknak. Olyan jó, olyan megnyugtató volt együtt lenni vele, hogy úgy érezte: képtelenség továbbra is ellenállni az egymás iránti érzéseiknek. Ráadásul bűntudata sem volt Brad miatt. Együtt lenni Paullal itt és most, jó érzéssel töltötte el, és nem gondolt arra, hogy meddig tart ez a pillanat. Nem akartak egymástól semmit, csak osztozni a pillanaton, és ezzel nem sértettek senkit. Maggie azt is tudta, hogy ha túl soknak érzi a kockázatot, amit Paul vállal, akkor elhagyhatja őt. És ezzel Paul is tisztában volt. Afféle hallgatólagos megállapodás volt ez közöttük. Maggie már kibékült azzal, hogy kicsoda Paul, és úgy gondolta, hogy együtt tud élni ezzel a tudattal.

A csók után addig ültek takaróba burkolózva a fedélzeten, amíg ki nem hunytak a tűzijáték fényei. Akkor újra megcsókolták egymást.

– Boldog új évet, Maggie – súgta Paul. – Szeretlek.

– Én is szeretlek. Kérlek, a kedvemért próbálj életben maradni ebben az évben. Csak ennyit kérek tőled – suttogta Maggie. Aztán lementek együtt Paul kabinjába, ahol megünnepelték a most kezdődő új évet és közös életük új fejezetét.

Tizedik fejezet

Újév napján Saint Barth'stól elhajóztak egy másik kis szigetre. Maggie a kényelmes kanapén ülve befészkelte magát Paul mellé, aki még közelebb vonta őt magához. Mindketten tudták, mit jelent az, ami történt. Nem volt senki, akinek beszámolással tartoztak volna.

– Mikor találkozhatok Adennel? – kérdezte Paul, aki szerette volna bevonni a fiút a körükbe. – Mi lenne, ha nyáron lejönnétek Dél-Franciaországba, a hajóra?

– Tervezi, hogy júniusban Európában utazgatnak a barátaival.

– Tökéletes. Júliusban jöjjenek a hajóra. Vagy te gyere júniusban, és Aden csatlakozhat hozzánk júliusban. – Maggie-nek tetszett az ötlet. Tudta, hogy Aden kiugrana a bőréből örömében, ha találkozhatna Paul Gilmore-ral, de abban nem volt biztos, mit szólna ahhoz, hogy anyját romantikus kapcsolat fűzi hozzá. Nem tekintené-e apja elleni árulásnak? Előbb beszélnie kell neki Paulról. – És te? – kérdezte Paul. – Meddig tudsz most itt maradni?

– Mivel még nem találtam ki magamnak valami munkát, szabad vagyok márciusig, amíg Aden haza nem jön a tavaszi szünetre. És te? Valamikor meg kell jelenned valahol?

– Elvben még lábadozom – nevetett Paul. – Spanyolországban azt mondták az orvosok, hogy négy hónapig csak gyógyulgassak. Az nem fog menni. A hónap végén üzleti megbeszéléseim lesznek Londonban és Zürichben, februárban meg indulok egy versenyen. Addigra formába kell jönnöm. Egy-két héten belül elkezdek edzeni. Maradj, ha akarsz, a hónap végéig, azután gyere velem Londonba. Mit szólsz hozzá?

– Mikor fogsz versenyezni? – kérdezte Maggie. Azt nem akarta megvárni. Nem bírta volna végignézni. Paul tudta, hogy hiába is marasztalná. Nem volt titok előtte, mi a véleménye Maggie-nek az autóversenyzésről.

– Február közepén Angliában, májusban Franciaországban, szeptemberben Olaszországban. Jövőre Kínában is lesz egy versenyem, egy pedig Ausztráliában.

– Azt hiszem, azokat is kihagyom – mosolygott Maggie. Ha nem nézi végig, amint Paul kockára teszi az életét, talán működni fog a kapcsolatuk. Egészen addig a napig, amikor majd bekövetkezik a legrosszabb. Továbbra sem volt biztos abban, hogy képes lenne-e elviselni. De egyelőre hosszú távon nem kötelezte el magát Paul mellett. Ő ezt megértette, és kész volt elfogadni, csak hogy együtt lehessen Maggie-vel.

– Akkor a hajó után eljössz velem Londonba?

Maggie bólintott. Egyelőre elég jónak tűnt a dolog. Aden tavaszi szünete pedig tökéletesen megfelelt Paulnak, akkorra csak pár üzleti tárgyalása volt betervezve. A courcheveli síelésről már letett. Arra még nem volt képes. Csak odáig terveztek előre, ameddig szükséges volt. Maggie sóhajtozott, hogy nem hozott magával Londonban felvehető ruhákat, ezért kénytelen lesz megint vásárolni párat.

A következő három hét a hajón olyan volt, mint egy nászút; mindketten sajnálták, amikor véget ért, és el kellett hagyniuk a hajót, hogy Antiguában repülőre szállhassanak. Egyenesen Londonba repültek, ahol Paul órákon belül konferenciahívások és befektetési tárgyalások közepette találta magát.

Maggie annyi ruhát vett, hogy elfogadható külsővel tudjon megjelenni, ha elmennek valahova. Sok időt töltöttek otthon, eközben Paul tucatnyi időzónában kötött üzleteket, minden órában ébren és tevékenyen.

Amikor Zürichbe kellett mennie, a Baur au Lacban szálltak meg. Maggie nagy sétákat tett a tó körül, s közben azokon a változásokon gondolkodott, amik az elmúlt hónapban, és még inkább a Brad halála óta eltelt évben történtek az életében. A látóköre gyorsuló ütemben szélesedett. Londonból felhívta Helent, aki elmondása szerint már aggódott érte. Maggie rendszeresen küldött neki üzeneteket, de ezek valahogy rejtélyeseknek tűntek.

– Egyáltalán hol vagy most?

– Londonban. Karácsonytól mostanáig Paul hajóján voltam.

– Hűha! És milyen?

– Eddig minden oké. Egyik napról a másikra élünk, én csak úgy tudom ezt csinálni. Látnom kell, hogy tudok együtt lenni valakivel, aki abból él, hogy az életét kockáztatja. Lehet, hogy nem tart örökké, de egyelőre működik.

Helen csodálta a bátorságát, hogy az előélete után kész új tapasztalatot szerezni. Maggie azonban szerelmes volt Paulba, ezért úgy érezte, mindkettőjüknek megéri, hogy ez a kapcsolat jól alakuljon.

– Mikor jössz haza?

– Pár hét múlva. Februárban indul egy versenyen, még az előtt szeretnék hazautazni. Márciusban tavaszi szünet, akkor Aden is itthon lesz egy ideig. Talán majd áprilisban jövök el újból Paulhoz. Májusban meg véget ér a tanév, és Aden azt mondta, itthon lesz júniusig, amikor a barátaival elutazik Európába.

– Bonyolult az életed. Mintha folyamatosan egyensúlyoznál Paul és Aden között.

– Tulajdonképpen így is van. És nem tudom, Aden hogyan fogadja majd Pault. Lehet, hogy Braddel szembeni árulásnak fogja fel. – Felkészült erre az eshetőségre, és kész volt szembenézni vele, ha megtörténik. Még beszéltek pár percig, aztán elköszöntek egymástól. Maggie megígérte, hogy nemsokára újból telefonál. Helennek hiányzott, de együtt örült vele, ha Paul boldoggá teszi. Maggie ebben még nem volt biztos, csak abban, hogy minden nap élmény volt együtt lennie a férfival. Megértették egymást, és Pault kedves, csupa szeretet férfinak tartotta, aki jól ismerte őt.

Most, hogy sok időt töltött vele, Maggie észrevette, hogy Paulnak nincs is sok barátja, ha van egyáltalán. Londonban voltak ismerősei, de csak olyanok, akikkel üzleti kapcsolatban állt. Február elején zaklatottá váltak a telefonbeszélgetései a tanácsadóival. Maggie nem kérdezett rá az okára, nem akart tolakodó lenni, de észrevette, hogy a telefonok után Paul gyakran feszült és ideges. Megváltozott idegállapotára többnyire nem adott magyarázatot. Maggie-nek nem beszélt a bonyolult üzleti megállapodásairól, de mindig azt mondta, hogy minden rendben van. Megvédte őt minden stresszes vagy kellemetlen dologtól. Úgy gondolta, épp elég fájdalmat kellett már elviselnie.

Február 12-re tűzték ki az észak-angliai autóversenyt; Maggie azt tervezte, hogy két nappal korábbi géppel repül haza Chicagóba. A gép indulása előtti éjszakán Paul megkérte, hogy inkább menjen vele, és legyen jelen a versenyen.

– Tudod, hogy nem akarok ott lenni – felelte a homlokát ráncolva Maggie. Paul ezzel átlépett egy vonalat.

– Tudom. Csak most az egyszer. Szerencsét fogsz hozni nekem. Ha gyűlölöd, nem kell többé eljönnöd. – Nem erőltette, de mivel Maggie látta, hogy sokat jelentene neki, beleegyezett, és áttetette a repülőjegyét egy három nappal későbbi járatra.

Két nappal a verseny előtt felautózott Paullal északra. A megérkezéstől kezdve aztán a háttérben maradt, amíg Paul az autó ellenőrzésével volt elfoglalva. A versenyzéshez ugyanolyan szenvedéllyel és elmélyült figyelemmel állt hozzá, mint az üzleti ügyeihez. És ugyanez a szenvedély lobogott benne Maggie iránt is.

A verseny napján Maggie rettegve ébredt. Nagyon nem akart itt lenni, és haragudott, amiért hagyta magát rábeszélni.

Komor arccal állt a verseny megkezdésekor, az egész teste úgy megfeszült, hogy szinte fájt. Paul többször került katasztrófaközeli helyzetbe – súrolta a pálya széli falat, a sárvédőjéből letört egy darab, és kétszer épp csak elkerülte az ütközést. De a végén győzött. Csakhogy milyen áron szerzett dicsőség volt ez? Maggie teljesen leizzadt, és egész testében remegett, amikor

Paul a végén örömtől sugárzó arccal megkereste. Mocskos volt, a bordáit még ragasztószalagok vették körbe, neki mégis minden perc megérte. Ez éltette.

– Óriási volt, ugye? – nézett Maggie-re széles mosollyal, és megcsókolta. Ő azonban csak percek múlva válaszolt.

– Óriási, neked. Nekem a kínok kínja. Nélkülem kell eljárnod a versenyekre – jelentette ki, és Paul látta rajta, hogy komolyan gondolja, ezért nem is erősködött tovább, nehogy felborítsa az elmúlt két hónapban kialakított kényes egyensúlyt.

– Értem – válaszolta szelíden Paul. Visszaautóztak Londonba, hogy egy Londonhoz közeli raktárban, Paul többi versenyautója mellett elhelyezzék ezt, amelyik egy tréleren jött utánuk.

Egy nyugodt éjszakát töltöttek el együtt, anélkül, hogy szóba hozták volna a versenyt, amihez Maggie mindenesetre gratulált. Aznap éjszaka, szeretkezés után Maggie kétségbeesetten kapaszkodott belé, és amikor elaludt, rémálmok gyötörték, Pault pedig mardosta a bűntudat. Másnap Maggie-nek Chicagóba kellett repülnie. Ideje volt visszatérnie a saját életébe, utánanézni a saját befektetéseinek, és felkészülni Aden három hét múlva esedékes hazalátogatására. Most arra volt szüksége, hogy a saját pályáján mozogjon, a saját ágyában aludjon, és egy ideig távol legyen Paultól. Vele kapcsolatban minden kész őrületnek tűnt. Mielőtt elindult, megcsókolta, de közben örült, hogy visszatérhet Lake Forestbe, folytathatja a maga egyszerű életét, és egyedül lehet.

Alig várta, hogy lássa Adent. Amikor a fiú hazajött, az olyan volt, mintha újra karácsony lenne. Aden tudta, hogy néhány barátja otthon lesz, míg mások nem. Akivel csak lehetett, találkozott, és pár nyugodt estén otthon, az anyjával vacsorázott. A második otthoni estéje is ilyen volt. Anyja vacsora közben beszámolt neki Paulról, és kicsit félve várta a fia reakcióját.

– Paul *Gilmore*? Az autóversenyző? Nem viccelsz? Anya, ez durva! – Maggie szó szerint értette, és elsápadt, csak utóbb jött rá, hogy ez a fiatalok nyelvén valami egészen menő dolgot jelent. De addig teljes pánikban volt. Végül mindketten komolyra fordították a szót. – Szerelmes vagy belé? – A kérdés indokolt volt, és Maggie nem tudta, mit válaszoljon.

– Tinédzserként fülig szerelmes voltam belé. Ahogy a kamaszkorban szokás. Ez a mostani szerelem más. Szeretek együtt lenni vele, jól ismerjük és értjük egymást, noha harminc év után először láttam őt viszont múlt szeptemberben, Monte Carlóban. Szerettem azt az életet, amit apáddal együtt éltünk. Nem vágyok rá, hogy olyan emberrel éljek, akinek naponta kockára kell tennie az életét, mintegy ezzel igazolva a létezését, és aki ezt jó bulinak tartja.

– Ez az élete, anya. Élő legenda. Minden idők egyik legnagyobb autóversenyzője. Majdnem minden rekordot megdöntött már. – Adennek nagyon imponált Paul, és vágyott arra, hogy legyen egy hős az életében, ami megint csak aggasztotta Maggie-t.

– Csakhogy ez megnehezíti azok életét, akik szeretik őt. Épp ezért nem házasodott meg, és nem lettek gyerekei. Fontosabbnak tartja a versenyzést. Nem szeretnék hosszú távon így élni, de egyelőre működik a dolog. Paul nagyon kedves, csupa szív ember, szerintem kedvelni fogod. Én nagyon kedvelem. Sőt szeretem, bár másképp, mint apádat. Szerettem azt a biztonságérzetet, amiben édesapád mellett élve részem volt. Nekem ez fontos. Egyszóval még nem tudom, mi a jövője ennek a kapcsolatnak. Lehet, hogy semmi. – Maggie őszinte akart lenni a fiához, habár Aden még fiatal volt ahhoz, hogy megértse.

– Jól érzed magadat vele?

– Igen – felelte Maggie mosolyogva.

– Akkor miért nem élvezed? És idővel majd meglátod, mi lesz belőle. Miért kell a lányoknak mindig mindent olyan halálosan komolyan venniük?

Maggie nevetett. Aden úgy beszélt, mint egy férfi.

– Vannak problémáid ezen a téren? – Kíváncsi volt a fia szívügyeire. Amióta Bostonban élt, nem sokat mesélt róluk.

– Nem tudom. Járok egy lánnyal, aki mindig arról faggat, hogy mi lesz. Mit tudom én, hogy mi lesz! Nem akarok ezzel foglalkozni, egyszerűen jól akarom érezni magamat vele. De ő úgy viselkedik, mintha máris férjhez akarna menni. Ehhez én még túl fiatal vagyok.

– Szerintem is. És engem sem érdekel a házasság. Csak azt akartam, hogy tudd, együtt járok Paullal.

– Elmondhatom a többieknek? – kérdezte Aden fülig érő szájjal. Egyáltalán nem fogadta rosszul a dolgot, ahogy Maggie tartott tőle. Nagyon éretten reagált rá, talán mert Paulról volt szó.

– Elmondhatod, persze. Nem titok.

– Nahát! El fogom mondani a srácoknak, hogy együtt jársz Paul Gilmore-ral!

Ezen nevetniük kellett. Aden világában Paul sztárnak számított.

– Meghívott mindkettőnket júliusban Dél-Franciaországba, a hajójára. Gyönyörű vitorlás hajója van.

– Jövök! – vágta rá Aden rögtön. Probléma megoldva. Maggie hallott már horrortörténeteket Adennel egyidős és idősebb gyerekekről, akik hevesen tiltakoztak az ellen, hogy anyjuk, úgymond, bárkivel is összeszűrje a levet, de

Adennek nem volt semmi ellenvetése. Az meg, hogy egy legendás autóversenyző a pasija, még jobban tetszett neki. Romantikusnak érezte. Maggie csak azt nem szerette volna, ha Aden Paul nyomába lépve kedvet kapna az autóversenyzéshez. Erre már többször is felhívta Paul figyelmét.

Tartott tőle, hogy Aden a nem túl távoli jövőben ugyancsak talál magának valami veszélyes sportot. A génjeiben benne van ez az örökség. Óriási megkönnyebbülés volt, hogy ilyen értelmesen reagált a szavaira, és egyáltalán nem lepődött meg azon, hogy anyjának viszonya van. Több mint egy éve, hogy az apja meghalt.

Késő este, amikor Londonban már reggel volt, felhívta Pault, és beszámolt neki.

– Gondoltam, vagy legalábbis reméltem, hogy jól fogadja. De a gyerekeknél persze sohasem lehet tudni – nyugtázta a hírt Paul.

– Azt hiszem, ki van éhezve a férfitársaságra, vagy egy férfi irányítására. Tizenöt hónapja múlt, hogy az apja elment. Mindig keresi a barátai apjának a társaságát, és tavaly a középiskolában nagyon szoros kapcsolata volt az edzőjével.

– Szeretnék sokat együtt lenni vele, ha majd úgy alakul – felelte Paul. – Például júliusban, a hajón.

Maggie-t meghatották Paul szavai. Fáradtságot érzett a hangjában, és tudta, hogy mostanában sok stressznek volt kitéve. De Paul sohasem beszélt neki az üzleti ügyeiről. Maggie tudta, hogy több országban is vannak vállalati érdekeltségei, és ezek nagyon komplexeknek tűntek. A saját pénzügyi háttere sokkal egyszerűbb volt, és a befektetései jól teljesítettek az elmúlt évben. Arra a következtetésre jutott, hogy Paul a pénzügyeiben is a nagy tétek híve, abból az elvből kiindulva, hogy nagy pénzt csak nagy kockázatok árán lehet keresni, még ha ebben benne van a nagy veszteség kockázata is.

Ez szöges ellentétben állt azzal, ahogy Maggie fektette be a pénzét. Amennyit csak lehet, meg akart takarítani belőle, és gyarapítani, hogy Adennek legyen mihez nyúlnia a későbbi években. Paul úgy fektetett be, ahogy élt, a penge élén táncolva a pénzével, az életével, a karrierjével. A veszély kezdettől fogva főszerepet játszott az életében, és Maggie nem akarta, hogy ezt a mintát kövesse a fia is. Tudta, hová vezethet ez.

A tavaszi szünet végén Aden visszarepült Bostonba. Két hónap múlva, a nyárra ismét hazajön. Az első éve a Bostoni Egyetemen jól sikerült. A jegyei ha nem is kitűnők, de elfogadhatók voltak, noha az elmúlt évben sok nehezen megemészthető változáson ment keresztül. Játszott az egyetem ifjúsági hokicsapatában, és nagyon élvezte. Izgatottan várta, hogy júniusban a barátaival felfedezzék Európát. Július elején pedig csatlakozik anyjához és Paulhoz a hajón.

Éles váltás lesz ez azután, hogy hátizsákos turistaként körbevonatozták Európát.

A barátaival úgy tervezték, hogy útba ejtik Spanyolországot, Franciaországot, Olaszországot, Skóciát és Angliát. Paul arról beszélt, hogy elhajóznak Korzikára és Szardíniára. Maggie ezen az úton sok mindent szeretett volna megosztani Adennel. A fiúnak egy év alatt kinőttek a szárnyai, és Maggie együtt akart lenni vele, amíg még megteheti, mielőtt túl messzire szállna, és már nem akarna vele lenni. Tudta, hogy ez az idő is eljön, nem is túl sokára.

Maga Maggie még nem bontotta ki a szárnyait, még nem tudta, merre keresse a saját pályájához vezető utat. Paul világa és a sajátja között ingázva, egyik helyen sem időzött elég sokáig ahhoz, hogy állást vállaljon valahol. Saját vállalkozásba nem mert kezdeni, és olyan sok időt töltött Európában Paullal, hogy egyetlen munkaadó sem tudott volna tartósan számítani a munkájára. De az is fontos volt, hogy sokat legyen együtt Paullal. A leginkább csábítónak azt a gondolatot találta, hogy egy galéria munkatársa vagy tulajdonosa legyen, de sehol sem tartózkodott huzamosabb ideig, hogy ebből lehessen valami.

Beszélt erről Helennek, aki azt javasolta, hogy az interneten kereskedjék képekkel. Maggie-nek tetszett az ötlet, minél előbb szerette volna megvizsgálni a lehetőséget, talán már ezen a nyáron. Egy online galériával tudna mit kezdeni. Tökéletes megoldás lehetne számára. Saját elfoglaltságra vágyott, nem akart Paul semmittevő tartozéka lenni. A saját érdekeit és törekvéseit képviselő önálló személyiség akart lenni.

Amint Aden visszament az egyetemre, megpróbált beszélni erről Paullal, de ő minden ilyen alkalommal csak félig figyelt rá, és rövidre zárta a beszélgetést. Maggie arra gondolt, hogy talán valami nagy üzlet van készülőben. Újabban valahányszor telefonon hívta, vagy éppen egy konferenciabeszélgetésben volt, vagy azt mondta, hogy vissza fogja hívni, de aztán órákig várakoztatta, vagy egyáltalán nem hívta vissza. Korábban sokkal, de sokkal figyelmesebben bánt vele.

Áprilisban, mielőtt Aden májusban hazajön a nyári szünetre, Maggie szeretett volna találkozni Paullal Londonban, hogy ne rajtaütésszerűen jelenjenek meg a hajón. Ám amikor felhívta, hogy beszéljék meg az időpontot, Paulnak nem volt ideje a telefonra. Már két napja nem beszéltek egymással, ami szokatlan volt. Maggie arra gondolt, hogy talán elutazott más városokba, ahol cégei vagy érdekeltségei vannak.

Épp Paul kétnapos hallgatásán bosszankodott, amikor telefonált Helen. Maggie valahogy furcsának találta a hangját.

– Láttad a mai *The New York Times*t? – kérdezte Helen.

– Nem. Miért? Rendszerint csak a vasárnapi számot olvasom el. A többi napokon csak a neten olvasok belőle ezt-azt.

– A címoldalon van. Paulról szól – mondta Helen komoran.

„A híres Forma–1-es versenyző, nemzetközi befektető és világfi, Paul Gilmore ellen nyomozás folyik adóelkerülésért, csalásért, illegális offshore cégek működtetéséért. Sok millió dollárról van szó" – idézte Helen. – Az is benne van a cikkben, hogy a londoni lakását lefoglalta a brit adóhatóság, amely szintén nyomozást indított ellene. A további vizsgálat idejére mindkét országban befagyasztották a számláit. Szóba került a jachtjának és a céges repülőgépének tulajdonjoga is, lehet, hogy azokat is elveszik – sorolta Helen megdöbbenve.

– Úristen! – Miután Maggie letette a telefont, maga is elolvasta a cikket az újság online kiadásában. Sejtelme sem volt, mi történt, Paul erről egy szóval sem beszélt neki. Miután a cikk végére ért, felhívta Pault, de a hívása a hangpostára ment. Rájött, hogy ha a kormány lefoglalta, akkor Paul nem lehet a londoni lakásában. Már csak az a kérdés, hogy hol van, mit követett el, és egyáltalán ismeri-e őt vagy sem. Szívdobogva próbálta még egyszer felhívni, de megint a hangposta jelentkezett. Három órán keresztül kísérletezett azzal, hogy elérje, de hiába. Paul nyomtalanul eltűnt.

Tizenegyedik fejezet

Paul huszonnégy órával Helen telefonja után sem adott hírt magáról, és Maggie sem tudta őt elérni. Már három napja nem beszélt vele. Addigra már Aden is olvasta a cikket, és nyomban felhívta anyját.

– Mi ez az egész, anya? Igaz, amit írnak? Gondolod, hogy le fogják csukni?

Ő még nem találkozott Paullal, de bálványozta, és nagyon megviselte a gondolat, hogy esetleg csaló lehet. Ezzel Maggie is így volt. Ő is aggódott emiatt.

– Nem tudom – felelte. – Én is csak azt tudom, amit te is olvastál. Nem hívott fel, és én sem tudtam őt elérni. Szerintem becsületes ember, de nem mindig ismerjük olyan jól az embereket, mint gondoljuk. – Ha a vádak igaznak bizonyulnak, és Paul csakugyan olyan nagy bajban van, mint írták, az ijesztően nagy horderejűnek tűnt mindkettőjük szemében. – Hívlak, mihelyt megtudok valamit. Kell lennie rá valami magyarázatnak. – De nem volt biztos benne, és emésztette a kétség és a félelem.

– Remélem, anya – válaszolta Aden, aki anyja miatt is aggódott, nehogy valamiképpen ő is érintetté váljon az ügyben a Paullal való szoros kapcsolata miatt. Ez Maggie fejében is megfordult már. Nem tudta, mit gondoljon.

Aznap késő este végre jelentkezett Paul. Fáradt, de nyugodt volt a hangja. Nem érződött rajta, hogy pánikban lenne, amikor bocsánatot kért, amiért majdnem négy napig nem jelentkezett.

– Le sem tettem a telefont, állandó konzultációban voltam négy ország ügyvédeivel és az Egyesült Királyság meg az USA adóhatóságaival. A lényeg, hogy nem tetszik nekik a cégeim ténykedése, de arra mindig nagyon vigyáztam, hogy a vonalon belül maradjak. Az, amit csináltunk, nem törvényellenes, de tagadhatatlan, hogy amikor csak tudtuk, mindkét országban visszatartottuk a pénzemet az adóhivataltól. Tudtuk, hogy egy napon bekövetkezhet az, ami most megtörtént, de megérte. Az utóbbi háromnégy hétben már éreztük, hogy valami készül, csak nem akartalak felizgatni vele. Kreatívan intéztük az ügyeinket, de nem tisztességtelenül. Az adózási törvények állandóan változnak, ezért az ember könnyen a rossz oldalon találhatja magát, de mi nagyon odafigyelünk erre. Valahányszor megváltoztatták a törvényeket, a megfelelő módosításokkal alkalmazkodtunk hozzá. Rengeteg időt kell áldozniuk rá, ha be akarják bizonyítani, hogy valami rosszat tettem.

Néha csak értelmezés kérdése, hogy valaki hogyan olvassa a törvényt. Nem mindig kristálytiszta. Vannak vállalataim Hongkongban, Luxemburgban, a Bahamákon, a Kajmán-szigeteken, Japánban, az Egyesült Királyságban és az Államokban. Tudtuk, hogy Luxemburg előbb-utóbb szemet szúr nekik, és hogy a Kajmán-szigetek ügyében is meggyűlhet a bajunk, de az Államokban jókora adókat fizetek. A végén, miután már alaposan rám ijesztettek, tárgyalásba fognak kezdeni velem arról, hogy mennyit fizessek. De előbb jó nagy lármát kell csapniuk, hátha megijedek tőlük.

Valamennyi pénzt veszíteni fogok rajta, de remélhetőleg nem sokat. Eddig viszont sokat nyertem. Tudom, rosszul hangzik, de nem aggódom. Vállaltam a kockázatot, hogy a tetőnek ez a része egy nap beomolhat, de maga a ház megmarad. Lehet, hogy a pénz jókora részét vissza kell küldenem az Államokba, ami dühítő lenne, de ezzel számolni kell. A befektetéseim túlnyomó része viszont továbbra is biztonságban van offshore, és ott is marad, olyan védett vállalatok tulajdonában, amelyeket nem tudnak megtámadni. Régóta gondoskodtam a védelmemről, és ezt ők is tudják. Gyűlölik az ilyesmit. Máltán is van pénzem, amihez a britek és az Államok nem férhetnek hozzá.

– Sok munka lehet mindezt egyenesben tartani – jegyezte meg Maggie halkan. Nem tetszett neki, hogy Paul ennyire a törvényesség határán billegve működteti a cégeit.

– Tény, hogy sok munka van vele, de megéri. Szerencsés voltam. Sok pénzt kerestem, és jól fektettem be. Nem mondok le róla, ha nem muszáj. Amit tettem, törvényes, csak bonyolult átlátni, és sok pénzt költöttem rá, hogy így legyen. Ír útlevelem is van, mert egy adott ponton hasznos volt, de ma már kevésbé az, mivel az erre vonatkozó törvényt is megváltoztatták.

Meglepően nyugodtan magyarázta el mindezt Maggie-nek. Annyira jellemző volt rá, hogy a következményekkel mit sem törődve vállal óriási kockázatot. Amikor beütött a vész, tudta kezelni a helyzetet, mint amikor a versenypályán az ütközést követően kigyulladt rajta a ruha. Akkor ott eloltotta a lángokat, és képes volt totálkárosra törni a kocsiját, csak hogy megnyerje a versenyt. De most ki lesz a győztes? Az adóhivatal vagy Paul? Maggie nem tudhatta.

– Börtönbe zárhatnak érte? – kérdezte.

– Előfordulhat, de kicsi a valószínűsége. Hihetetlenül szerencsés voltam a külföldi befektetéseimmel. Annyi nyereséget hoztak, hogy ha egy évre börtönbe kell vonulnom azért, hogy megmaradjanak a millióim, már megérte. De megígérhetem neked, hogy ez nem fog bekövetkezni. Tárgyalásokon dől el a dolog, és ha választás elé állítanának, hogy börtönbe kerüljek-e a fizetés helyett, akkor veszítenének. De nem fogják megengedni, hogy ez megtörténjék, és én sem fogom megengedni. A luxemburgi boltot már bezártam, miután azt elismertem. Valószínűleg fel kell számolnunk néhány másik vállalkozásomat is, de okos ügyvédeim vannak, és a legtöbb holdingom jól védett. Mellesleg elvileg legálisak, ha nem is száz százalékig, de a jelenlegi törvényi kereteket nem lépik túl. Nem vagyok oda azért, hogy börtönbe zárjanak, tehát nem voltunk hülyék, csak fifikásak. – A jelek szerint kicsit túlságosan is, különben nem szorongatná a torkát az adórendőrség.

– Mi van a londoni lakással? A cikk, amit olvastam, azt írja, hogy lefoglalták.

– Ez igaz. Két nappal ezelőtt, mindenestől, a benne levő összes cuccal együtt. Egyszerűen lelakatolták. Lehet, hogy le kell mondanom arról is. Porhintés az egész, de inkább azt adom fel, mint a komolyabb tulajdonaimat. Új ruhákat is bármikor tudok vásárolni. A *Lady Luck*ra vagy a repülőre viszont nem tehetik rá a kezüket, azokat külföldön regisztráltattam, tökéletesen védve vannak. Ha muszáj lesz, elélhetek a hajón is. Az biztos, hogy az Államokba nem jöhetek vissza, amíg ez a helyzet meg nem oldódik. Olyan országokban kell maradnom, amelyek nem fognak kiadni nekik. Franciaországban, Svájcban, néhány másikban. Az olaszok valószínűleg szemet hunynának. Hamarosan el kell tűnnöm Londonból, és egyelőre téged sem látogathatlak meg az Államokban, amíg nem állapodunk meg az adóhatósággal.

Paul számára az egész csak az üzletről szólt, de Maggie-t a helyzet megrémítette. Még úgy is, hogy Paul azt állította, tisztességesen járt el, csak éppen használta az eszét. És hogy irdatlan mennyiségű pénzről van szó. Maggie ezt el sem tudta képzelni. Az a pénz, amit ő Aden jövőjére gondolva óvatos, visszafogott befektetésekben őrzött, jelentéktelen aprópénz volt ahhoz képest, amit Paul halmozott fel, és ami napi rendszerességgel megfordult a kezén. De a sikerei révén ekkora vagyonhoz jutni és megőrizni úgy, hogy a legális lehetőségeket kihasználva elkerülje az adófizetést, óriási kockázatokkal járt, amiket Paul kész volt vállalni. Élete minden területén félelmet nem ismerve, a mélységről ostoba módon tudomást sem véve, vígan lépdelt a szakadék peremén.

Egy ilyen élet Maggie szemében ijesztőnek tűnt. Paul számára csak izgalmas volt, és feltétlenül megérte. Láthatóan élvezte, és hajlandó volt érte az adóhivatallal is ujjat húzni.

Maggie-nek fájt a szíve a gyönyörű londoni tetőlakásért, amelynek Paul most búcsút inthet, de rajta nem látszott, hogy szomorkodna miatta.

Ő a nagyobb dolgokat tartotta szem előtt, amelyek sokkal többet jelentettek neki bármilyen szép lakásnál. Azt már világossá tette, hogy a hajóját, a repülőgépét és a befektetései javát gondosan védelem alá helyezte.

– A *Lady Luck* zár alatt van Monacóban, amíg ellenőrzik a regisztrációját, és megpróbálják kitalálni, mi kell ahhoz, hogy elkobozhassák. De mi már tudjuk, hogy nem tehetik meg. Nincs is a nevemre regisztrálva. Pár hét, és kifuthat a nyílt vízre. És a repülő is, amely jelenleg a Gatwick reptéren vesztegel, újra felszállhat. Az adóhatóság mindenáron szeretne büntetést sózni a nyakamba amiatt, ahogy nyilvántartásba vannak véve, de ez sem fog sikerülni nekik. A végén minden rendbe jön, ígérem, Maggie. Nagyszerű ügyvédeim vannak. Máris folynak a tárgyalásaink az adóhivatallal. Olyan ez, mint egy sakkjátszma.

Maggie-t az egész Paul nagy tétekben játszott szerencsejátékaira emlékeztette. Úgy tűnt, hogy semmi sem rémíti meg, sőt mintha ez éltetné igazán.

– Emiatt ne aggódj – vigasztalta Maggie-t. – Mondani könnyű volt, de Maggie azért továbbra is aggódott.

– A britek letartóztathatnak, és kiadhatnak az amerikaiaknak? – kérdezte.

– Megtehetik. Pár napon belül egy időre Párizsba utazom, esetleg síelni megyek Svájcba, amíg a helyzet rendeződik. A franciák és a svájciak nem fognak kiadni. Egyik európai ország sem zár börtönbe adóelkerülésért, vagy csak nagyon kevés, és azok is ritkán. Az Egyesült Államokban megteszik, hogy bizonyítsák az igazukat. Ami most velem történik, az tényleg csupán egy vita arról, hogy milyen adólevonásokhoz van jogom, és mi adóköteles az Egyesült Államokban. Ebben véleménykülönbség van közöttünk. A végén azonban mindenképpen megállapodnak velünk. Ez nekem sok pénzembe kerül, de nem olyan sokba, ahogy ők szeretnék. Az adókkal kapcsolatban okosnak kell lenned, Maggie – tanácsolta, miközben úgy tűnt, hogy ő túl okos és túl merész volt, és megfeledkezett a kockázatokról. Persze az is lehet, hogy épp ezek hozták izgalomba.

– Mit gondolsz, mennyi időbe telik, mire rendeződik a helyzet? – kérdezte Maggie. Ez teljesen ismeretlen terep volt számára.

– Néhány hónap – hangzott a felelet. – Talán egy év. Legfeljebb két-három év. Én nem aggódom miatta. Ha kell, egy barátom kölcsönadja a villáját Gstaadban. Párizsban megvan a lakosztályom a Ritzben, és ezen a nyáron a hajón fogok lakni. Most egyedül miattad mennék el az Államokba. És ha hajlandó vagy rá, szeretnék itt, Európában találkozni veled.

Maggie habozott, nem tudta, nem kerülne-e ő is bajba, amiért kapcsolatban áll Paullal.

– Nem fertőző, megnyugtatlak – nevetett Paul, megsejtve, mi jár Maggie fejében. – Gyere el, találkozzunk Párizsban. Ígérem, minden rendben lesz.

Maggie ebben nem volt olyan biztos. Mindez teljesen ismeretlen és nyomasztó volt számára.

– Tulajdonképpen hol vagy most? – kérdezte a hallottaktól feldúltan.

– A londoni klubomban. Túl udvariasak ahhoz, hogy bilincsben vezessenek ki innen, mellesleg nincs is rá okuk. Holnap vagy holnapután elutazom Párizsba, mielőtt még túl barátságtalanra fordulna itt a légkör. Azt hiszem, az angolok közönséges dolognak tartják, amit azért tettem, hogy adófizetés címén ne nyúzzák le a bőrömet. Az amerikaiak számolnak vele, de úgy érzik, az ő dolguk megakadályozni a magamfajtát abban, hogy okosabb lehessen az adóhivatalnál. Ez is csak üzlet, Maggie, mindenki teszi a dolgát. A végén minden rendeződik. Bízd rám és az ügyvédekre.

– De mi lesz, ha börtönbe csuknak? – Már a gondolatától is kirázta a hideg.

– Nem fognak. Évek óta hatalmas összegeket fizetek az adóhivatalnak, soha nem voltam piti kis adócsaló. Csak dühíti őket, hogy ilyen jól meg tudom védeni magamat, és ők is szeretnének részesülni abból, amit zsebre tettem. Mert ők is tudják, hogy szépen hozott a konyhára a rámenősségünk. Most, hogy úgy mondjam, követelik a részüket a nyereségemből. Nem éppen sportszerű hozzáállás, de ez a játék már csak ilyen. Úgy viselkednek, mint az a fegyveres rabló, aki rád ront a sikátorban, és megpróbálja erőszakkal elvenni az imént a kaszinóban tisztességes játékban nyert pénzedet. Majd adok persze nekik valamennyit, amivel boldoggá teszem őket, és utána minden mehet tovább a megszokott rendben. Meglátod, a végén lenyugszanak a kedélyek. Megy minden tovább, mintha mi sem történt volna.

Maggie szeretett volna hinni neki, de ez az egész millió mérföld távolságra volt az ő világától. Paul játéknak fogta fel, élvezte, különösen ha az adóhivatallal való játszmában ő nyer. Eszes volt, és a megfelelő emberekkel vette körül magát, akik segítették abban, hogy elérje, amit akar. És nem bánta, ha emiatt problémái akadtak. Az egész, úgy, ahogy volt, megérte neki. Az ő felfogása szerint ismét megnyerte a versenyt, még ha közben mindenestől elveszített is egy mesébe illő lakást. A többihez képest részletkérdésnek fogta fel. Mint amikor megsérül az autója, de elsőnek gurul be a célba. Eleve számított rá.

– Nem engedem, hogy veled bármi történjék, Maggie. Esküszöm. Ha megfordult volna a fejemben, hogy veszélybe kerülhetsz, nem hagytam volna, hogy idegyere, és távol tartottam volna magamat tőled, amíg biztonságosnak nem érzem, hogy együtt mutatkozzunk.

Itt mindössze az adóhivatal és közöttem megy a huzavona, az ezzel együtt járó pózolással és csinnadrattával, aminek kiváló terepe a sajtó. Ha nem vigyáznak, előfordulhat, hogy később helyreigazítást kell megjelentetniük, de a végén elhal az ügy. Lényegében az ő szakértőik és az enyéim közötti közelharcban fog eldőlni a dolog. Az én csapatomban kiváló emberek dolgoznak. És nem áll szándékomban veszíteni.

Paul éppolyan félelmetes ellenfél volt, mint amilyen legendás autóversenyző, aki félelem nélkül és okosan hajtotta végre azt, amit a fejébe vett. A dolog mindig kétesélyes volt: a kockázatvállaló a végén megnyerte az összes nagydíjat, vagy a próba közben meghalt. Maggie tudta ezt. Kemény csapat volt az övé, és Maggie egyelőre nem tudta biztosan, akar-e ennek a csapatnak a tagjává lenni, és együtt akar-e élni a vele járó stresszel. Nem volt felkészülve Paulnak erre az adóhivatallal folytatott élet-halál játszmájára sem. Túl sok minden miatt kellett aggódnia a férfival kapcsolatban, ugyanakkor jó volt hozzá. Maggie szerette is, és tudta, hogy Paul is szereti őt.

– Találkozol velem Párizsban? – kérdezte Paul szelíden.

– Hadd gondolkozzam rajta – válaszolta Maggie kis habozás után.

– Béke és nyugalom lesz. De ha messzebb akarsz lenni, elmehetünk Gstaadba is. Néhány hétig nem fogjuk tudni használni a *Lady Luck*ot, de nagyon hamar szabadon kell engedniük, és attól kezdve minden visszatér a régi kerékvágásba.

– Te olyan erő vagy, Paul Gilmore, akivel számolni kell – felelte egy sóhajjal Maggie. – Mi történt a gördeszkás sráccal, aki motorversenyezni kezdett? – Már ő is elég ijesztő volt, de egy napon sem lehetett említeni ezzel a mostani férfival.

– Felnőtt, megokosodott, keresett egy halom pénzt, és megtanult vigyázni magára.

– És megtanulta minden elképzelhető módon kockára tenni az életét.

– Az adóhivatallal szemben nem teszem kockára az életemet. Csak a pénzen civakodunk, mint a labdázó gyerekek a játszótéren. Mondtam neked, itt csak tárgyalás és egyezkedés folyik. – Paulnál csak a győzelem számított, kerül, amibe kerül. És lehet, hogy most is győzni fog. Az ő kedvéért Maggie remélte, hogy így lesz. Ha nem jön be a számítása és börtönbe kerül, az mindkettőjük számára borzasztó volna.

Még egyszer végig akarta gondolni, mi mellett kötelezné el magát, és a saját ügyvédjétől is tanácsot akart kérni. Adenre is gondolnia kellett, de ő maga sem vállalhatott őrült kockázatot.

– Szánj rá időt – tanácsolta Paul nyugodtan. – Párizsban foglak várni, ha úgy döntesz, hogy jössz. Szeretlek, Maggie. Sajnálom, ha ez az egész baromság megrémített. Nagy feneket kerítettek a semminek. – Olyan meggyőzően beszélt, Maggie már-már hajlott is rá, hogy higygyen neki, csak ne lett volna úgy megijedve. Mindez annyira más volt, mint az ő nyugodt élete Brad mellett! – Telefonálj, amikor csak akarsz – biztatta Paul. – Mostantól el tudsz érni.

Miután Maggie letette a telefont, végiggondolta mindazt, amit Paul mondott. Szeretett volna hinni neki, de nem volt biztos benne, hogy képes lesz rá. Üzenetet hagyott az ügyvédjének, aki másnap reggel visszahívta. Maggie amit csak tudott, elmondott neki az üggyel kapcsolatban. Azzal persze mindig számolnia kellett, hogy Paul nem árult el mindent, vagy hazudott. Minden lehetséges volt.

Az ügyvéd végighallgatta, majd azt felelte, hogy nem ismeri eléggé az adótörvényeket, és elirányította egy kollégájához, aki szakértő ezen a területen. Elárulta, hogy már egyetlen konzultáció is nagyon sokba fog kerülni, de Maggie úgy gondolta, megéri felbecsültetni, mekkora bajban van Paul. Felhívta hát a szakértő ügyvédet.

Carson McGregor figyelmesen meghallgatta Maggie részletes beszámolóját, és azt felelte, hogy az akták ismerete nélkül nem tudhatja pontosan felmérni Paul helyzetét, de tapasztalatai szerint az olyan nagymenők, amilyenné Paul is vált, sokszor szándékosan vagy véletlenül túllőnek a célon. Túlbecsülik, hogy mi az, amit még megúszhatnak az offshore cégeikkel, tulajdonaikkal és befektetéseikkel, de az adóhivatal előbb-utóbb rájön, megelégeli a dolgot, és könyörtelenül lecsap rájuk. Elmondta azt is, hogy az adótörvények valóban folyamatosan változnak, éppen abban bízva, hogy el tudják kapni a Paulhoz hasonló fickókat. Az is igaz viszont, hogy a Paul-félék és az ügyvédeik általában egy lépéssel megelőzik az adóhivatalt.

– Valószínűleg van pár nagyon okos ügyvédje, akik védik őt. Abból, amit elmondott, arra következtetek, hogy nagyon sok pénzről van szó, és az adóhivatal nem adja fel egykönnyen a harcot. Hazárdjátékos az illető? – kérdezte az ügyvéd kíváncsian.

– Igen, az.

– Nem lep meg. Valószínűleg arra számít, hogy ő nyer. És lehet, hogy így is lesz. Ez játszma, ebben igaza van, és gyakran egy tárgyaláson dől el a dolog. Ha az adóhivatalt kellőképpen felbosszantja a rengeteg ügyeskedése és taktikázása, előbb-utóbb jó nagyot harapnak belőle ott, ahol hozzáférnek. De a végén minden bizonnyal megegyeznek vele. A barátja tudja, miről beszél. A dolog szinte mindig megegyezéssel zárul, és ő meg az ügyvédei vélhetően értik a dolgukat.

– Börtönbe zárhatják emiatt? – kérdezte Maggie aggodalmasan. Szerelmes volt Paulba, de távol akarta tartani magát tőle, ha valóban bűnöző, és nem csupán egy rettentő fifikás fickó, aki megpróbál túljárni az adóhatóság eszén, amennyire csak lehet. De akár ártatlanul, akár tudatosan, az biztos, hogy átlépte azt a vonalat, amit nem lett volna szabad.

– Elvben lecsukhatnák, de kétlem, hogy megteszik. Inkább tárgyalást fognak kezdeményezni vele, miszerint telepítsen haza valamennyit abból, amit az offshore adóparadicsomokba menekített ki. Amit nyilván nem tenne meg, ha börtönbe zárnák. És maradhat külföldön is, olyan országokban, amelyek nem adják ki az Államoknak. Számos ilyen ország létezik. A hatóság, még ha veszít is valamennyit az üzleten, valószínűleg jobbnak látja a korrekt együttműködést vele, ha ő is hajlandó rá. Ebben is a barátjának van igaza. A jelek szerint tudja, mit csinál. Így játszanak a profi ligában. Az ész mellett kötélidegek is kellenek hozzá.

– Nem tűnt idegesnek.

– Az ilyen fickók hajlandók kockáztatni. Én nem tudnék éjszaka aludni, ha az adóhatóság molesztálna, de ő valószínűleg már rég felmérte a kockázatot, és ameddig csak tudja, feszíti a húrt. Önt, Mrs. Mackenzie, nem fogják üldözni, ha netán ettől tart. A dolog egyedül a barátjáról szól. Biztos vagyok benne, hogy az ön adónyilvántartása tiszta. És nem az illető házastársa. Önnek nincs sebezhető pontja.

– Én abszolút tiszta vagyok – jelentette ki Maggie megkönnyebbülten.

– Akkor nincs miért aggódnia – nyugtatta meg az ügyvéd. De Maggie-t továbbra is nyugtalanította Paul zavaros helyzete.

Este felhívta Adent, hogy beszámoljon neki.

– Beszéltem Paullal, az ügyvédemmel és egy adószakértővel. Az egészről semmit sem tudtam, úgy tűnik, harc folyik Paul és az adóhatóság között, aminek a tárgya az, hogyan prosperálnak Paul külföldi cégei és befektetései. Az adóhatóság egy részüket hitelteleníteni akarja, hogy több adót szedjen ki Paulból. Feltehetőleg megbeszéléseket kell folytatniuk, és a végén meg kell egyezniük valamiben. Senki sem tartja valószínűnek, hogy börtönbe zárnák. Paul elismeri, hogy ő és az adószakértői olykor túlságosan agresszíven védték őt, amit most meg kell indokolniuk az adóhatóságnak. De nem idegeskedik emiatt, azt mondta, számított rá, hogy előbb-utóbb kiborul a bili.

– Nagyon okos csávó lehet – mondta Aden, telve csodálattal Paul iránt, amitől Maggie nem volt elragadtatva. Aden még nem találkozott Paullal, de kész volt elnézni neki mindent, amit csinált, és elhinni, hogy igaza van.

– Nekem ez az egész olyan, mint egy rémálom. A brit hatóságok lefoglalták a penthouse-át, és nagyon úgy néz ki, hogy végleg elveszíti.

– És a hajót?

– Azt valószínűleg nem. Azt mondja, ahhoz nem nyúlhatnak. De még ha nyert is egy csomó pénzt az adókon, nem ez az ideális módja a pénzkeresésnek, legalábbis nem ilyen végletesen. – De persze Paul mindent így csinált. Izgalmas személyiség volt, egyszersmind vakmerő is, amivel minduntalan veszélybe sodorta önmagát.

– Örülök, hogy nem lesz belőle baja. A *Times* cikke sokkal rosszabbnak állította be a dolgot – mondta Aden megkönnyebbülten.

– Hát, ő nem aggódik, én meg azt akartam, hogy te is tudd – felelte Maggie.

– Mikor találkozol vele legközelebb?

– Nem tudom. Lehet, hogy hamarosan. Párizsban. Majd kitalálom. – Azt nem mondta el, hogy Paul azért akar Párizsba menni, mert úgy nem adható ki az Egyesült Államoknak, ahol valószínűleg börtön várna rá, még ha csak átmenetileg is. Maggie soha nem ismert senkit, akit bármi miatt lecsuktak volna. Tudta, hogy Brad könyvelőként és nagyon konzervatív nézeteket valló emberként egyaránt elszörnyedt volna azon, ahogy Paul az üzleti ügyeit intézi, amilyen kockázatokat vállal, és biztos, hogy nem akart volna részt venni benne. De Brad egészen más világhoz tartozott.

Paul valahol a Mount Everest csúcsán élt, és teljesen más szabályok között bonyolította az életét. Nem volt bűnöző, ez kiderült abból, amit elmondott neki, feltéve persze, hogy nem vezette őt félre. De az is tény, hogy nem a bevett szabályok szerint működött, mint Maggie világéletében. Paul életével kapcsolatban minden új volt neki, ő maga is. Semmilyen értelemben nem maradt meg annak a fiúnak, akit tizenhét évesen megismert. Maggie most is hitt neki, de már nem volt biztos abban, hogy tudna-e, akarna-e így élni.

Két nappal az Adennel folytatott telefonbeszélgetés után indult el Párizsba. Végül is hiányzott Paul, és mindaz, ami vele történt, olyan nyomasztónak tűnt számára, hogy együtt akart lenni vele, noha Paul azt állította, nem izgatja magát különösebben. Ám amikor megérkezett, Maggie látta rajta a fáradtság jeleit. A komoly üzleti ügyek és a világ minden tájáról bejövő jogi témájú telefonok szüneteiben annyi időt töltöttek együtt, amennyit csak lehetett. Hosszú sétákat tettek, esténként Paul romantikus éttermekbe vitte vacsorázni, virágot vett neki, többször is elmondta, mennyire szereti, sokszor megnevettette, és mindenféle módon kimutatta a háláját, amiért Maggie eljött.

Miközben hatalmas pénzeket mozgatott nemzetközi pénzügyi körökben, és masszívan sikeres, világhírű karriert tudhatott magáénak, időnként úgy viselkedett, mint egy gyerek. Májusban készült elindulni a következő, Franciaországban megrendezésre kerülő autóversenyen, amitől Maggie előre rettegett. De leszámítva azokat a versenyeket, amelyekre jó előre leszerződött, az egész életveszélyes karrierjét és az adóhivatal fenyegető jelenlétét a háttérben, teljesen normális, hétköznapi életet éltek. Maggie maga sem értette, hogyan voltak képesek erre Paul nem mindennapi nehézségekkel teli élete ellenére.

Vettek két kerékpárt, és a hétvégéken körülbiciklizték a Bois de Boulogne-t, a parkban megették a magukkal vitt szendvicset, aztán hazamentek a Ritz-beli luxuslakosztályukba. Paul életében szétváltak az örömök és a kockázatok, és ez valami módon megkönnyítette a vele való boldog együttlétet. Az éjszakáik pedig betetőzték a boldogságukat. Paul olyan gyengéden és annyi szerelemmel bánt vele, mint amikor tizennyolc évesen csókolóztak. Azóta sok jó és rossz történt velük, ami mind csak gazdagabbá tette az életüket.

Maggie az egész áprilist Paullal töltötte Párizsban, és úgy tervezte, hogy pár nappal a májusi autóverseny előtt megy el, hogy visszaérjen Lake Forestbe, mire Aden hazajön a nyári szünetre. Júniusban tervezték a barátaival az európai körútjukat. Maggie arra gondolt, hogy hat hétig otthon lesz, azután visszamegy Paulhoz. Időközben a *Lady Luck* tulajdonjoga az adóhatóság minden erőfeszítése ellenére tisztázódott, így újra Paul rendelkezhetett vele. A hajó a monacói kikötőben várakozott, Maggie itt akart csatlakozni Paulhoz. Az életük mindennek ellenére zavartalanul, mondhatni, teljes gőzzel ment tovább. Aden közben alig várta, hogy ő is velük tölthesse a júliust a hajón.

Maggie néha nem értette, mi történik vele. Az élete Paul mellett örökös ellentmondásban telt. Csodálatos hullámhegyek és félelmetes hullámvölgyek, gyönyörteli éjszakák és a rettegés, hogy mindennek vége lesz, az adóhivatal börtönbe záratja Pault. Érezte, hogy Paul szerelme valódi, hogy az ígéreteit komolyan gondolja, de az egész egy pillanat alatt a lángok martalékává válhat a versenypályán. Paul olyan volt, mint az égen átcikázó villám – izgalmas, erős, hatalmas. Bevilágította maga körül a sötétséget, de nem lehetett megjósolni, mit tesz a következő pillanatban, vagy milyen rémítő, lélegzetelállító kihívást fogad el.

Paullal együtt élni szédítő és néha félelmetes volt, de akadtak pillanatok, amikor felismerte, hogy soha életében nem volt még ilyen boldog. Reggeltől éjszakáig hullámvasúton ült, de ez volt élete legszebb utazása, pedig igazából soha nem szeretett felülni a hullámvasútra. Most azonban le sem akart szállni róla, és kapaszkodott, mintha az élete függne tőle.

Tizenkettedik fejezet

Bármennyire is hiányzott Maggie-nek Paul, jólesett hat hétig otthon lennie, és a saját ágyában aludnia egyedül, nélküle. Aden is hazajött, és Maggie beleveszett a szokásos boltba járás, vásárlás, Aden holmijainak kimosása körforgásba. Mindez megnyugtató egyensúlyt teremtett a párizsi Ritz-beli élettel és a Paul következő lépésére való várakozással. Az adóhivataltól semmi új nem érkezett, és ahogy Paul előre megjósolta, az ügy dollármilliók sorsát eldöntő tárgyalásokkal folytatódott. Ez Lake Forestből nézve önmagában is éppoly valószerűtlennek tűnt, mint az élet a Ritz szállóbeli luxus körülményei között.

Maggie valamicskét előrehaladt tervezett online vállalkozásának ügyeivel: felvette a kapcsolatot néhány képzőművésszel, akik érdeklődést mutattak az iránt, hogy képviselje őket. Fiatal, most induló művészek voltak, akiknek a munkáit chicagói művészeti vásárokon és galériákban látta, közülük kettőnek a műveivel Londonban, egyikükével pedig Párizsban találkozott. Tetszett nekik Maggie online-koncepciója, és örömmel vették a felkínált lehetőséget. Az, hogy mérsékelt áron kínálná eladásra a műveket, még mindig jobb megoldásnak tűnt, mint amivel állandó galéria híján most számolhattak.

Maggie még nem állt készen a vállalkozása beindítására, de egyre többet foglalkozott a gondolatával. Ha Paullal volt, nem ért rá ezen gondolkodni, most meg, amikor Aden végre hazajött, megint nem jutott ideje a tervei megvalósítására.

Újra előhozta a témát Helennek.

– Nem is értem, hogy tudsz egy vállalkozás beindítására gondolni, miközben bejárod a fél világot, hogy együtt lehess Paullal azokban a szünetekben, amikor épp nem versenyez, és nem harcol az adóhivatallal, aztán hazajössz kertvárosi anyunak, majd megint elrepülsz. Nem is tudom, hogy tudod mindezt kézben tartani. Én csak hallgatlak, de már ettől teljesen össze vagyok zavarodva. Tényleg azt gondolod, hogy Paul jól jön ki ebből az adómizériából? – válaszolta és kérdezte Helen egy szuszra. Beszéltek a dologról Jeff-fel, de meghaladta a képzelőerejüket. Számukra felfoghatatlan volt az efféle pénzügyi manipulációk sorozata.

– Azt hiszem, Paul kézben tartja az ügyet. Én most megint inkább a versenyek miatt izgulok. –

A franciaországi jól sikerült, Paul harmadiknak futott be, aminek ő persze nem örült, de legalább nem sérült meg. – Úgy érzem magam, mintha egy torreádor barátnője lennék – jegyezte meg Maggie. – Mindig attól félek, hogy egyszer felnyársalják. Mennyivel könnyebb volt egy könyvelő feleségének lenni! Anyámnak volt igaza, az izgalmas pasik megölik az embert. Különösen Paul. Nem elég neki egyik autóverseny a másik után, bármit csinál, az veszélyes. Ujjat húz az adóhivatallal, ejtőernyőzni akar egy barátjával, pihenésképpen meg hegyet mászna. Megmondtam neki, hogy megölöm, ha idén nyárra bármi veszélyes dolgot tervez Adennel. Venni akart egy spéci csónakot, hogy elvigye őt siklóernyőzni a *Lady Luck* mögött, de mondtam, hogy nem engedem. Erre vett helyette új, nagy sebességű jetskiket. Aden imádni fogja. Szórakoztató együtt lenni vele, de időnként túlságosan is az.

Egyik végletből a másikba került, ha Paullal volt, de néha voltak csendesebb időszakaik is. Például mielőtt hazarepült volna, eltöltöttek egy nyugodt, idilli hétvégét Svájcban.

– Nézzünk szembe a tényekkel. Ha bírod a tempót, akkor ez jóval többet ad neked, mint ha Lake Forestben furikázva végeznéd a mindennapi teendőket – emlékeztette Helen.

– Nem vagyok benne biztos – nézett rá mosolyogva Maggie, ugyanakkor előre örült, hogy nemsokára együtt lehetnek a hajón.

– Idén nyáron elvisszük a fiúkat Wyomingba, egy vadnyugati farmnak berendezett tanyára – újságolta Helen.

– Hű, az tetszeni fog nekik!

Maggie és Helen mindvégig kapcsolatban maradtak, annak ellenére, hogy Maggie hol itthon volt, hol meg Európában, és Paul mellett előkelőbb életet élt. A luxus nem szállt a fejébe, és megbecsülte Helen barátságát. Nem felejtette el, hogy Brad halála után Helen öntött lelket belé, és biztatta, hogy utazzon el Európába. Így történt, hogy megváltozott az élete, amikor Monte-Carlóban újra találkozott Paullal. Nehéz volt elhinni, hogy ennek mindössze kilenc hónapja.

Amikor Aden júniusban elindult hátizsákos európai kalandjára, Paul már a hajón volt, onnan dolgozott a telefonjával és a laptopjával. Maggie Nizzáig repült, és Monacóban szállt fel a hajóra. Még aznap este vitorlát bontottak, és elindultak Portofinóba. A fedélzeten állva érezte, amint a szél belekap a hajába, és lassan megnyugodott. Paul mellette állt, s amíg fél karral átölelte, az ő arcán is csendes boldogság tükröződött. Amikor együtt voltak, a gondok elhalványultak.

– Nagyon hiányoztál, Maggie. Túl hosszú ideig voltál távol – mondta Paul, mintha még most is csak vágyakozna utána.

– Csak hat hétig – felelte Maggie, és közelebb bújt a férfihoz. Nézte a kék szemét, az ősz haját, és az a különös érzése támadt, hogy a sors mindig is egymásnak teremtette őket. Minden különbözőségük ellenére lelki társak voltak.

– Gyűlölöm, amikor elmész – sóhajtotta Paul.

– Ha tisztázod a helyzetedet az adóhivatallal, akkor eljöhetsz velem.

De nem tudta elképzelni Pault az ő Lake Forest-i kertvárosi életében. Chicagóban vagy New Yorkban talán igen. Noha Paul mélyebbről indult, mint ő, azóta nála összehasonlíthatatlanul nagyvilágibb életet él. Élvezte a luxust, és ebben Maggie is osztozott vele a hajón. Amikor az éjszaka folyamán megérkeztek Portofinóba, és a kikötőtől kissé távolabb lehorgonyoztak, kettesben úsztak egyet a holdsütötte tengerben. Messze előttük egy kivilágított várat láttak. Az ősi monostor apró kikötőjével olyannak tűnt, mint egy képeslap.

A csónak legénysége gyertyákat helyezett ki nekik a vízre, aztán visszafordultak, hadd úszkáljanak kedvükre. A fürdőruhájukat rögtön a vízbe merüléskor levették, és felrakták az alsó fedélzetre vezető létrára. Paul szokása szerint gondoskodott róla, hogy minden tökéletes legyen, és Maggie úgy érezze, varázslat részese.

Pár percnyi úszás után Paul megcsókolta, ő pedig lebukott a víz alá, és elúszott tőle. Paul a víz alatt üldözőbe vette, mígnem fel kellett menniük a felszínre levegőt venni. Aztán Paul ismét megcsókolta, és azt kérdezte:

– Hogy lehettem olyan szerencsés, hogy újra rád találtam?

Maggie átkarolta a nyakát, és a víz alatt ráfonódott.

– Ha nem jövök át Európába, sohasem találok rád – felelte.

– És élnéd tovább a békés, nyugodt életedet Lake Forestben, nélkülem – mondta erre Paul. Miközben belecsókolt a nyakába, meztelen mellkasán érezte Maggie mellét.

– És halálra unnám magamat – vallotta be Maggie. Még magának is most először ismerte be, hogy Paul nélkül rettenetesen unalmas lenne az élete. Vele sohasem volt az, sőt időnként kicsit túlságosan is izgalmasan alakult, de szinte mindig élvezte. Az utóbbi hat hónap élete egyik legboldogabb időszaka volt. Örömmel jött haza Paulhoz.

Még úszkáltak egy darabig, aztán úgy döntöttek, visszamennek Paul kabinjába, ami voltaképpen egy gyönyörű lakosztály volt. Nagy nevetések közepette próbálták magukra ráncigálni a vizes fürdőruhát, sikertelenül. Paul végül kifordítva tudott csak belebújni. Maggie bikininadrágja viszont lecsúszott a létráról, és eltűnt a vízben. Hoztak nekik törülközőket, és miután maga köré csavart egyet, felmentek a létrán, és kuncogva, mint a gyerekek, beszaladtak Paul kabinjába. A vizes fürdőruhák pár perc múlva egy kupacban landoltak a fedélzeten, s végre kettesben megünnepelhették Maggie visszatérését a hajóra.

A *Lady Luck* lágyan ringatózott a vízen, őket is elringatva egymás karjai közt. Maggie nem akart a világon sehol másutt lenni, csakis itt, Paullal.

Másnap reggel a kishajóval kimentek a partra, hogy igyanak egy kávét a városban, és felfedezzék a portofinói üzleteket. Paul vett két hatalmas vízipuskát, egy teljes készlet vízipisztolyt és újratölthető vízi ballont, Maggie pedig két új bikinit és egy szandált vásárolt.

– Ezek mire valók? – kérdezte, meglátva a vízipisztolyokkal tele táskát.

– Adennek meg nekem – felelte Paul büszkén. Egy kalózlobogót is vett, aminek láttán Maggie-nek nevetnie kellett.

– Imádni fog érte. Én viszont nem fogok kijönni a kabinunkból, amíg ti szabadon kószáltok. – Paul megmutatta a vízi ballonokat is, és Maggie még akkor is nevetett, amikor beültek a kishajóba, hogy visszatérjenek a hajóra. – Mit mondtál a boltban, hány éves vagy? Tizenkettő? – Paul új horgászbotokat is rendelt, és búvárkodni is el akarta vinni Adent. Maggie engedélyt adott rá, mivel Adennek megvolt a vizsgája.

Elgondolkodott rajta, milyen jó is lenne, ha Paulnak saját gyerekei születtek volna. Határozottan értett a gyerekekhez, jól tudott bánni velük. Arra is gondolt, hogy Paulnak most egy fiatalabb nővel kellene lennie. A férfi még nem késett el a gyerekvállalással, de ő már túl öreg ehhez. Paul most töltötte be az ötvenet, ő meg negyvenkilenc éves. Nem akart még egy gyereket, Aden elég volt neki, nem vágyott a második gyerekkel járó hősi erőfeszítésekre. Élvezte a felnőtt életüket és a szabadságot. Paul határozottan állította, hogy ő sem akar gyereket, nem is akart soha.

A következő héten körülhajózták Olaszország partjait, azután visszatértek Franciaországba. Paul elvitte Maggie-t Saint-Tropez-ba, ahol még sohasem járt. Szezon eleje volt, de már sokan nyaraltak. Élvezték az üzleteket és az éttermeket, éjszakára pedig visszamenekültek a kikötőn kívül horgonyzó hajóra. A *Lady Luck* nem fért volna be a kikötőbe, de egyébként is szívesebben maradtak távol a kikötői nyüzsgéstől és lármától.

Egyik alkalommal, amikor a városban sétálva járták az üzleteket, a paparazzók kiszúrták Pault, utánuk eredtek, és közelről fotózni kezdték őket. Gyors motorcsónakkal a nyomukban voltak akkor is, amikor visszamentek a *Lady Luck*ra, emiatt Paul megkérte a hajó személyzetét, függönyözzék el a fedélzeti étkezőt, hogy nyugodtan meg tudjanak ebédelni. Maggie még nem volt hozzászokva ehhez, és a fotósok rohama meglepetésként érte. A motorcsónakból mindvégig Paul nevét kiáltozták, remélve, hogy majdcsak megjelenik, de csalódniuk kellett. Paul Maggie-vel együtt megmaradt a függöny diszkrét takarásában.

– Ez annyira furcsa – jegyezte meg Maggie. – És olyan tolakodó – tette hozzá.

– Egy idő után megszokod – mosolygott rá Paul. – Habár én is furcsállom néha. Ha visszajönnek, kihozom a szuper vízipuskát. – Maggie csak nevetett.

Zavartalan, vidám csevegés közben megették az ebédet, ami aznap homár volt.

Egyik este diszkóba mentek, miután Maggie azt mondta, hogy szeretne táncolni. Paul bohóc-orrot és műbajuszt ragasztott az arcára, „hogy ne ismerjék fel", és így léptek partra. A Caves du Roy-ba mentek, ahol néhány tánc után a paparazzók újból felismerték őket, úgyhogy taxival kellett visszamenekülniük a kikötőbe, ahol két matrózzal a fedélzetén várta őket a kis motoros hajó. Gyorsan beszálltak, és ezúttal a fotósok nem találtak járművet, amivel utánuk eredhettek volna. Maggie és Paul pár perc múlva már a *Lady Luck* fedélzetén volt.

Amikor Paul kivette a zsebéből, Maggie felpróbálta a bohócorrot, ő pedig lefényképezte, és a képet el is küldték rögtön Adennek, aki pillanatokon belül válaszolt: „Mi történt az orroddal, mami? Megfáztál?" Izgatottan várták a megérkezését, amire már a fiú is nagyon készült.

A következő pár hétben ráérősen hajóztak a tengeren, júliusban pedig, miután három hétig utazgatott a barátaival, Monacóban felvették a fedélzetre Adent. Úgy tervezte, hogy augusztus elején újabb két hétre csatlakozik hozzájuk, azután hazautaznak, és ő röviddel ezután viszszamegy a kollégiumba.

Paul ekkor már négy hónapja csatázott az adóhivatallal, de a háború még korántsem ért véget. Miután a brit adóhatóság úgy, ahogy volt, mindennel együtt elkobozta a penthouse-t, nyilatkozott, hogy nincs több követelése, részéről ezzel lezártnak tekinti az ügyet. Az amerikai adóhivatal ezzel szemben buzgón folytatta a nyomozást. Paul most is, mint eddig, közömbösnek tűnt. Mindezek ellenére Maggie néhány naponta hallotta, amint az ügyvédeivel beszél telefonon. És feltűnően nyugodt volt.

Aden Edinburgh-ból repült Nizzába, ahová a hajó legénységének két tagja ment érte. Maggie, aki csatlakozott hozzájuk, boldog volt, hogy végre láthatja, és a hajón Paul is izgatottan leste a fiú érkezését. Maggie a naptól barnán, kipihenten, kicsattanó egészségben várta a Adent. Előző éjszaka Saint-Tropez-ből visszatértek a monacói kikötőbe, és a legénység egész délelőtt buzgón sikálta a hajót. Paul egy tágas kabint jelölt ki Aden számára, Maggie pedig megbeszélte a séffel, hogy a vacsora csupa olyasmi legyen, ami Aden kedvencei közé tartozik.

Vacsora után Paul el akarta vinni őt a kaszinóba, és ha lesz hozzá kedve, egy táncos helyre is. Maggie Adennek is bepakolt néhány rendesebb ruhát, mivel a hátizsákban ilyesmit nem hozott magával. Számított rá, hogy a hajóról néha elmennek majd jobb helyekre, ahogy már az első estén is szándékukban állt.

Mihelyt meglátta, felderült az arca, és mosolyogva nézte a feléje közeledő fiát. Szakadt farmerjában, koszos, elnyűtt edzőcipőjében, és a pólójában, amelyen egy skóciai bár neve virított, egészen úgy nézett ki, mint egy nyári táborból hazajövő gyerek. Csupa gubanc volt a haja, a hátizsákján meg mintha egy teherautó hajtott volna át. Láttára Maggie-t elfogta a nevetés.

– Mi olyan vicces?

– Úgy nézel ki, mint egy tízéves gyerek, amúgy meg boldog vagyok, hogy látlak. – Aden már tizenkilenc éves volt, de ő még mindig gyereknek látta. A fiú ekkor átkarolta a vállát, majd miután bemutatkozott a két matróznak, akik nem sokkal voltak idősebbek nála, együtt kiballagtak a repülőtér termináljából. Az egyik matróz skót volt, és Aden Monacóba menet az úton elmesélte neki, hogy mit csináltak Edinburgh-ban.

– Veszünk valami kaját útközben? – kérdezte aztán anyjától. – Éhen halok. Nem ebédeltem.

– Kapsz valamit a hajón – ígérte Maggie, mire Aden bólintott. Az interneten látott egy képet a *Lady Luck*ról, de csak egy nagy vitorlás hajót tudott kivenni rajta, arról sejtelme sem volt, hogy milyen kényelem és jólét várja ott, nem volt fogalma a legénység létszámáról, a tökéletes kiszolgálásról, de még a hajó szépségéről sem. Leesett az álla, amikor a kikötőbe érve meglátta a több mint hatvan méter hosszú, méretei ellenére is kecses hajót.

– Hű, anya! – suttogta elképedve. – Nem gondoltam, hogy ilyen óriási!

Paul a tiszteletére felsorakoztatta az egész legénységet. Hófehér egyenruhájuk sötétkék gallérjára rá volt hímezve a hajót jelképező elegáns kettős L betű, a vállukon pedig aranybojt díszelgett. Mind a huszonnégyen tisztelegtek a hídról lelépő Adennek, aki lenyűgözve fogott kezet az emberei előtt mosolyogva álló Paullal. Rövid csevegés után Paul kimentette magát, mondván, el kell intéznie egy telefont, de egy perc múlva visszajön.

Aden körülpillantott, aztán anyjával együtt leült a fedélzeti étkezőben, hogy megvárják Pault. Közben fülig érő szájjal nézte a fedélzeten tevékenykedő embereket.

– Ez hihetetlen. És ő is iszonyú jó fejnek látszik. De tudtam, hogy az lesz. – Ebben a pillanatban valami elzúgott közvetlenül a feje felett, és amikor Aden lekapta a fejét, már robbant is a szertefröcskölő vízi ballon a tőlük alig három méterre lévő árbócon. Amikor felpillantott, Paul vigyorgott rá a kormányállás fedélzetéről.

– Ezért még megfizetek! – kiáltotta oda Aden, épp amikor egy újabb lövedék süvített el a feje mellett. De már akkor rohant is fel a lépcsőn, Paul pedig lemutatott a mellette lévő, ballonokkal tele víztartályra. Ettől kezdve egyesült erővel célozták meg a legénység tagjait, akik elfutottak, így a bombák a fedélzeten robbantak, éppen csak elkerülve a mellettük elhaladó motoros jacht utasait, ők meg nevetve bújtak le a kormányállásban, mint két vásott kölyök.

– Vannak puskák is – hencegett Paul, de aztán inkább lementek Maggie-hez. Az asztalra már ki volt készítve Adennek egy tálca szendvics, egy nagy pohár limonádé, egy tányéron pedig frissen sült sütemény illatozott. – Később majd kijjebb megyünk, és kipróbálhatod a vízipisztolyokat – ígérte Paul; Aden arcáról egy másodpercre sem tűnt el a vigyor. Kisvártatva, már evés közben, észrevette a kalózzászlót is.

Miután evett, az egyik stewardess elvezette a kabinjába, aminek láttán megint tátva maradt a szája. Megnézte a társalgót, kicsit körülnézett a hajón, majd félóra múlva elindultak a kikötőből Saint Jean-Cap-Ferrat felé, hogy a délután fennmaradó részében kedvükre úszkálhassanak a tengerben. Paul természetesen elhozta a vízipisztolyokat is, és nagyszabású vízi csatát vívtak a legénységgel, mielőtt viszszamentek a kikötőbe. Maggie ezalatt beült az étkezőbe, hogy ne áztassák csuromvizesre. Utána újból úsztak egyet mindnyájan. Eldöntötték, hogy valahol a közelben fognak vacsorázni, és csak utána mennek vissza a monte-carlói kikötőbe, mivel a kaszinóba úgyis csak későn érdemes benézni.

Mire leültek vacsorázni, Aden és Paul már jó barátok voltak; Aden egyenesen úgy érezte, mintha ősidők óta ismernék egymást. A Paul által szervezett vízi csata fenomenálisan sikerült. Aden a legénység több tagjával, csupa fiatal és szimpatikus fiúval is beszélgetett, akik szolgálat közben mintaszerűen viselkedtek. Paul vacsora közben az utazásáról és az egyetemről kérdezgette Adent, ő pedig, kissé elfogódottan az autóversenyzésről faggatta Pault. Anyját meglepte, hogy Aden milyen sokat tud erről a sportról, és hogy a fiú nyilván tanulmányozta Paul élettörténetét. Ez láthatóan Pault is meghatotta.

– Úgy tudom, te jégkorongozol – mondta, és kedvtelve figyelte, amint Aden eltüntet egy hatalmas darab marhasültet. Maggie rendelte neki, mert tudta, mennyit tud enni a fia, akin egyébként ez nem látszott meg. Magas, vékony, feltűnően széles vállú fiú volt.

– Igen, nagyon szeretem, de az egyetem után nem akarok profi játékos lenni – magyarázta Aden. – Valami mást szeretnék csinálni, csak még nem találtam ki, hogy mit. Gondolkozom a sportmenedzseri vagy a tévés sportközvetítői pályán. – Maggie megkönnyebbült, hogy Aden nem kacérkodik ezeknél veszélyesebb dolgokkal. – És szeretnék órákat venni repülésből is. – Maggie ezt már nem szívesen hallgatta.

– Szerintem okosan teszed, ha nem akarsz az első ligában játszani – jegyezte meg Paul. – Huszonöt éves korodra ott állsz majd foghíjasan, tönkrement térdekkel.

Aden nevetett, de egyetértett vele.

– Te hogy lettél autóversenyző? – kérdezte.

– Eleinte, középiskolás koromban, abban az időben, amikor megismertem a mamádat, motorkerékpárral indultam versenyeken. Utána pár évig Mexikóban versenyeztem, majd egy kis szünet után átváltottam az autókra. Valahogy egyik elvezetett a másikhoz. Megnyertem néhány fontos versenyt, és lett egy máig meglévő szponzorom. A versenyzés jót tett nekem. De figyelmeztetlek, a mamád megöl engem, ha elkezdesz autóversenyzéssel foglalkozni – mondta félig komolyan.

– Tudom – nevetett Aden. – A repülőkért sem lelkesedik. – Mindannyian tudták az okát. – Szeretném kipróbálni a sárkányrepülést. Néhány barátom Vermontban űzi ezt a sportot. Nagyon menő lehet.

– És veszélyes – mondta Paul. Aden bólintott, de nem látszott rajta, hogy elment volna a bátorsága.

– Felmehetek holnap az árbócra? – kérdezte. – Az egyik embered mondta, hogy van egy ülés, ami fölvisz egészen a csúcsára.

– Fölmehetsz, ha a mamád megengedi. – Paul Maggie-re nézve hozzátette: – Biztonságos. Én számtalanszor felmegyek. Nem tud leesni.

Maggie kis habozás után bólintott.

Vacsora végeztével a motort bekapcsolva visszahajóztak a kikötőbe. Lezuhanyoztak, felöltöztek, és egy pohár pezsgő után, ami Maggie-nek sem volt ellenére, Aden nagy örömére elindultak a kaszinóba.

Paul leült a kártyaasztalhoz, Aden és Maggie pedig megálltak mögötte. Aden élénken figyelte a játékot. Paul percek alatt nyert tízezer eurót, megduplázta, és mielőtt, elragadta volna a játék heve, felállt az asztaltól. Nem akarta, hogy Maggie úgy érezze, elrontja a fiát, de azt is látta, hogy Aden jó gyerek, okos, élettel teli, és ég a vágytól, hogy felfedezze a világot. Korántsem volt olyan vad és félelmet nem ismerő, amilyennek Maggie beállította, de jámbornak sem lehetett mondani. Paul értelmes gyereknek látta, pontosan olyannak, amilyen fiút szeretett volna, ha annak idején neki is születik gyereke. Tisztességes és az értékeket becsülő ember volt, mint az anyja, tisztelettel beszélt az apjáról, és nagyon élvezte Paul társaságát.

A kaszinó után diszkóba mentek, de nem maradtak sokáig. Paul egykettőre kiszúrt néhány nagyon csinos fiatal prostituáltat, akik viszont Adent szemelték ki maguknak, amit Paul nem vett jó néven, és még időben visszavonulót fújt. Addigra már elég későre járt az idő, hajnali három óra felé. Mindent összevéve szórakoztató éjszakájuk volt.

Másnap Aden és Paul korán felkelt, Maggie pedig épp akkor jött reggelizni, amikor Adent szép lassan felfelé vonták az árbóc csúcsára. Amikor ismét földet ért, lelkesen mesélte, milyen gyönyörű kilátás nyílt odafentről. Reggeli után kimentek úszni, aztán Paul és Aden kipróbálta az új jetskiket, délután pedig horgászni mentek.

Aden végül majdnem három hétig maradt. Nem szívesen ment el, mert mint mondta, élete legjobb három hetét töltötte a hajón, de nem akart csalódást okozni a barátainak, akik vele együtt akarták befejezni európai körutazásukat.

Az utolsó napon ádáz vízi csatát rendeztek, csak úgy röpködtek a vízi ballonok, és üzemben volt az összes vízipisztoly és vízipuska. Mindenki csuromvizes lett, beleértve a kapitányt és az első tisztet, de még Maggie-t is, és mindkét tábor önmagát kiáltotta ki győztesnek.

Adenen őszinte szomorúság látszott, amikor el kellett indulnia, és utoljára ölelték meg egymást Paullal.

– Mielőbb gyere vissza a mamáddal – mondta Paul megindultan. – Átkozottul unalmas lesz itt az élet nélküled. És vigyázz rá, amikor én nem vagyok ott. Szeptemberben lesz egy versenyem, és dühös lesz, ha összetöröm magam. Egyszer el kell jönnöd, hogy megnézz egy versenyt. Feltéve, hogy ő megengedi. – De maga sem hitte, hogy Maggie megengedné.

– Szeretnék – felelte Aden, és látszott rajta, hogy majdnem elsírja magát. Maggie nem is fogta fel, mennyire hiányzik neki a férfitársaság, ráadásul Paul eszményi apafigurának bizonyult. Ő volt a tökéletes hős, akire fel lehetett nézni. Rengeteget játszottak a hajón, esténként pedig filmet néztek, úsztak, vitorláztak, horgásztak. Aden Paul példáját követve motorcsónakos vontatással ejtőernyőzött és vízisízett.

Voltak hosszú beszélgetéseik Aden jövőjéről és Paul életfelfogásáról. Aden megtudta tőle, hogy némileg bánja, amiért annak idején nem állapodott meg, de nem ilyen volt a természete. Most viszont szerencsésnek tartja magát, amiért újra összetalálkozott Maggie-vel. Egy rendezettebb élet nem rossz dolog annak, aki megtalálja az igazi nőt. Ő akkor, amikor ennek eljött az ideje, nem találta meg, most meg már csak élvezi az életet, amíg véget nem ér.

– Vigyázz magadra – mondta Aden, amikor búcsúzóul megölelték egymást, aztán elhagyta a hajót. A kikötőből még visszaintegetett. Maggie elkísérte a repülőtérig, ahonnan szomorúan jött vissza.

– Szeret téged – mondta gyengéden Paulnak. – Látom rajta, hogy szeret. Köszönöm, hogy ilyen jó vagy hozzá.

– Én is szeretem őt. Remek kölyök. Nagyon hiányzik neki az apja. Sohasem tudnám átvenni a helyét a szívében. Én nem az a fajta fickó vagyok. Ti ketten nagyszerű fiút neveltetek fel, és megtanítottátok őt minden helyes dologra. Most már lehetek a barátja. Megtiszteltetés lenne számomra.

– A világ legnagyszerűbb emberének tart téged – mosolygott rá Maggie. – Hajlok rá, hogy egyetértsek vele – tette hozzá, és odahajolt, hogy megcsókolja Pault. A férfi az ölébe ültette, és egymást átölelve nézték, amint Monaco felett lenyugszik a nap. Aznap éjszaka kihajóztak Korzika felé. Paul szeretett éjszaka vitorlázni, és ezen az úton Maggie is megszerette. Az út egy részét azonban bekapcsolt hajómotorral kellett megtenniük, mert Korzikán át Szardínia felé már nehezebb szakasz következett.

– Fantasztikus nő vagy, Maggie – mondta Paul. – Már értem, miért nem szereted az őrült rizikókat. Adennek szüksége van rád. És nekem is.

– Ahogy nekem rád… próbáld meg észben tartani – válaszolta Maggie elkomolyodva, és Paul bólintott. De nem ígért semmit. Ahogy máskor sem. Tudta, hogy az az erő, ami hajtja, hatalmasabb nála. Talán erősebb még a Maggie iránti szerelménél is.

Tizenharmadik fejezet

Maggie augusztus közepén elbúcsúzott Paultól, és visszarepült az Államokba, hogy együtt lehessen Adennel, aki két hétig otthon maradt, mielőtt visszatért volna Bostonba, az egyetemre. Gyakran emlegette Pault. A hajón töltött idő után már nem talált valódi örömöt az útja fennmaradó részében. A hajóhoz semmi sem volt fogható, de nem csak erről volt szó, hanem Paulról is, akit mindenkinél jobban tisztelt. Bátor harcosnak és hősnek látta, aki a szerint él, amiben hisz, és egész életében hű maradt önmagához. Anyja egyetértett vele, de azt is látta, hogy ez mibe került neki, és hogy rajta kívül Paulnak nincs senkije. Autóversenyzői képességei tagadhatatlanok voltak, azt is mondták, hogy a versenypályán neki van a legjobb szeme és a legjobb reflexei, az idegei pedig egyenesen acélból vannak.

Paul szeptemberben, az Olaszországban rendezett versenyen megint jól teljesített. Ezúttal első helyezést ért el, méghozzá sértetlenül. Valahányszor élve fejezett be egy versenyt, Maggie úgy érezte, mintha a halálból tért volna vissza. Őt nem érdekelte, győzött-e Paul vagy veszített, csak azt akarta, hogy élje túl a versenyt. Egyedül ezért imádkozott.

Maggie egy hetet Chicagóban, egyet New Yorkban töltött; járta a galériákat, hogy ötleteket merítsen a majdani online vállalkozásához. Már volt egy listája azokról a művészekről, akiket képviselni akart, és apránként egyre közelebb került a terve megvalósításához. Megint részt vett a Bostoni Egyetem által rendezett szülők hétvégéjén, utána pedig elrepült Párizsba, hogy ott találkozzék Paullal, akinek az adóhivatallal folytatott harca még nem ért véget, de már közelebb kerültek a megállapodáshoz. Anyagilag kétségtelenül óriási érvágást készülnek ejteni rajta, de nem nagyobbat, mint amire számított, vagy amit hajlandó volt odaadni. Végül október végén közöltek egy számot, amivel mind Paul, mind a kormány megelégedett.

Paul rendezte a számlát, és nem is ment bele tönkre. Újra félelem nélkül mehetett az Államokba, nem kellett attól tartania, hogy letartóztatják adóeltitkolásért. Maggie meghívta, hogy töltse velük a hálaadást Lake Forestben, ő pedig lelkesen elfogadta. Aden is várta az újabb találkozást, Maggie pedig örült, hogy Paul végre eljön hozzájuk. Szerette volna megmutatni neki az otthonát, noha egyszerű volt, nem olyan grandiózus, mint Paul bármelyik lakása. Maggie-nek szándékában állt összeismertetni őt Helennel és Jeff-fel. Jeff már nagyon szeretett volna találkozni vele. Helen is, csak ő más okból, tekintve, hogy Maggie ekkor már majdnem egy éve együtt volt Paullal.

Mielőtt az adóhivatallal való megegyezés után visszatértek volna az Államokba, Párizsból Londonba repültek, ahol Paul vett egy másik lakást. Nem volt olyan nagy, mint az elkobzott penthouse, de barátságos és gyönyörű lakás volt, Maggie-nek is nagyon tetszett. Paul legalább annyira neki vette, mint magának, és Aden számára is volt benne egy lakrész, hogy amikor csak akarja, meglátogathassa őket. Maggie úgy tervezte, hogy az ünnepek elmúltával áll neki berendezni.

Paul elmondta, hogy New Yorkban is szeretne fenntartani egy lakást, mivel ott is vannak cégei. Maggie arra gondolt, hogy az online galériájának New Yorkban és Londonban lenne a székhelye, esetleg mindkét helyen egy-egy képviselővel, aki találkozna az ügyfelekkel, hogy megmutassa nekik a megfontolás tárgyát képező műveket. Volt még néhány dolog, amit meg kellett oldania, de az új évben el akarta indítani a vállalkozását. Azt tervezte, hogy diaképeken mutatja meg az általa felfedezett kezdő festők műveit. Az árakat a közepestől lefelé, az alacsonyabb árkategóriába állítja be, hogy tehetséges művészek értékes alkotásait elérhetővé tegye olyan gyűjtők számára, akik nem tudnak vagyonokat áldozni rá. Nem volt biztos benne, hogy ezzel pénzt tud keresni, de tetszett neki a gondolat, hogy kezdő művészeket összehozzon fiatal műgyűjtőkkel.

Paul kezdettől fogva bátorította, és büszke volt rá, hogy Maggie önálló vállalkozásba akar kezdeni, méghozzá egy eredeti elgondolással. Ez tetszett neki, sőt venni is készült tőle egy képet, amit egy fotón látott. És ha lenne ügyfelük Chicagóban, Helen is boldogan beszállna. Maggie már bejegyeztette az M. M. Mackenzie nevet az új vállalkozásához.

Miután megvette a lakást Londonban, Paul egy hetet ott szándékozott tölteni, mialatt Maggie hazarepült Lake Forestbe, hogy felkészítse a házat Paul és Aden fogadására. Belegondolt, hogy milyen furcsa lesz megosztani vele a hálószobáját, de Brad már két éve elment, és úgy érezte, mi sem természetesebb, mint hogy az otthonába fogadja Pault.

Mielőtt Londonban elbúcsúztak, Paul emlékeztette, hogy a hálaadás ünnepét követő napon Kanadába megy síelni. Korábban is említette már futólag, de Maggie csak fél füllel hallotta meg. Ezt az utat Paul minden évben megtette négy barátjával és egy túravezetővel.

– Miért pont akkor mentek? – kérdezte Maggie csalódottan, amiért Paul nem marad egész hétvégére.

– Mindenkinek, a vezetőnek is ez a legjobb időpont.

– És Kanadán belül hol lesztek?

Paul őt nem hívta, hogy tartson velük, mint mondta, csak férfiak mennek, valamennyien tapasztalt sízők. Ketten közülük az Everestet is megmászták vele, így ismerte meg őket.

– Brit Kolumbiában. Revelstoke-ban. Onnan repülünk tovább a Vancouver melletti Kelownába, ahonnan helikopter visz ki Selkirk és a Monashee-hegy lejtőihez. – Ide csak helikopterrel lehetett eljutni. – A szállásunk a hegy lábánál van. A helikopter naponta felvisz bennünket a hegytetőre, a síterepre. Zord terep, de fantasztikus síelni rajta. A legjobb, amit csak el lehet képzelni.

Maggie egy percig szótlanul gondolkodott a hallottakon, aztán ránézett Paulra.

– És a legveszélyesebb is, ha jól emlékszem.

– Nem feltétlenül. Mindnyájan jól tudunk síelni. A vezetőnk a Hegyivezetők Nemzetközi Szövetségének tagja, ráadásul ezúttal mögöttünk is jön egy vezető. Mindenkinél lesz rádió-adóvevő, ásó és szonda, és viszünk lavinafelszerelést is. Mindenünk lesz, ami csak kell. A vezetőnk jól ismeri a terepet, és a pilóta évek óta ezt csinálja. Tizedik éve lesz, hogy oda járunk. – Maggie szerette volna megkérni, hogy ne menjen, de nem kívánhatta tőle, hogy dobjon el mindent, amit az életben szeret, ezért inkább nem szólt semmit. Paul látta a tekintetén, hogy fél, gyorsan magához ölelte, de Maggie teste merev maradt a karjában. – Nem lesz semmi bajom, Maggie. Ígérem.

– Megrémítesz – suttogta Maggie. – Miért szeretsz csupa-csupa veszélyes dolgot művelni? – De hát ez volt Paul, tizennyolc éves kora óta tudta róla, de ettől még nem volt könnyebb együtt élni vele. Minél jobban szerette, annál nehezebb volt elviselnie. Mások váratlan balesetekben, vagy a sztrádán, vagy Bradhez hasonlóan repülőszerencsétlenségben, netán kocogás közben infarktust kapva haltak meg, amit nem lehetett előre látni, de Paul minden alkalommal, akár játszott, akár versenyzett, kockára tette az életét, amelyet mindannyiszor vissza kellett lopnia a halál angyalától. És mi lesz, ha egyszer veszít? Maggie kezdettől fogva tudta, hogy ez is benne van a pakliban.

Aznap este már nem beszéltek róla, és másnap reggel sem, amikor Maggie felszállt egy Londonból Chicagóba tartó repülőgépre. Semmi értelme nem volt újra felhozni a kanadai síelés témáját. Ez is olyasmi volt, amivel együtt kellett élnie, mint az autóversenyzéssel. A legutóbbi győzelme minden korábbinál elbizakodottabbá tette Pault. A veszély úgy kellett neki, mint másnak a levegő. Útban Chicago felé a gépen

Maggie eltöprengett ezen, és igyekezett megbékélni Paul és a barátai helikopteres sítúrájának gondolatával. Úgy vélte, ha még egyszer előhozná a témát, az már nyaggatásnak minősülne. Végtére is eddig már kilencszer túlélte, valószínűleg most is túl fogja élni. Ilyen egy igazi férfi, győzködte magát.

Mihelyt hazaért Lake Forestbe, nyomban munkához látott. Ez újabban már mindig így volt, attól kezdve, hogy meglátta a magára hagyott, kopottas lakást. Az elmúlt évben Paul életének fényűző helyszínei, a *Lady Luck*, a párizsi Ritz pazar lakosztálya, az akkor még meglévő gyönyörű londoni teraszos tetőlakás és a város egyik legjobb környékén lévő új lakás között ingázott.

Lake Forest és az itteni szerény otthona az élete realitására emlékeztette, és arra, hogyan éltek Braddel csaknem húsz éven keresztül. Nagyon kényelmes otthonuk volt, nagyon szerette, de az utóbbi időben elkényeztették, és nem tudta, mit szól majd hozzá Paul, amikor meglátja.

Amennyire csak tudta, megpróbálta kicsinosítani, kidobott néhány régi, kissé már megviselt díszpárnát a kanapéról, új szobanövényeket vett, és a vázákba virágot tett. Amit lehetett, felfrissített, kicsit átrendezte a hálószobát, de minden igyekezete ellenére a ház továbbra is szomorúnak látszott. Csak most eszmélt rá, hogy noha boldogan éltek itt, milyen csekély varázsa volt az otthonuknak. Az élete most máshol folyt Paullal, és azon gondolkozott, vajon Aden nem fogja-e hozzá hasonlóan szegényesnek látni, amikor majd hazajön. Vagy az ő korában az ilyesmit még nem veszik észre, és neki egyszerűen csak az otthont fogja jelenteni? Anélkül, hogy akarták volna, észrevétlenül kinőtték a házukat, és a nagyobb terek után, amikhez hozzászokott, Maggie kicsinek látta.

Aden azonban láthatóan boldog volt, hogy hazajöhetett. Még azokat az apróságokat sem vette észre, amivel anyja javítani akart az összképen. Olyannak szerette az otthonát, amilyen volt, soha nem akarta, hogy Maggie bármit is megváltoztasson a szobájában.

Amikor Paul megérkezett, csak őt látta, amint a házuk ajtajában állva várja, hogy megölelhesse. Nagy lépés volt ez mindkettőjük számára, és ettől valóságosabbnak tűnt a kapcsolatuk.

Aden rögtön a pártfogásába vette Pault, és elvezette az összes kedvenc helyére: a tóhoz, ahol korcsolyázni tanult, mindkét régi iskolájához, a város főutcájára, ahol az üzletek sorakoztak, és ahol a barátaival csellel rávettek valakit, hogy menjen be, és vegyen nekik sört, pedig még csak tizenhat évesek voltak. Megmutatott minden, számára fontos helyet, és Paulnak nagyon tetszett a dolog. Úgy érezte, mintha újra átélné vele a gyerekkorát, és ez önmaga egy jobb változatára emlékeztette, mivel neki nem volt stabil családja, Adennek viszont volt. Egy pillanatra megirigyelte azt, ahogyan Aden felnőtt, hogy volt anyja és apja, akik szerették őt és egymást, volt nyugodt otthona, ahol nem érhette semmi bántódás, hogy rendes iskolába járt, olyan gyerekek közé, akik később egyetemre mentek, aztán majd megházasodnak, és gyerekeik lesznek.

Paulnak mindebből semmi sem jutott gyerekként, apa nélkül, neki kellett gondoskodnia magáról, és rögtön az érettségi után meg kellett állnia a maga lábán. Következett Dél-Kalifornia, aztán Mexikó, hogy beteljesítse a sorsát, és megtalálja a szerencséjét. Végül minden jól, sőt annál is jobban alakult, csak éppen neki nincsenek meg azok a szép emlékei, amik Adennek megvoltak, és amiket most megosztott vele. Aden megkapta mindazt, amiről Paul csak álmodozhatott.

Paul élete mindvégig annak a valaminek a kereséséből állt, amit sehol sem talált meg – mert itt volt Maggie-vel és Adennel. Ezért most arra vágyott, hogy örökre itt maradhasson velük, és megpróbálja visszaforgatni az idő kerekét, hogy újrakezdhesse. Mélyen meghatotta ez a barangolás Adennel, és miután visszaértek és négyszemközt maradt Maggie-vel, el is mondta neki.

– Aden nem tudja, milyen szerencsés gyerek – mondta halkan, mire Maggie-nek eszébe jutott a viskó, amelyben Paul lakott, az anyja, aki alig keresett annyi pénzt, hogy enni adhasson a fiának, és az apja, aki lelépett és felszívódott. Alaposan kárpótolta magát mindezért, de közben egész életében harcolt a saját démonaival, küzdött, hogy életben maradjon, kereste a kihívásokat, felmászott minden hegyre, győzött minden versenyben, és ez mindmáig így volt. Átölelte, Paul pedig a homlokát a homlokához támasztva fürdött annak a szeretetnek és stabilitásnak a melegében, amit Maggie adott neki, és amiben mostanáig sohasem volt része. Egy pillanatra elfogta a kísértés, hogy azt mondja, nem megy el a sítúrára a barátaival, de akkor azt fogják hinni róla, hogy elment az esze. Pedig most semmi mást nem szeretett volna, mint vele maradni. Nem szólt semmit, de Maggie szavak nélkül is érezte a kettőjük közötti szoros köteléket.

Paul a hálaadás előtt három nappal érkezett, és Maggie aznap vacsorára fasírtot sütött. Paulnak nagyon ízlett. Másnap este a Watsons'ba mentek, hogy ott találkozzanak Helennel és Jeff-fel. Jeff kisajátította Pault, de Helen látta, Paul milyen szeretettel veszi körül Maggie-t, és már csak ezért, meg persze azért is, ahogyan Maggie nézett Paulra, meg kellett szeretnie őt. Szerencsés nő, gondolta magában, két férfi is volt az életében, akik igazán szerették. Vannak nők, akiknek egy férfi szeretete sem adatik meg soha.

Neki és Jeffnek voltak hullámvölgyeik, és időbe telt, mire végül elfogadták, hogy sohasem lesz pontosan az, amit egyikük vagy másikuk akart, de így is elég jó volt. De az, ami Paul és Maggie között volt, nagyon különbözött ettől. Mintha két rokon lélek talált volna végre vagy újra egymásra. Helen fejében még az is megfordult, hogy Maggie talán Bradhez sem illett enynyire, mint Paulhoz, de ezt az elhunyt férj iránti tiszteletből sohasem mondta volna meg neki. Paul az a férfi volt, akiről minden nő álmodik, de ezek az álmok csak a ritka kevesek számára válnak valósággá. Maggie egy volt közülük.

– Ha nem mész hozzá, én megteszem – súgta oda Helen a barátnőjének.

– Meg sem kért – felelte Maggie nevetve. A téma voltaképpen fel sem merült, de Maggie sem vágyott rá, hogy Paul felesége legyen, jól érezte magát így is. Megvolt mindenük, amit akartak és ami kellett, egyáltalán nem volt biztos abban, hogy a boldogsághoz szükség van a házasságra, és hogy ő maga ambicionálná-e. Ha hozzámenne, könnyen lehet, hogy a végén újra megözvegyülne. Ámbár ha a versenypályán megöletné magát, akár házasok, akár nem, az mindenképpen szörnyű lenne. – Úgy gondoltam, hagyom kicsit lehiggadni, mielőtt foglalkoznék ezzel a kérdéssel. Talán majd ha nyolcvan- vagy kilencvenéves lesz. Nem hiszem, hogy sokkal hamarabb civilizált emberré válhat. Előbb el kell égetnie a fölös energiáit. Hogy mást ne mondjak, a hálaadás utáni napon helikopteres sítúrára indul. Tisztára őrült.

Jeff meghallotta, amit Maggie mondott, és rákérdezett, mire Paul elárulta, hogy már tíz éve űzi ezt a sportot.

– Mára én lettem az öreg a csapatban, de még engedik, hogy velük menjek. Úgy gondolom, jövőre abbahagyom. Most töltöttem be az ötvenet, ez lesz az utolsó ilyen túrám.

– Mindig is szerettem volna kipróbálni. Helen nem engedné – sandított oldalról Jeff a feleségére, aki a szemét forgatta.

– Nem gond. Csak hagyd itt nekem egy számlán a fiúk egyetemi tanulmányainak teljes összegét, és elmehetsz helikopteres sítúrára, amikor csak akarsz – közölte csípősen.

A többiek nevettek, csak Helen arca maradt komoly. Három gyerek súlyos anyagi teherrel jár, még úgy is, hogy Jeffnek jó állása volt. Helen a gyerekek miatt feladta a reklámszövegírói állását, így egy fizetésből kellett kijönniük, ami nem volt könnyű.

Aden, Maggie és Paul másnap este a városban vacsoráztak, Aden pedig utána szórakozni ment a barátaival. A hálaadást másnap otthon ünnepelték.

Maggie az anyja legszebb csipketerítőjével terítette meg az asztalt. Elővette a Brad szüleitől rájuk maradt porcelán étkészletet, amihez a kristálypoharakat már ők vásárolták. A pulyka aranybarnára sült, a zöldségköretet mintha egy festőművész álmodta volna vászonra. A pulykát Aden vágta fel úgy, ahogy évről évre apjától látta, Paul pedig felbontotta az üveg bort, amit Adennel vásároltak előző nap. Az étel nemcsak szemet gyönyörködtető, de finom is volt, a desszerttel pedig kiváltképpen remekelt Maggie: volt almás, sütőtökös, mazsolás-almás és pekándiós kosárka tejszínhabbal és vaníliafagylalttal.

Igazi lakoma volt, s közben élénk és vidám csevegés folyt az asztalnál. Aden felrakott valami zenét, amire mindhárman táncoltak, aztán ő megint elment a barátaival, Maggie és Paul pedig rendbe rakták a konyhát, majd megint táncoltak, amíg szólt a zene. Az utolsó szám egy régi dal volt a múlt század negyvenes éveiből, amit Maggie mindig is szeretett, és emlékezett rá, hogy az anyja gyakran énekelte.

– Ha most, ebben a percben meghalnék, boldog ember lennék – suttogta Paul, Maggie pedig mosolyogva válaszolta:

– Én is boldog vagyok. Attól is, hogy itt vagy. Féltem, hogy esetleg nem találod elég szépnek a házat. Már hozzászoktál a leggyönyörűbb helyekhez.

– Ne felejtsd el, hol nőttem fel – emlékeztette Paul. – Mindig arról álmodoztam, hogy egyszer nekem is ilyen házam lesz. Az, amim most van, merő véletlen. Lottófőnyeremény, tisztában vagyok vele. Ez az, amit mindig is szerettem volna, de nekünk nem volt. Ez a ház az álmom. Tetszik nekem, és szeretem, hogy te és Aden is itt vagytok. Boldog voltam, hogy megmutatta a szívéhez közel álló helyeket, az iskolát, az uszodát, mindent.

Maggie azért ment hozzá Bradhez, hogy ilyen élete lehessen. Paul most megértette, és azt is, hogy Maggie-nek igaza volt. Ennél többre nem is volt szükségük. Igazából senkinek sem lenne szüksége ennél többre. Ez tette az embereket erőssé és egészségessé, hogy ne a szivárványt kergessék egész életükben. A végén ez volt a szivárvány és az arannyal teli fazék. Ezt kergette a legtöbb ember, de nem találta meg soha. Ahogy ő sem. Irdatlan gazdagságra tett szert a hírnevéből, a befektetéseiből, a kockázatokból, amiket vállalt, de ezt a fajta szilárd alapot sehol sem találta meg, és tudta, hogy Maggie nélkül nem is fogja megtalálni.

Ezt Maggie is tudta. Paulnak szüksége volt rá. A maga erejéből soha nem találná meg azt, amit keres. Maggie reménykedett, hogy ez a fajta szeretet elég lesz ahhoz, hogy ne kelljen tovább kergetnie a száguldó villámokat, vagy az égből lezuhanó veszélyeket. Hogy ne kelljen megmásznia az Everestet. Ha erre egyszer rájönne, nem kellene mást tennie, mint hazajönni. Remélte, hogy egy napon erre is sor kerül.

Egy darabig a kandalló előtt üldögéltek, azután felmentek a hálószobába, és szeretkeztek. Maggie már nem érezte Brad jelenlétét a szobában. Őt már örök nyugalomra helyezték. A hálószoba ma már az övé volt, és őszintén, nyíltan osztotta meg Paullal. A férfi aludt el hamarabb, Maggie pedig mosolyogva nézte, és meg-megsimogatta a haját, mint egy kisgyerekét. Azután ő is elaludt mellette.

Paul úgy tervezte, hogy másnap hajnali négy órakor indul bérelt autójával vissza Chicagóba, ahonnan a saját gépével repül majd tovább a barátaival megbeszélt találkozókra. Útközben két helyen tervezett megállást, hogy felvegye őket, és együtt folytassák az útjukat északra, ahol a nagy kaland várt rájuk. Nehezére esett elválni Maggie-től, arra gondolt, hogy bárcsak mellette maradhatna a jó meleg, puha ágyban. Össze kellett szednie az erejét, hogy fel tudjon kelni.

Maggie hálóingben kísérte le a földszintre. Egy termoszba kávét töltött, hogy Paul magával vihesse, aztán fagyoskodva megállt az ajtóban egy búcsúcsókra. Odakint jéggé fagyott a föld.

– Menj be, mielőtt tüdőgyulladást kapnál! – suttogta Paul. Nem akarta felébreszteni Adent, akitől már az este elköszönt. Karácsonyra vissza akart jönni, addig már csak egy hónap volt hátra.

Maggie az egész decembert Lake Forestben töltötte. Brad halálának második évfordulója előbb lesz, mint ahogy Paul megérkezik, egyedül kell majd átélnie azt a napot. Aden téli szünete is aznap kezdődik, attól kezdve, hogy hazaér, már együtt lesznek.

Még egyszer megcsókolta Pault, integetett utána, amíg beszállt a kocsiba, begyújtotta a motort, majd visszaintett neki, és elindult. Maggie a hidegtől reszketve visszament a házba. Arra gondolt, hogy milyen széppé tette a hálaadásukat az, hogy Paul eljött. És hogy már szinte a családhoz tartozónak érezte magát. Tudta, a férfi igazat mondott a vallomásával, miszerint ez volt élete legjobb hálaadása. Hogy ennél szebb ajándékot Maggie nem is adhatott volna neki. Az első hálaadási ünnepük emlékét soha nem fogja elfelejteni.

Tizennegyedik fejezet

Miután Paul elment, Maggie már nem tudott visszaaludni. Szorongott a sítúra miatt, pedig tudta, hogy butaság aggódnia. Jóllehet Paul volt a legidősebb a csapatban, kiválóan síelt, talán még jobban is, mint a többiek. Mindnyájan hónapokig edzettek, és tökéletes formában voltak. A vezetőjük a szakma egyik legjobbja, és a felszerelésük is a legkiválóbb volt, amit pénzért kapni lehetett. Ismerték a terepet, korábban is jártak már ott, habár többnyire a hó- és időjárási viszonyok döntötték el, hová mennek, így minden túra kicsit más volt, mint az előző. Paul nagyon jó kondícióban volt, ügyelt rá, hogy edzett és erős maradjon. Már járt az Everesten, és ez az út könnyebbnek ígérkezett, mint az akkori. Igaz, hogy az akkori útja tizenhat évvel ezelőtt volt, ő meg harmincnégy évesen teljesítette, úgyhogy a veszélyt nem lehetett lebecsülni.

Paul megadott Maggie-nek egy számot, amit időnként felhívva hírt kaphatott róla. A helikopter diszpécserirodájának telefonszáma volt. Közvetlenül Pault nem tudta felhívni, amerre ők jártak, nem volt mobilszolgáltatás. Rádió-adóvevőn keresztül tudnak majd egymással és a bázissal kommunikálni, és mindannyian vittek magukkal lavinajeladót, hogy ha betemeti őket a hó, valaki rájuk találhasson. A legmodernebb felszereléssel rendelkeztek, ami az ilyen típusú síeléshez szükséges, és a ruhájuk a legnagyobb fagyban is melegen tudja tartani őket.

Paul szerette évente próbára tenni az állóképességét, hogy ellenőrizze az erőnlétét és a rugalmasságát. Óriási volt a személyes teljesítmény érzése, amikor egyheti állandó erőfeszítés után hazaért. Ezután minden évben hónapokon át erősnek és egészségesnek érezte magát. Egyfajta rítus volt ez, a férfiasság próbája, amit Maggie nehezen tudott megérteni. Ő csak szükségtelenül veszélyes kalandkergetést látott benne, mint mindenben, amit Paul csinált. Ő így vagy úgy mindennap próbára tette magát. Így akarta bebizonyítani magának, hogy még él, és még a topon van. Ezt Maggie is megértette, sőt az okait is, de azt szerette volna, ha Paul más módot találna erre, olyat, amivel nem kell az életét kockáztatnia.

Sohasem értette meg az olyan férfias rituálékat, mint a pamplonai bikafuttatás, amelyben meglett férfiak és fiatal fiúk azt kockáztatják, hogy Spanyolország utcáin rohanva felöklelje őket egy bika, holott csak annyit kellett volna tenniük, hogy még időben átugranak egy kerítésen.

Paulnak a legjobb sítudását elővéve kell a legjobb pillanatban és a legügyesebben kiugrania a helikopterből. Mindig egy lépéssel a halálos veszélyt magában rejtő időjárási viszonyok előtt kell járnia, kibírva a csikorgó fagyot, és hibátlanul kell felmérnie a terepviszonyokat ott, ahol le akar siklani. Egyetlen hiba vagy óvatlan pillanat a társai életébe vagy a sajátjába kerülhet. Szerencsejáték volt ez a javából, pontosan az, amit Paul mindennél jobban szeretett. Próbára tenni magát, és győztesen hazatérni. Maggie pedig otthon maradt, hogy napról napra várja őt.

Az első pár napon bőven volt dolga. Aden vasárnap utazott vissza Bostonba. Eddig még semmi hírt nem kapott, de nem is számított rá. Nemigen volt, aki telefonon kereste volna. Felhívhatná a helikopter-diszpécsert, hogy híreket kapjon róluk, de nem akart alkalmatlankodni. Majd hétfőn telefonál, gondolta, de végül letett róla. Hogy elfoglalja magát, az online galériája számára keresgélt a neten. Még bőven volt teendője ahhoz, hogy elindíthassa a vállalkozást.

Kedd reggel, mialatt a kávéját készítette, bekapcsolta a tévét a konyhában, hogy valami barátságos hangot halljon a néma házban. Nem nagyon figyelt oda, hogy kivel beszélgetnek, de aztán látta, hogy a képernyő alján fut valami szöveg, és akkor átkapcsolt a hírcsatornára. Arról beszéltek, hogy előző nap óriási lavina pusztított Nyugat-Kanadában, Brit Kolumbiában, és hogy eltűnt két, tapasztalt sielőkből álló csoport, akiket helikopterrel szállítottak oda. Akkor már majdnem huszonnégy órája nyomuk veszett. Maggie összeszoruló torokkal hallgatta a hírt. Előbányászta a táskájából a Paultól kapott telefonszámot, és remegő ujjakkal bepötyögte. A diszpécser megerősítette, hogy a két eltűnt csoport közül Paulé az egyik. Valóban vittek magukkal lavinajeladót, de jött a vihar, és a mentőhelikopterek nem tudtak bejutni a térségbe. Most azt várják, hogy javuljanak az időjárási viszonyok. Maggie alig tudta megfogalmazni a kérdéseit. Szerette volna megtudni, hogy fagypont alatti hőmérsékleten menynyi ideig bírják élve kivárni, amíg megérkeznek a mentők, de nem volt bátorsága megkérdezni. Egy napig? Kettőig? Négyig? Ötig? Tízig? Semeddig? És mikor lesz az, amikor a helikopterek eljutnak oda?

Elmondták neki, hogy reményeik szerint néhány órán belül eljutnak hozzájuk, de lehet, hogy akár huszonnégy óráig is várniuk kell erre, mert újabb vihar közeledik a térség felé. Őszintén, mentegetőzés és bizonytalankodás nélkül beszéltek vele. Tudták, hogy aki velük megy síelni, tisztában van a veszélyekkel és a kockázatokkal. Paul is ismerte ezeket. Épp ettől volt izgalmas számára a dolog.

– Nagyon rossz időt fogtunk ki – mondta a diszpécser. – Lehet, hogy mindannyian jól vannak, csak túl nagy a távolság köztünk, ezért nem tudjuk venni a jeladásaikat. Be kell jutnunk a térségbe, hogy közelebb legyünk hozzájuk. A csoportban nincsenek újoncok, mindannyian tudják, mit kell tenni ilyenkor. És Nyugat-Kanada legjobb túravezetője van velük. – De Maggie éppúgy tudta, mint a diszpécser, hogy meghaltak már tapasztalt sízők és a legjobb túravezetők is. Abban maradtak, hogy este újra beszélnek egymással, de amikor Maggie telefonált, a diszpécser nem tudott semmi újat mondani neki. A vihar közben megérkezett, és a helikopterek nem tudtak felszállni. A mentőegységek készenlétben álltak, de egyelőre semmit sem tehettek. – Az időjárás dönti el, hogy mit tehetünk odafent – mondta a férfi, és Maggie megköszönte neki a tájékoztatást.

Addigra már Helen is a konyhában ült vele; Maggie első rémületében már reggel felhívta, hogy elmondja, mi történt. Adennek is telefonált, bár nagyon nem szívesen tette, csak nem akarta, hogy a hírekből tudja meg. Adent a hír lesújtotta, és nem ment be az óráira, hanem egész nap otthon figyelte a CNN híreit.

– Ha visszajön, megölöm, amiért ezt teszi a gyerekemmel – sziszegte összeszorított foggal Maggie Helennek. Aden majdnem elsírta magát, amikor elmondta neki.

– Nemcsak Adennel teszi, hanem veled is – válaszolta Helen. – Ezért nem engedem Jeffet fel a hegyre. Nagymenő síelőnek hiszi magát, pedig nem mászta meg az Everestet, mint Paul.

– Annak tizenhat éve, és már ő is ötvenéves. Ehhez túl öreg, ő is tudja. Azt mondta, ez lesz az utolsó éve.

Helen nem akarta magára hagyni, inkább éjszakára is vele maradt. Jeffet annyira megviselte ami történt, hogy felajánlotta, vigyáz a gyerekekre. Aznap este Maggie újra felhívta Adent, de nem tudott neki újat mondani. És másnap, szerda reggel még rosszabbra fordultak a dolgok. A diszpécser elmondta, hogy a jelentések szerint az éjszaka folyamán újabb lavina zúdult a térségre. De legalább az ég kitisztult annyira, hogy a helikopteres mentőjárőrök felszállhattak, és jeleket keresve körözhettek a feltételezett helyszín felett.

Maggie továbbadta a jelentést Helennek, akivel aztán egy újabb napot töltöttek el a konyhájában a hírcsatornákat nézve és időnként felhívva a diszpécsert, várva, hogy hátha jön valami hír. Adennek megmondta, hogy ne üljön otthon, ne gyötörje magát, inkább járjon be az óráira, és majd telefonál, ha megtud valamit. Paul csoportjának ekkor már negyvennyolc órája nyoma veszett. Egy egész évnek tűnt. Maggie-nek eszébe jutottak Paul Everest-történetei, és azon tűnődött, vajon ott is hasonló volt-e a helyzet, mint ez itt.

Újabb végtelennek tetsző éjszaka múlt el várakozással, de ekkor már Helennek haza kellett mennie a gyerekeihez. Reggel nyolckor, miután a fiai elmentek az iskolába, újra eljött. Csütörtök volt, délre megtalálták a másik csoportot. Négyen meghaltak. Ketten belefulladtak a hóba, kettő a nyakát törte, kettejüket pedig kritikus állapotban szállították légi úton kórházba. Paul csoportjának továbbra sem volt nyoma. A mentőhelikopterek felülről pásztázták a térséget, de nem észlelték az adóvevőik jelzéseit. A járőrök arra gondoltak, hogy talán a vártnál gyorsabb ütemben haladtak, és már elhagyták ezt a területet, de szélesebb körben sem fogták a jelüket. Majdnem olyan volt ez, mint a tengeren kutatni túlélők után.

Ez az éjszaka, újra egyedül, még nehezebb volt Maggie számára. Úgy érezte, mintha ismét át kellene élnie Brad halálát. Újra jelentkezett poszttraumásstressz-betegségének valamennyi tünete, amelyeket minden erejével igyekezett figyelmen kívül hagyni. Ami most történik, azt semmivel sem tudta igazolni a maga számára. Paul nem a hazája szolgálatában, kötelességteljesítés közben halt meg, mint az öccse Irakban, pedig Maggie azt is értelmetlen halálnak tartotta. Nem a munkája végzése közben halt meg, mint az apja. Ő sportként művelte ezt, hogy bebizonyítson valamit, ami senkit sem érdekelt, azt, hogy milyen nagy ember. Most meg nem tudják előkaparni a hó alól, ahol talán megfulladt, vagy a nyakát törte, mint a többiek. És miért? Az, hogy mit jelent együtt lenni vele, olyan erővel találta el, ahogy a bontógolyó vágódik egy ház falának.

Péntek reggel folytatódott a kutatás, a diszpécser pedig „óvatos reménykedésről" beszélt, ami nem hangzott túl jól. Helen sejtése szerint Paul már halott lehetett, de Maggie-nek nem beszélt erről. Rettenetesen sajnálta őt, és vele érzett Jeff is.

Az őrjárat délben észlelt egyetlen jelet. Paul csoportjának akkor már négy napja nyoma veszett, és távolabb jártak, mint amire a mentőegységek számítottak, talán mert megpróbálták elkerülni a közelgő vihart. Egyetlen jel volt mindössze, és Maggie önző módon azért imádkozott, hogy Paulé legyen. Harminc év után végre újra megtalálták egymást, nem bírta elviselni a gondolatot, hogy így érjen véget – hogy egy őrült macsó örömtúrán betemesse a lavina. A mentők aznap délután észlelték a térségben szétszóródó többi jelet is. Először úgy gondolták, hogy túl nagy a szél, nem tudnak beljebb repülni. Aztán szerencsére elült a szél, és akkor berepültek.

Közvetlenül sötétedés előtt találták meg Paul csoportját. Maggie szinte zavart állapotban hallgatta, hogy mit mondanak a telefonban. Hárman meghaltak, köztük a csoport mögött menő vezető is. Ketten válságos állapotban voltak, a túravezető összetört gerinccel, kómában feküdt. Egy óra múlva már tudni lehetett, hogy a válságos állapotban lévők egyike Paul. Légi mentő szállította őket a Vancouver Általános Kórház traumatológiájára, de mire odaértek, a vezető meghalt. Harminchat éves volt, négy gyerek apja.

Maggie bénultan ült a konyhájában, nem tudta, mitévő legyen, induljon-e máris hozzá, vagy várja meg a kórház tájékoztatását. Mire odaérnek vele, ő is meghalhat. Felhívta Adent, hogy megmondja, Paul él, de kritikus az állapota. Mindössze ennyit tudott, sem a sérüléséről, sem a túlélési esélyeiről nem mondtak semmit. Valószínűleg azóta tovább fogytak az esélyek. Túl sokáig voltak a hó fogságában.

– Kemény fickó, mami, túl fogja élni – biztatta Aden, remélve, hogy igazat mond. Mire Maggie letette a telefont, már tudta, hogy látni akarja Pault, még mielőtt meghal, hogy elbúcsúzzon tőle, és megmondja neki, hogy szereti. Bradtől nem tudott elbúcsúzni, talán most megteheti.

Fölszaladt az emeletre, bedobált pár holmit egy táskába, fogkefét, fogkrémet, fehérneműt, pulóvereket, farmernadrágot. Felhívta a légitársaságot, azután Helent, és elmondta, mire készül. Aztán taxit hívott, bezárta a házat, és még épp időben kiért a reptérre, hogy elcsípjen egy Vancouverbe tartó gépet. Üzenetet írt Adennek, hogy úton van, mihelyt megtud valamit, felhívja. Pokoli hét volt, rosszabb, mint amit valaha is át kellett élnie. Remélte, hogy Paul életben marad, és közben rettegett, hogy talán már meg is halt.

Dermedten ülte végig a négyórás utat, és előre igyekezett felvértezni magát arra, amikor majd meglátja Pault. Fogalma sem volt, hogy nézhet ki azok után, hogy négy napot töltött betemetve a hó alatt, vagy ki volt téve az elemeknek.

Miután megérkeztek, a repülőtéren taxiba szállt. A kórházban megtudta, hogy Pault a traumatológia intenzív osztályára vitték. Gondolkodás nélkül a feleségének mondta magát, mire egy nővér elvezette hozzá. Ha nem tudta volna, hogy Paul az, nem ismerte volna fel. Szürke bőrét piros, égett foltok lepték el, a szája áttetsző volt, és húsz évet öregedett, amióta nem látta.

A kezeléssel megpróbálták visszaállítani a normális testhőmérsékletét. Keze-lába lefagyott, az orvosok folyamatosan figyelték rajtuk a fagysérülésekre és üszkösödésre utaló jeleket. A folyosón figyelmeztették Maggie-t, hogy Paul elveszítheti a kezét és a lábfejét. Ő imádkozott, hogy ez ne történjék meg. Paul abba belehalna. De még ha ez bekövetkeznék is, Maggie gyanította, Paul akkor is megtalálná a módját, hogy valami veszélyes dolgot műveljen, és újra kockára tegye az életét. A fejét kéne levágni, vagy kettéfűrészelni a testét, akkor talán leállna.

Paul egy pillanatra kinyitotta a szemét, és úgy nézett, mintha felismerné őt, de Maggie nem volt biztos benne. Pislogott, beszélni azonban nem tudott. Nem volt annyi ereje, hogy megmozduljon, és miután látta Maggie-t, egy sóhajjal becsukta a szemét. Maggie megrémült, hogy meghalt, de a monitor mutatta, hogy lélegzik. Mellette ült, mialatt Paul aludt, és próbált élni akarást szuggerálni belé. Két nappal később Paul kinyitotta a szemét, és rekedten megszólalt.

– Szeretlek – mindössze ennyit mondott, és újra elaludt. Maggie arcán könnyek peregtek le. Paul továbbra is válságos állapotban volt, és ő nem tehetett mást, mint imádkozott, hogy ne járjon le a kilencedik élete. Éjjel-nappal mellette ült, és az ágya mellé letett priccsen aludt. A következő napon Paul suttogva megszólította: – Ez volt az utolsó.

– Megöllek, ha még egyszer ezt csinálod – felelte Maggie is suttogva, mire Paul csúnyán felrepedezett ajka mosolyra húzódott. – Szerintem ez volt a kilencedik életed.

Paul bólintott, majd amikor már jobban ment neki a beszéd, elmondta, hogy állandóan rá gondolt, és a négy nap alatt, amíg el voltak veszve, egyedül ez tartotta életben. Tudta, hogy számára ez az utolsó alkalom. Maggie mindent megváltoztatott. Tudta, hogy szereti, és ő viszontszerette. Nem voltak gyerekei, ezért eddig azt csinálhatott, amit akart, de most itt volt neki Maggie, és amikor meglátta az arcát, tudta, hogy ezt még egyszer nem teheti meg vele.

– Ez volt az utolsó – ismételte meg.

Maggie ekkor felhívta Adent, és beszámolt neki Paul állapotáról. Egy hét elteltével lekerült a kritikus állapotúak listájáról, és csodával határos módon a végtagjaiban is helyreállt a vérkeringés. Ha nem lép fel semmi komplikáció, nem veszíti el kezét-lábát.

Paul elmesélte, hogy a csoportja felét ki tudták ásni a lavinaeszközeikkel együtt. A többiek addigra már halottak voltak. A túlélők menedékbe vonulva összebújtak, amennyire tudtak, de így sem tarthattak volna ki sokáig. Csoda, hogy négy napig életben maradtak.

Két hét után Pault elbocsátották a kórházból. Maggie kíséretében, két bot segítségével lassan végigment a folyosón. A baleset szörnyen megviselte, de már megkezdődött a gyógyulás. Az orvosok szerint hihetetlen, hogy túlélte, és Maggie egyetértett velük.

Amikor Paul készen állt a kórház elhagyására, a *Lady Luck* már úton volt a Karib-tengerre, Maggie pedig közölte vele, hogy mit fognak csinálni. Nem kérdezte meg, ő mit szeretne, Paul pedig nem vitatkozott vele.

– Hazaviszlek Lake Forestbe, hogy gondodat viselhessem – mondta, mire Paul rámosolygott.

– Szuper!

– És ha megpróbálsz elmenni valahova, az ágyhoz foglak kötözni – tette hozzá Maggie szigorúan. Aden készült hazajönni, és ígérte, hogy segít, ha Paulnak szüksége lesz rá a zuhanyozásnál, vagy ha még bizonytalanul állna a lábán. A járás még nem ment könnyen, de gyorsan javult. Paul saját bevallása szerint két fadarabnak vagy téglának érezte a lábát, és az orvosok azt vetítették előre, hogy beletelik némi időbe, mire újból normálisan tudja mozgatni őket.

A kórházból Paul magángépe repítette őket Chicagóba, ahonnan egy sofőr vezette kocsival mentek Lake Forestbe. A sofőr és Maggie együttes erővel segítették fel a bejárathoz vezető lépcsőn Pault, aki úgy örült a megérkezésének, mintha a mennyország kapuján lépett volna be. Egy pillanatra megtorpant, és Maggie-re nézve azt mondta:

– Folyton rád gondoltam, és arra, hogy itt vagy. Nem hittem volna, hogy még egyszer látlak téged, vagy ezt a házat, vagy Adent.

– Én sem – válaszolta Maggie halkan. Valóban csoda volt, hogy Paul túlélte; két lavina és a fagyos hóban eltöltött négy nap után már nem mert reménykedni benne.

Paul ezek után felment a hálószobába, miközben a sofőr mögötte lépkedett, hogy biztonságban felérhessen. Maggie megköszönte a segítséget, és amikor a sofőr elment, lefektette Pault. A férfi úgy tette le a fejét a párnára, mint aki tudja, nem volt joga életben maradni, de hálás érte. Azután körülpillantott a szobában. Maggie már tudatosította benne, hogy Brad halálának második évfordulója úgy következett és múlt el, hogy ő közben Pault ápolta, de úgy érezte, Brad nem bánná. Hiszen mindig is azt akarta, hogy Maggie boldog legyen. Maggie tudta, hogy örökké szeretni fogja, ma is szereti Bradet, de neki most itt kell lennie. Valami okból Paul visszajött hozzá, és túlélte a lehetetlent. Az ő helye tehát Paul mellett van.

– Próbálj aludni kicsit – mondta gyengéden.

– Ülj ide mellém. – Paul még mindig öregembernek látszott, és néhány piros folt még az arcán virított, de már újra önmaga volt, csak öregebb változatban.

Maggie mellette ült, amíg el nem aludt, akkor lábujjhegyen kilopakodott a szobából, hogy elrakja néhány holmiját, és rendet tegyen a házban. Úgy hagyta itt, ahogy volt, amikor hirtelen kapta magát, és elrepült Paulhoz. Állt az ablaknál, kinézett rajta, és mosolygott. A férfi, akinek kilenc élete volt, visszajött hozzá. Végül mindhármuknak nagyon jó karácsonyuk lesz.

Tizenötödik fejezet

Maggie az első napokban egyedül viselte Paul gondját. Beállt vele a zuhany alá, nehogy elessen, és óvatosan mosogatta az égéseit és egyéb sérüléseit. Masszírozta a kezét és a lábfejét, ahogy a nővérek mutatták, és Paul nemsokára majdnem úgy tudott járni, mint azelőtt.

Jeff és Helen eljött meglátogatni, és hősnek kijáró tisztelettel üdvözölték. Amikor Aden hazajött, Paullal együtt sírtak örömükben. Attól kezdve Aden segített Paulnak zuhanyozni és a lépcsőn járni, és ő vitte be a városba, hogy tudjon magának venni ezt-azt. Paul elmesélte Adennek, milyen volt eltemetve lenni, és közben rájuk gondolni. Beismerte, hogy ostobaság volt elmennie, és még egyszer nem csinálná.

Egyik éjszaka, mialatt Paul aludt, Aden és Maggie feldíszítették a házat a színes fényekkel. Paul felébredt, és könnyes szemmel csodálta az ablakból. Másnap végignézte, ahogy felrakták a díszeket a karácsonyfára. Elmondta Maggie-nek, hogy gyerekkorában náluk nem volt karácsonyfa. Amikor meglátta a feldíszített fát, olyan érzése támadt, mintha árva gyerekként elvitték volna egy családhoz. Alig tudta elhinni, micsoda szerencséje volt, hogy életben maradt, és most itt lehet velük.

Maggie elkészítette a hagyományos karácsonyi vacsorájukat, később pedig karácsonyi énekeket játszott nekik a zongorán. A hét további részében, amikor Aden épp nem a barátaival ment valahova, Paullal sportközvetítéseket néztek a tévében. Paul szívesen kiszabadult volna a házból, de az utcák jegesek voltak, és Maggie félt, hogy esetleg elcsúszik, Paul pedig nem erősködött, élvezte az otthon kényelmét.

Aden szilveszter napjának reggelén utazott el Vermontba síelni. A ház üresnek tűnt nélküle. Paul időközben kezdett magára találni. Egy hónap telt el azóta, hogy ráleltek a hegyen, és úgy érezte, lassan visszatérhet a saját világába. Lake Forestben, Maggie közelségében olyan érzése volt, mintha burokban élne. Már készen állt arra, hogy kiterjessze a szárnyait, és elrepüljön. Maggie látta rajta a nyughatatlanság jeleit.

– Mit szólnál ahhoz, ha pár hétre elmennénk a *Lady Luck*kal? – kérdezte Paul. – Ott vesztegel Antiguában, és a legénységnek sincs mit csinálnia. Vágyom a meleg éghajlatra. – Az orvosok szerint az úszás jót tenne a lábának, ami egyébként már majdnem teljesen rendbe jött, csak az érzés nem volt még teljesen a régi. De Paul már nagyon vissza akarta kapni a megszokott formáját.

– Készen állsz az utazásra? – kérdezte aggódva Maggie.

– Lehet, hogy százévesnek nézek ki, de nem vagyok százéves – nevetett Paul. Felhívta a hajóskapitányt és a pilótáját, és megbeszélte velük, hogy másnap vegyék fel. Csak a telefont kellett elővennie, és megtörtént a varázslat. Véget ért az egy hónapos tehetetlen állapot. Olyan volt, mint egy álmából felébredt oroszlán. – Hihetetlen, hogy milyen jól vigyáztál rám, Maggie – mondta, és megcsókolta. Maggie valóban úgy bánt vele, mint egy kisbabával, szinte életre keltette a dédelgetésével. A hajón a legénysége fog gondoskodni róla. Már láthatóan be volt sózva az üzletkötései miatt is. Úgy tűnt, mintha az egész életét felfüggesztették volna egy hónapra, és ezalatt teljesen Maggie-é lehetett.

Maggie boldog volt ettől, de tudta, hogy nem tart örökké. Paul előbb-utóbb visszatér a világba.

– Boldog új évet, Maggie – mondta Paul, és átölelte.

– Boldog új évet, Paul – nézett fel rá mosolyogva Maggie. – Isten hozott.

Másnap reggel egy autó állt meg a kocsifelhajtón, hogy kivigye őket a reptérre. Maggie kora reggel összecsomagolta, amire szüksége lesz, míg Paulnak szinte semmije sem volt, amit magával tudna vinni. Lake Forestben csak egy farmert, egy szövetnadrágot és pár pulóvert vásárolt, de ezeket itt hagyta, mivel a hajón nem tudott volna mit kezdeni a téli holmikkal.

– Pakolj be valamit New Yorkra is – javasolta Maggie-nek. – A hajó után néhány napot ott kell töltenem. Utána Londonban lesznek tárgyalásaim, neked meg ott lesz egy lakás, amit csinosítgathatsz.

Mindez nagyon távolinak tűnt most Maggie szemében, és az igazat megvallva kicsit sajnálta is, hogy meg kell válnia az egyszerű életüktől itt, a Lake Forest-i házban. De Paulnak dolga volt a világban, ahol üzleteket kellett kötnie. Ő tehát újra szabaddá válik, amíg Aden haza nem jön márciusban, vagy az is lehet, hogy Európában csatlakozik hozzájuk a tavaszi szünet idejére. Maggie élete voltaképpen nem itt zajlott, kivéve az olyan ünnepeket, mint a hálaadás vagy a karácsony. Már követnie kellett Pault, aki visszatér a saját életéhez.

Néha eltöprengett azon, vajon milyen gyorsan változik meg Paul élete a halálközeli élménye után. Már nem az az ember volt, aki a kórházban azt suttogta Maggie-nek, hogy „utoljára" kockáztatta az életét. A négy nap alatt, amíg a halálát várta, átalakult. Maggie látta rajta a változást. Úgy tűnt, hogy minden percet kiélvez, mint valami becses ajándékot.

Nagy összegű adományt küldött a négy gyereket hátrahagyó elhunyt túravezető családjának, és együttérző levelet írt a feleségének. Az özvegy meglepetten és hálásan fogadta a nagylelkűségét.

Maggie kíváncsi volt, vajon mikor jönnek vissza Lake Forestbe. Nem úgy nézett ki, hogy erre egyhamar sor kerül. Felhívta Helent, hogy elköszönjön tőle. Helen kapta magát, és átszaladt hozzájuk, hogy megölelje Maggie-t, és sok szerencsét kívánjon Paulnak, mire Paul megölelte. Kedvelte Helent és Jeffet, és tudta, milyen fontosak Maggie életében. Maggie elmesélte neki, hogyan mentette meg az életét Helen Brad halála után. Ahogy most ő mentette meg Paul életét. Nem felejtette el, nem is fogja soha.

Amikor kiértek a repülőtérre és felszálltak Paul gépére, a férfi megkönnyebbült sóhajjal lépett be a saját, ismerős világába, ahol azt érezhette, hogy újra az ő kezében van az irányítás. Amikor lazán végigsétált az ülések között, a léptei egyszeriben pont olyanok lettek, mint régen voltak.

– Hogy érzed magad? – kérdezte Maggie.

– Remekül – ordította Paul, mint egy igazi oroszlán.

– Azt hiszem, nincs már szükség rá, hogy tovább ápoljalak – állapította meg Maggie nevetve, de egy csöpp nosztalgiával.

– Úgy látom, sajnálod – ugratta Paul.

– Egy kicsit talán. Félig fagyott állapotban, amikor nem tudsz járni, sokkal könnyebb szemmel tartani.

– Ezt megjegyzem – mosolygott Paul.

Antiguában felszálltak a hajóra, ahol az egész legénység egyenruhában felsorakozott a fedélzeten a fogadására, és sokuk szemében könny csillogott. Amikor hallották, mi történt, nem hitték, hogy ezt túlélheti, mint ahogy nem hitte maga Paul sem.

– Inkább kilencvenkilenc élete van, mint kilenc – mondta a kapitány, amikor erről beszélgettek. Paul megkérte a stewardot, hogy hozzon mindenkinek egy pohár pezsgőt, később pedig Maggie-vel elfoglalták a kabinjukat. Paul kért egy masszázst, és Maggie-t is erre biztatta.

– Te jobban megérdemled, mint én. – Szerette volna kényeztetni, a kedvében járni, hálából azért, amit Maggie érte tett. Úgy érezte, ez a legkevesebb, amit megtehet. Még egy szép karácsonyi ajándékot sem tudott venni neki, mert akkor még nem volt olyan állapotban, de úgy döntött, majd New Yorkban kárpótolja, és már ki is gondolt számára valami különlegeset. Maggie-től egy kasmír és selyem köntöst kapott, ami állandóan rajta volt, de most Lake Forestben hagyta arra az időre, amikor majd visszamegy.

Amióta a hajón pihent, látványosan javult az állapota. Reggelente és délután nagyokat úsztak, a masszázs pedig teljesen rendbe hozta a lábát és a kezét. Két hét elteltével újra a régi önmaga volt. Hat héttel a drámai mentés után már csak az arcán felfedezhető néhány, gyorsan halványuló rózsaszín folt utalt a lavina miatt a hó fogságában töltött napokra. Maggie-n még látszott a fáradtság és az időnkénti aggodalom. Gyakran fájt a feje, de erről nem beszélt Paulnak. Okkal. A rémülettől, hogy elveszíti őt, újra és még vadabbul visszatért a poszttraumás-stressz-betegsége, ami csak nagyon lassan enyhült. A hajó neki is jót tett.

Úgy tervezték, hogy a hónap nagy részét a hajón töltik. Paul mindent megtett, hogy újra formába hozza magát, és Maggie figyelte, ahogy napról napra erősödik. Senki sem láthatta rajta, hogy min ment keresztül. Ma már rossz álomnak tűnt az egész. Maggie elnézte, ahogy átvág a fedélzeten, vagy a vízbe merül, és megállapította, hogy pont olyan, mint a régi Paul, vagy a Kanada előtti Paul. Már semmi öreges nem volt benne. Újra fiatalnak és erősnek látszott, senki sem mondta volna meg, hogy ötvenéves. Maggie csendben figyelte, lát-e rajta valamit, ami esetleges problémára utalhat, de semmi ilyet nem látott. Már megint épen és sértetlenül úszott meg valamit. Maggie remélte, hogy ennek ellenére emlékezetébe véste a leckét és a neki tett ígéretét, miszerint ez volt az utolsó alkalom, amikor kockára tette az életét.

A hajózás után két napra New Yorkba akartak menni, ahol Paul megbeszélést tervezett az adójogászaival, és meg akart győződni arról, hogy az általuk végrehajtott változtatások jó úton haladnak. Ezen is túlestek, és jól jöttek ki belőle. New York után, mint mondta, vissza kell mennie Londonba, ahol komoly üzleti tárgyalásai lesznek, utána Zürich következik, újabb találkozókkal.

– A februárt végig kell dolgoznom, Maggie. Utol kell érnem magamat. Úgy érzem magam, mint aki hosszú álomból ébredt, és a világ közben elment mellette. – Maggie ezen csak mosolygott. Paul ugyanis naponta több órán át a telefonján keresztül dolgozott a hajón. – És a hónap végén lesz egy versenyem. – Ezt úgy mondta, mintha egy hétköznapi esemény lenne, Maggie pedig a döbbenettől egy percig szólni sem tudott, csak némán rámeredt.

– Egy *mid*? – Azt hitte, rosszul hallotta. Ez nem lehet igaz.

– Spanyolországban, február végén. És egy márciusban, Olaszországban.

– Komolyan beszélsz? Hat hete még a halálodon voltál.

– Szerződésem van, Maggie. A szerződés újratárgyalásáig még van két versenyem. Ha nem teljesítem, a szart is kiperelik belőlem.

– Az, hogy majdnem meghaltál, nem elég ok, hogy elengedjék a két versenyt?

– Dollármilliók forognak kockán, te is tudod. Nincs kifogás. Baleset volt. Rosszabb is ért már vezetés közben. És már teljesen egészséges vagyok. Nem eshetek ki a versenyekből. A szponzoraim megölnének.

– Úgy emlékszem, megegyeztünk abban, hogy felhasználtad a kilencedik életedet is.

– Lehet. De szerződéses kötelezettségvállalásaim vannak. Úgy értettem, hogy utoljára mentem helikopteres sítúrára. Azt befejeztem. De még nem vonulhatok vissza. – És nem is akart. Ez volt az élete, és persze Maggie.

– És az autóversenyzés?

– Az a munkám – válaszolta Paul higgadtan.

– Mondjuk inkább úgy, hogy ez a te drogod. Kockáztatni az életedet, kísérteni a sorsot, gúnyt űzni a halálból. Hányszor fogod még ezt csinálni?

– Nem tudom – válaszolta Paul. – Most csak azt tudom, hogy a szerződésem szerint még két versenyem maradt. Szerencsére a lavina akkor temetett be, amikor épp nem volt versenyem – tette hozzá némi iróniával, de Maggie nem mosolygott. A régi Paul. Tudhatta volna, hogy így lesz, de ő, a naiv, hitt neki.

Nem vitatkozott, nem győzködte. Tudta, hogy nincs értelme. Világos volt, mint a nap. Mindig lesz még egy verseny, még egy sítúra, még egy kaland, még egy hegymászás, még egy szívszorongató, halált megvető próba, ahol esély van a győzelemre. És végül eljön a nap, amikor nem győz. És ő nem akart ott lenni, hogy látnia kelljen. Anyjának volt igaza, látva Pault tizennyolc évesen. Brad csaknem húsz éven át volt a biztonságos menedéke, ami Paul nem lesz soha. Ez nem volt meg benne. Úgy kellett neki a veszély, mint másnak a levegő.

Paulnak jött egy konferenciahívása, Maggie pedig bement a kabinba, belenézett a tükörbe, amelyben meglátta, ki lesz belőle, ha együtt marad Paullal. Anyja nézett vissza rá. Összetörten, szomorúan, depressziósan és félőrülten, mígnem végül megadja magát a demenciának, mert többé nem tud szembenézni a valósággal.

Aztán elment úszni egyedül, el a hajóról, és amíg szelte a kristálytiszta vizet, arra gondolt, hogy Paul nem is tudja, milyen szerencsés ember. Nem látja, hogy mije van, nem látja az őt körülvevő szépséget, az embereket, akik szeretik őt. Csak a kockázatokat látja, amiket vállalnia kell, az esélyeket, amiket meg kell játszania, a játszmákat, amiket meg kell nyernie. Ízig-vérig szerencsejátékos. Amióta ő vele volt, Paul megsérült egy autóversenyen, kockáztatta a börtönt, és majdnem meghalt Kanadában. Elég volt.

Maggie nem tudta, hogyan magyarázza meg Adennek, de talált egy megoldást. Eltemetett egy férfit, akit szeretett, kettőt nem tudna eltemetni. Kanada után azt hitte, ez vár rá, de Paul valahogy megmenekült. És most újra kockára tenne mindent egy következő autóversenyen. Ennek semmi köze nem volt a szerződéséhez, és ezt ő maga is pontosan tudta. Az egész egyedül róla szólt, és a benne lévő démonról, akinek újra táncolnia kellett a halállal. És eljön az a nap, amikor a démon fog győzni.

Tizenhatodik fejezet

A hajón töltött utolsó két hétben Maggie csendes volt. Pihent, úszott, és jegyzeteket készített az online galériájához. Tudta, hogy túl hosszú időre tette félre, mialatt minden energiáját Paulra összpontosította, és az ő napirendje szerint élt.

Nem hozta szóba többé a versenyt, és Paul sem említette. Már elmondta neki, és ez elég volt. Maggie-nek nem kellett többet tudnia. Neki nem kellett sehová sem mennie, nem kellett vitatkoznia Paullal, sem megpróbálni észérvekkel meggyőzni őt. Befelé fordult, és végül Paul is észrevette, hogy milyen csendes lett.

– Jól vagy? – kérdezte aggódó arccal. Fáradtnak és sápadtnak látta. Majdhogynem rosszabbul nézett ki, mint az ő halálközeli élményét követő napokban. Két hónapi pihenés után Paul viszont jobb állapotban volt, mint annak előtte, és tökéletesen formába hozta magát. Naponta lejárt a konditerembe, hogy felkészüljön a versenyre, és a keze meg a lába is teljesen helyrejött. Akárcsak a vérkeringése. A trénere szerint maga volt a megtestesült csoda, és ezzel Paul is egyetértett. Ebben jócskán volt része Maggie-nek. Ő hozta vissza Pault a halálból, amiért Paul hálás is volt neki.

– Jól vagyok – felelte Maggie halkan. Paul számára furcsán idegennek tűnt, ezért arra gondolt, hogy Londonban vagy New Yorkban meg kellene nézetnie magát egy orvossal. Tudta, hogy a vele történtek Maggie-nek is traumát okoztak, a fáradtsága pedig abból is fakadhat, hogy olyan önzetlenül ápolta őt. A Lake Forestben töltött napokban kapta a legtöbb szeretetet életében. A nők közül, akiket ismert, egy sem tett volna ennyit érte.

Most pedig visszatért az életbe. A megmászásra váró hegyekhez és a megvívandó harcokhoz. A kórházban gondolkodott a visszavonuláson, de tudta: még nincs itt az ideje. Ha elvesztette volna a kezét és a lábát, nem lenne más választása. De most megnyílt előtte az út, vagyis még nem nem szükséges felkészülnie arra, hogy kiszálljon. Még voltak versenyek, amiket meg kellett nyernie. Hamarosan kiöregszik, de most még nem ez a helyzet. Az utolsó cseppet is ki akarta facsarni abból a gyümölcsből, ami még mindig olyan édes volt neki.

Aggódott, hogy mit szól hozzá Maggie, de úgy tűnt, jól fogadta a döntését. Nem könyörgött, nem vitatkozott, nem fenyegetőzött azzal, hogy elhagyja. Nagylelkű asszony volt, és szerette őt. Ő is szerette Maggie-t. Az autóversenyzés azonban a munkája volt. Maggie nem várhatta el tőle, hogy ötvenévesen abbahagyja, miközben végig ott motoszkál az agyában, hogy még van esélye nyerni.

Békésen teltek az utolsó napok a hajón. A telefonos megbeszélései hosszabbra nyúltak, az üzletkötések intenzívebben zajlottak. Újra óriási kockázatot vállalt az árupiacon, és nyert. A hajón üldögélve hatalmas pénz hullott az ölébe. Ezt szerette.

Maggie sokat úszott, dolgozott a laptopján, kapcsolatba lépett olyan művészekkel, akikről úgy gondolta, hogy szívesen képviselné őket. Már tizenketten voltak. Eredetileg azt tervezte, hogy eleinte kicsiben csinálja, teszteli a modellt, és nem akar túl gyorsan nőni. Meg akart maradni exkluzív galériának. Paul a helyében nagyobbat és merészebbet álmodott volna, de hagyta, hogy Maggie úgy csinálja, ahogy a legjobbnak gondolja.

Az utolsó estén romantikus vacsorát rendeztek a fedélzeten. Maggie gyönyörű volt fehér Hermès ruhájában, amit Saint Barth'sban vásárolt, amikor megálltak. Szépen érvényesült benne napbarnított bőre, és volt benne valami született elegancia és méltóság. Paul szomorúságot látott a szemében, de Maggie egyenes derékkal ült a székben, és mélyen a szemébe nézett. Fogták egymás kezét, és amikor bementek a kabinba, rögtön szeretkezni kezdtek. Utána könnyesnek látta Maggie szemét, de nem akarta megint megkérdezni, hogy jól van-e. Arra gondolt, talán hiányzik neki Aden, vagy valami Bradre emlékezteti. Maggie nagyon régen nem sírt már Bradért. Paulnak sejtelme sem volt róla, hogy most éppen őérte sír.

Másnap elrepültek New Yorkba, ahol a Four Seasons egyik ötödik emeleti tágas lakosztályában szálltak meg, amit Paul elsősorban a pazar kilátás miatt kedvelt. Mihelyt megérkeztek, már indult is az ügyvédei irodájába, hogy elkezdjék a megbeszéléseket. A következő napon Londonba akartak repülni, Pault tehát szorította az idő. Amikor az ügyvédei gratuláltak a csodával határos életben maradásához és a gyors felépüléséhez, ő csak mosolygott.

– Kilenc életem van – emlékeztette őket. – Remélhetőleg tíz. A jövő hónapban lesz egy versenyem.

Egyikük sem szólt rá semmit. Ismerték már Pault és az életmódját. Hogy mindig a veszélyt keresi. Kivételes jelenség volt.

Maggie-vel a szállodában találkozott, és máris indultak vacsorázni a La Grenouille-ba, Paul, és most már Maggie kedvenc New York-i éttermébe. Maggie-n elegáns fekete ruha volt, és a szeme zafírként ragyogott, amikor rászegezte Paulra.

– Jólt telt a napod? – kérdezte a férfi a kocsiban, útban az étterem felé. Sötét öltönyében, napbarnított bőrével és csillogó ezüstfehér hajával rendkívül jól festett. Láthatóan csúcsformában volt.

– Igen – felelte Maggie halkan, és közben kinézett a kocsi ablakán. Az étterem nem volt messze a szállodától.

– Mit csináltál?

– Találkoztam pár festővel a belvárosban – fordult feléje mosolyogva Maggie, de Paulnak az a baljós érzése támadt, mintha az asszony nem lenne teljesen ott. Mintha testetlen lenne, egy légies alak, akihez nem lehet hozzáérni, sem megfogni. Ma este különösen gyönyörű volt, az emberek megfordultak utána, ahogy besétáltak az étterembe, ahol a férfiak rögtön felismerték Pault. Amerre járt, mindenütt élő legendaként tekintettek rá, de Maggie ezt nem bánta. Ő nem akart a középpontban lenni, ez a szerep jobban illett Paulhoz.

A vacsora ízletes volt, de Paulnak feltűnt, hogy Maggie nagyon keveset evett.

– Nem vagy jól? – Az elmúlt két hétben mintha fogyott volna. Így is rendkívüli szépség volt, de Paul aggódott, hogy valami baja van.

– Csak fáradt vagyok – felelte Maggie. És a szállodába visszatérve aznap éjjel nem szeretkeztek. Rögtön a megérkezésükkor Pault Tokióból hívták telefonon, és mire ágyba került, Maggie már aludt. Másnap hosszú repülőút várt rájuk Londonig, Paul nem akarta felébreszteni. Lekapcsolta a lámpát, és már aludt is; nem vette észre, hogy Maggie párnája nedves.

Jó napja volt, és szép estéje. A tokiói telefonhívás jó hír volt. Már nagyon várta a londoni megbeszéléseit és az egy hónap múlva esedékes autóversenyt. A spanyol versenyeken mindig sztár volt, minden évben lenyűgöző győzelmeket aratott. Tudta, hogy most is győzni fog. Ha ma megjelent egy versenyen, az olyan volt, mint egy kegyelemdöfés. A szponzorai tudták, hogy bármit megtenne a győzelemért.

Maggie korán kelt, és mire Paul is felkelt, ő már csomagolt. Reggelit rendelt neki, mialatt zuhanyozott és öltözködött. Kék blézerben és hosszúnadrágban várt rá az asztalnál.

– Te nem eszel? – lepődött meg Paul.

– Majd a gépen – felelte Maggie nyugodtan, és elment, hogy lecsukja a bőröndjét.

Mire Paul elkészült, ő is készen volt. Sohasem kellett várni rá. Paul hordárt kért, hogy levigye a csomagjaikat. Öt perc múlva lent voltak a hallban. Együtt mentek ki a szállodából, és a járdára érve Maggie mondott valamit a hordárnak, amit Paul nem hallott. Nem figyelt, amikor a hordár az egyik oldalra tette Maggie bőröndjét, ő pedig odalépett, és intett egy taxinak. Paul meglepetten nézett rá.

– Mit csinálsz? Kocsival megyünk a repülőtérre. – A táskáját épp akkor tették be a rájuk váró autó csomagtartójába. Maggie bőröndje nélkül.

– Én nem – felelte Maggie egyenesen Paul szemébe nézve. – Itt és most lelépek a porondról. Hazamegyek. Nem nézem végig, amint újra megpróbálod megölni magadat, Paul. Nekem elég volt Kanada. Azt hittem, neked is elég lesz, de tévedtem. Neked sohasem lesz eleged ebből. Sohasem fogod abbahagyni, mindig lesz egy újabb verseny, egy újabb halált megvető mutatvány, amiről úgy gondolod, hogy neked sikerülni fog. De egy napon veszíteni fogsz, a következő versenyen vagy legközelebb valamikor, és én nem akarok ott lenni, hogy látnom kelljen. Nem akarok és nem tudok.

Az arcát látva Paul megértette, hogy Maggie komolyan beszél. Nem sírt, de a szomorúság a szemében rosszabb volt a könnyeknél. Paul csak ekkor értette meg, miért nem vitatkozott vele Maggie a hajón a verseny miatt. Már akkor, vagy a következő napokban meghozhatta a döntést, csak nem szólt róla. Paul jól ismerte őt, mégsem látta a jeleket.

– Maggie, kérlek... – fogta könyörgőre. – Csak hadd teljesítsem még ezt a szerződést. Lassan egyébként is kiöregszem a versenyzésből.

Beszéljünk erről Spanyolország után. – De hiába könyörgött, Maggie nem engedett.

– Nem, nem fogunk beszélni róla. Nincs miről beszélnünk. Te is tudod, mit akarsz, és én is. Nem vagy túl öreg. Sohasem leszel túl öreg ahhoz, hogy keresd a veszélyt, és kockára tedd az életedet. – Szomorúan elmosolyodott. – De én az leszek. Még egyszer nem tudom ezt végignézni. Nem akarok ott lenni, amikor végül elveszíted a fogadást.

– Nem fogom elveszíteni – felelte Paul a szerencsejátékos bizonyosságával, a biztos győzelem tudatában.

– Ó, dehogynem! Egy napon veszíteni fogsz. Nem akarom látni. És Adennel sem tehetem meg ezt. Szeret téged. Én is szeretlek. Nem szolgáltunk rá, hogy még egy férfit elveszítsünk, aki fontos az életünkben. Egyikünk sem ezt érdemli.

Könny szökött a szemébe, amikor kinyitotta a taxi ajtaját, és beszállt. A portás berakta a bőröndjét a csomagtartóba, Paul pedig hitetlenkedve nézett rá.

– Most elhagysz?

Maggie kinézett a taxi nyitott ablakán, és bólintott.

– Hívj fel, ha már túl öreg leszel az autóversenyzéshez. Addigra talán már halott leszek. – Szólt a sofőrnek, hogy vigye a LaGuardiára, azzal elindultak. Paul döbbenten bámult utánuk.

Úgy elhagyta az ereje, hogy alig tudott beszállni az autóba. Teljesen össze volt zavarodva.

Egy óra múlva a New Jersey-i Teterboro repülőtéren átszállt a saját gépére. Alig szólt egy szót is a stewardhoz, csak leült a helyére. Mire felszálltak London felé, már könnyek csorogtak az arcán.

Maggie épp akkor szállt fel a chicagói járatra. Az üzenetet, amit Paultól kapott, nem olvasta el. Már nem számított, mit írt neki Paul. Döntött. Látta őt versenyezni más autókkal, lavinával, és élet-halál harcban az adóhivatallal. Tizenhét éves volt, amikor anyja megmondta, hogy ez a fiú bajkeverő, és igaza volt. És bármennyire is szereti őt, nem engedi, hogy tönkretegye az életét, márpedig azt tenné. Kitörölte az üzenetét, anélkül, hogy elolvasta volna, és kikapcsolta a telefonját. Aztán becsukta a szemét, és átadta magát a fájdalomnak, amiért ki kell űznie őt a lelkéből. De bármibe kerüljön is, befejezte. Paulnak egyedül kell járnia táncát a halállal. Nem nézi tovább, és nem tud tovább együtt élni vele.

Chicagóba érve fogta a bőröndjét, és a járdáról leintett egy taxit. Amikor hazaért, bekapcsolta a telefonját. Négy újabb üzenet jött Paultól, de olvasatlanul kitörölte őket. Már mindent hallott, amit Paul mondhatott neki. Végzett vele.

Tizenhetedik fejezet

Erőtlennek és üresnek érezte magát, amikor hazaért. Nem akart senkivel sem beszélni, senkit sem látni. Nem akarta megmondani Helennek, hogy itthon van. Időre volt szüksége, hogy meggyógyuljon, és újra önmaga lehessen. Tudta, hogy ezúttal egyedül, segítség nélkül kell eljutnia odáig. Ezt senki sem teheti meg, csak ő maga. El kell temetnie magában Pault. Számára halott volt, ahogy harminc éven át, mielőtt újra rátalált volna.

Üzenetet írt Adennek, hogy tudja, hol van most az anyja, de nem írta meg, hogy mit tett. Tudta, Aden kikészülne attól, hogy elhagyta Pault, de muszáj volt megtennie. Azért tette, hogy megmentse az életét, sőt a fia életét is. Paul Gilmore veszélyes ember. Egy szívtipró, abból is a legrosszabb fajta. Nem engedheti be az életébe.

Az első héten hosszú sétákat tett. Továbbra is jöttek az üzenetek, de kitörölte őket, s végül egy újabb hét elteltével abbamaradtak. Paul megértette, hogy Maggie nem megy vissza hozzá. Rendkívüli nő volt, akit nem érdemelt meg. Ezt most már tudta. És ha vissza akarta kapni a szabadságát, legalább ennyivel tartozott neki. Visszahozta a halálból, és ő cserébe összetörte a szívét. Már értette, Maggie mit akart, és mire volt szüksége, de azt nem adhatta meg neki. És ami még rosszabb, nem akarta megadni neki. Jobban kellett neki a versenyzés, mint Maggie, és ezt ő is tudta.

Paul gyűlölte ezért magát, mégsem tudott lemondani arról, amit az autóversenyzés jelentett neki. Azt jelentette, hogy győztes, hogy a halál nem győzheti le, hogy nem fél semmitől. Az, hogy meghalhat, nem jelent neki semmit. Ő a legbátrabb, legkeményebb, legerősebb, legrettenthetetlenebb ember a világon. Kisfiúként annyit félt, amikor az apja egy fillér nélkül otthagyta őket, és később, amikor az anyja meghalt. Onnantól kezdve végig küzdött a félelemmel, és mindig, vagy majdnem mindig győzött.

De a végén Maggie erősebbnek bizonyult nála. Nélküle most elfogta a rettegés.

Egy hét után Maggie megkereste a festőket, akikkel korábban személyesen találkozott, megcsinálta a honlapját, és felvette a kapcsolatot mindenkivel, aki szerepelt kiterjedt levelezőlistáján. Az oldalon állóképsorozat mutatta be a művészek általa kínált munkáit. Napokon belül befutottak az első kérdések, amiket sorra megválaszolt, és egyszeriben lett négy ügyfele, akik vásárolni akartak a bemutatott művek közül. A honlap elindítása után két héttel lebonyolította az első eladását, és addigra az ereje is kezdett visszatérni. Beszélt Adennel, akinek elmondta, hogy otthagyta Pault. A fiú szomorúan fogadta a hírt, de azt mondta, megérti, és reméli, hogy egy napon azért viszontlátják majd a férfit.

– Ha még életben lesz – felelte Maggie dühösebben, mint akarta. Valójában nem volt dühös, inkább ő is szomorúságot és csalódottságot érzett. Paul hazudott neki, amíg a halál közelsége még friss volt az emlékezetében. De mihelyt talpra állt, újra benne volt a játékban.

Aden azt mondta, márciusban hazajön a tavaszi szünetre, mivel Maggie nem ment el Londonba. Nem is tervezett újabb európai utat, már nem volt miért odamennie. Nem akarta bevallani magának, de hiányzott a hajó. Hogy is ne hiányzott volna? Kis ízelítőt adott a földi mennyországból, ahol boldog volt Paullal. Szerette őt, de tudta, hogy lesz, amikor már nem fogja szeretni. Egyszer már elfelejtette őt, hát megint el fogja felejteni.

Már három hete otthon volt, amikor felhívta Helent. Elmondta neki, hogy elhagyta Pault, és így jobb neki.

– Megkérdezhetem, mi történt?

– Nem számít. Soha meg sem kellett volna történnie. Egy fantáziakép volt az ifjúkoromból.

– Sajnálom, Maggie.

– Én is. – Ezek után beszámolt Helennek az online galériájáról. Végre megcsinálta, és büszke volt magára.

Folytatta a megszokott életét, élvezte azokat az egyszerű örömöket, amiket Lake Forest régen is nyújtott neki. Felhagyott az otthoni élettel Brad halála és a végzetes európai utazás óta, amelyen újra találkozott Paullal. Azóta minden csak róla szólt. Most megint, vagy talán életében most először önmaga lesz a legfontosabb személy.

Ezt most egyedül kell végigcsinálnia, és kitalálni azt is, hogy hol akar élni. Chicagóban, vagy Lake Forestben, vagy talán New Yorkban. Bármit megtehet, amit akar. Ijesztő volt, de izgalmas is. Paul elvesztése olyan volt, mint egy tompa fájdalom, egy fantom végtag, de ehhez is hozzá kell szoknia. Másfél évig voltak együtt, mire Maggie belátta, hogy vége. Tudta, hogy túl fogja élni, akármennyire fáj is eleinte.

Egy héttel később, egy szombati napon, épp új festmények diaképeit nézegette, hogy mit töltsön fel az online galériája oldalára, amikor Aden telefonált. Maggie megörült a jelentkezésének, de aztán érzékelte az idegességet a fia hangjában.

– Kapcsold be a tévét, anya – mondta Aden szokatlanul éles hangon. – Most rögtön!

– Miért?

– Csak kapcsold be. A sportcsatornát vagy egy hírcsatornát. Szerintem mindenütt ezt fogják mutatni.

– Meghalt? Nem akarom látni. – Maggie már tudta, miért hívta a fia.

– Csak kapcsold be – erősködött Aden. Maggie kelletlenül engedelmeskedett.

Egy versenypályát látott a távolban, és a két amerikai kommentátor beszéde hátterében hallani lehetett a spanyol bemondó hangját is. Gyors, izgatott szóváltásuk arra utalt, hogy valami hihetetlen dolog történt. Egyikük híres, már visszavonult autóversenyző, másikuk olyan műsorvezető volt, aki fontos sporteseményeket szokott közvetíteni.

– Ezt nem akarom nézni, Aden – mondta Maggie határozottan.

– De, csak hallgasd meg, anya.

Maggie már épp ki akarta kapcsolni a készüléket, amikor valami megállította. Egy pillanatra Paul fotója töltötte be a képernyőt. Lehet, hogy meghalt, és ezt meg kellett tudnia. De a kommentátorok egyfolytában beszéltek, mialatt a tömeg Paul nevét üvöltötte. Mentőautót nem lehetett látni, tehát valószínűleg nem halt meg, sőt nem is sérült meg. Maggie kíváncsian figyelte, mi történik. Mindkét kommentátor izgatott volt, a csatorna bemondója pedig lélegzet-visszafojtva magyarázta a nézőknek:

– Azok kedvéért, akik most kapcsolódtak be az adásba, a versenyek történetében jelentős esetről számolhatunk be. Egyikünk sem látott még ilyet, ugye, Pete? – kérdezte a visszavonult versenyzőt, aki azt felelte, hogy ő nem, soha. A tömeg egyre hangosabban üvöltött. Maggie arra gondolt, hogy talán valaki a pályán megölt valakit. – Az imént tanúi voltunk, hogy a sporttörténet egyik leghíresebb Forma–1-es versenyzője percekkel a kezdés előtt »személyes okokból« visszalépett a versenytől. Három hónappal ezelőtt Kanadában egy lavina következtében négy napig feküdt a hó alatt, nem tudjuk, ennek van-e valami köze a döntéséhez. A baleset óta ez lett volna az első versenye. Már bent volt a depóban, a kezdés előtt egy órával az autóját ellenőrizte, és csak annyit tudunk, hogy egyszer csak kisétált, és közölte, hogy lemondja a versenyt, aztán hagyott hátra egy ezt megerősítő levelet.

Bírságot kell majd fizetnie ezért, de ezt nyilván ő is tudta. »Kockáztass, merj, a győztes mindent visz!«, ezt vallotta harmincéves autóversenyzői pályafutása alatt, de amit most csinál, az tényleg mindent visz. A szponzorai ezért érvényteleníthetik a szerződését. Hol vagy most, Paul Gilmore? Hallani, ahogy a tömeg őrjöng. Senki sem tudja, mik lehetnek azok a »személyes okok«. Nem lehetett szóra bírni, és úgy hírlik, percekkel ezelőtt levonult a pályáról. Az otthoni nézők kedvéért elmondjuk: először fordul elő, hogy egy élő legenda, Paul Gilmore, ilyen megdöbbentő lépésre szánja el magát. Mindnyájan láttuk őt akár törött csonttal is versenyezni.

Még beszéltek, amikor Aden megszólalt a telefonban:

– Szerintem miattad vonult vissza, anya. – Tudta, anyja miért hagyta el Pault. – Ezért óriási bírságot fog fizetni.

– Telik neki rá – felelte Maggie hűvösen. – Lehet, hogy beteg. Azt csinál, amit akar, és lehet, hogy nem akarja elárulni nekik az igazat. Talán újra lemerevedett a lába, és nem tud vezetni.

– Nem hiszem. Valami átkozottul fontos dolog kell ahhoz, hogy elveszítsen egy versenyt. Ilyet még sohasem csinált. Ahhoz ő túl nagy kaliberű.

Ezzel Maggie sem tudott vitatkozni, de nem volt hajlandó találgatásokba bocsátkozni. A bemondók továbbra is az okokat firtatták. Épp egy idegösszeomlás lehetőségét boncolgatták, amikor Maggie kikapcsolta a tévét.

Kíváncsi volt, de nem akart üzenetet írni, és megkérdezni tőle. Nem akarta újra kinyitni Pandóra szelencéjét. Akármi indította is a visszalépésre, nyomós oka lehetett rá. Nála már dél felé járt az idő, folytatta hát az aznapi munkáját, írta tovább az e-maileket azoknak a művészeknek, akiknek a munkáit feltette a honlapjára.

Ezután vásárolni ment, és este nyolckor épp a rántottáját készítette vacsorára, amikor hallotta, hogy üzenete jött. Nem akart foglalkozni vele, de aztán arra gondolt, hátha Aden küldte, talán újabb híreket hallott a nagy port kavart ügyről. De látta, hogy az üzenet Paultól jött. Már éppen mozdult, hogy olvasatlanul kitörölje, amikor felülkerekedett benne a kíváncsiság. Rákattintott, aztán csak bámult a szövegre.

– Iderepültem Madridból. Chicagóban vagyok. Ma feladtam a versenyt, és örökre visszavonultam.

– Miért? – írta vissza Maggie.

– Gondoltam, lehet, hogy Kanadában elhasználtam a kilencedik életemet, és úgy döntöttem, kilépek, amíg a csúcson vagyok. És azért vagyok Chicagóban, mert te itt élsz, és mert szeretlek. Érted tettem, Maggie, ha még érdekel.

Maggie nem tudta, mit válaszoljon, csak nézett könnyes szemmel. Nem akarta, hogy érdekelje, és nem bízott Paulban. Ha nem fog versenyezni, akkor is megtalálja a módját, hogy más módon kockáztassa az életét. Ejtőernyőzéssel. Hegymászással. Ki fog találni valamit. Nem tud úrrá lenni magán.

Paul egy hónapja gondolkozott Maggie-n, és próbálta eldönteni, mit tegyen. És amikor aznap reggel kiért a versenypályára, minden világossá vált. Olyan egyszerű volt. Csak meg kellett tennie. Könnyebb volt, mint gondolta.

– Valószínűleg nem hiszel nekem – írta, miután nem kapott választ az üzenetére. – Én sem hinnék. Megnyerhettem volna a versenyt. De te többet jelentesz nekem. A szponzorom biztosan be fog perelni, de nem érdekel. Iderepültem, hogy lássalak. Hazajöhetek?

A rántotta kihűlt, de Maggie csak bámulta a telefonját. Nem akarta még egyszer végigcsinálni vele ezt az egészet. Kanadába majdnem belepusztult. De mi van, ha tényleg érte tette?

– Itt vagyok – mindössze ennyit válaszolt, és negyven perc múlva megszólalt a csengő. Ajtót nyitott, és ott állt Paul az autóversenyzői öltözékében. Még arra sem vette a fáradságot, hogy a gépen átöltözzön.

Álltak egymással szemben, komoly arccal.

– Ma történelmet írtál – mondta Maggie, de még most sem tudta biztosan, mit gondoljon, és hogy higgyen-e Paulnak. De látta a tévében.

– Tudom – felelte Paul, és gyöngéden magához ölelte. – Érted tettem – ismételte meg.

– Ezt már mondtad. – Egy hónapja hagyta ott Pault a Four Seasons előtt a járdán, és hitt benne, hogy helyesen teszi. De nem hagyhatta figyelmen kívül azt, amit ma Spanyolországban csinált, akár érte tette, akár nem. Számára ez óriási dolog volt, hihetetlen bátorság kellett hozzá. Jóformán gyerekkorában kezdte az autóversenyzést, és a világ egyik leghíresebb versenyzője lett. – Köszönöm – mondta halkan, és meglepetten nézett fel a férfira. – De miért?

– Már túl sok vesztenivalóm van. Te és Aden. Nem akarlak elveszíteni, Maggie.

Maggie bólintott. Ő sem akarta elveszíteni Pault. Tizenhét és tizennyolc éves korukban elveszítették egymást, és egyikőjük sem akarta, hogy most, több mint harminc év múltán újra megtörténjék ugyanez. Valami akkor és most megint egymáshoz sodorta őket. Maggie nem tudta, a sors, a végzet, vagy valami véletlen, de az biztos, hogy erősebb volt náluk. Tudta, hogy Paul szenvedélyesen keresi a veszélyt, de most az ő kedvéért kiszállt egy versenyből. És ha ő meg tudta ezt tenni, akkor neki is szabad kockáztatnia vele. Most, ahogy ránézett, tudta, hogy hajlandó kockáztatni, és a bátorsága is megvan, hogy megpróbálja.

Bementek a nappaliba, és leültek a kanapéra. Maggie nézte a férfit, és lelki szemeivel azt a fiút látta benne, aki tizennyolc éves korában integetve és mosolyogva elmotorozott tőle. Tisztán emlékezett mindenre, amikor szorosan magához ölelte a fiút – és a férfit.

– Isten hozott itthon – súgta halkan. Paul megcsókolta, Maggie pedig rájött, hogy anyjának mégsem volt igaza. Van, hogy érdemes várni a vad fiúkra, akik végül mégsem törik össze a szívedet.

ISBN 978 963 203 446 1

Maecenas Könyvkiadó, Budapest
Felelős kiadó: a *Maecenas Könyvkiadó* igazgatója
Szerkesztette: *Horváth Ágnes*
Belív nyomdai előkészítése: *Madarász György*
Borító nyomdai előkészítése: *Somos Péter*
Nyomta és kötötte a *Szekszárdi Nyomda Kft.*, Szekszárd
Felelős vezető: *Vadász Katalin* ügyvezető igazgató
Terjedelem: 17,20 (A/5) ív